LE SCEAU DES SILVER

LES ENQUÊTES CROW, TOME 2

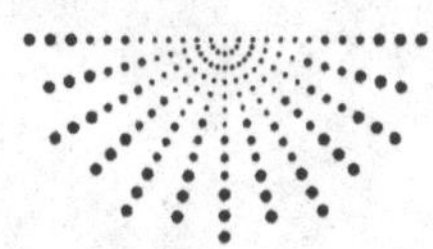

SARAH PAINTER

Traduction par
SYLVIE COHEN ET VALENTIN TRANSLATION

Pour Cath,
ma complice dans le crime depuis plus de trente ans.

CHAPITRE UN

Lydia Crow rapprocha le ventilateur posé sur son bureau avant de se rasseoir dans son fauteuil bancal. Son interlocutrice installée en vis-à-vis poursuivait son monologue. Lydia avait toutes les peines du monde à se concentrer sur ce qu'elle racontait. Elle n'en finissait pas de détailler la vie sexuelle partagée avec son époux au cours de leurs quinze années de mariage.

— Toujours le samedi soir, sauf s'il avait forcé sur le vin au dîner. Une moyenne de deux fois par semaine à partir du début de notre relation. C'est la limite nationale, n'est-ce pas ?

— Pardon, vous avez dit « limite » ? demanda Lydia, son attention soudain éveillée.

— À moins que ce ne soit deux virgule cinq ? C'est la fréquence des rapports hebdomadaires d'un couple marié en Angleterre. Je suis sûre de l'avoir lu quelque part. Il n'avait donc aucune raison de se plaindre ni d'aller voir ailleurs.

Lydia se cala dans son siège. C'était le troisième cas d'adultère cette semaine, ce qui n'aurait pas été si mal si elle avait eu d'autres enquêtes à se mettre sous la dent. Lorsqu'elle avait créé *Crow Enquêtes et Investigations*, elle avait espéré ne jamais avoir à s'occuper de ce genre d'affaires, surtout après l'épisode Carter survenu dans l'agence où elle avait fait ses armes à Aberdeen, malheureusement cela n'avait pas été le cas. Et même si elle ne payait pas de loyer à son oncle Charlie, la vie à Londres n'était pas bon marché, sans parler des dépenses professionnelles, telles que l'assurance habitation, les fournitures, les frais de transport et d'enregistrement. Par chance, elle n'avait pas encore eu recours à la méthode du « piège à miel », et il fallait que la situation soit réellement désespérée pour en arriver là.

La sueur collait son débardeur à sa peau et le fauteuil rembourré lui picotait les mollets. Elle se redressa et avala une gorgée de la boisson fortifiante contenue dans sa tasse — cadeau d'Emma — ornée d'une loupe et d'une casquette Sherlock sur le côté, ce qui était un peu embarrassant et réconfortant à la fois. Lydia avait fondé sa propre société après une seule année de formation dans une agence d'Aberdeen et les marques de confiance qu'elle recevait lui faisaient chaud au cœur.

Sa cliente fronça le nez.

— Je ne pourrais jamais boire du thé par cette chaleur ! s'exclama-t-elle.

— C'est du café, corrigea Lydia, jugeant inutile de révéler qu'il était additionné d'une bonne dose de whisky pour l'aider à vaincre sa gueule de bois. À 16 heures passées ! Elle supportait de plus en plus mal l'alcool. À cause de l'âge qui avançait ou pour une autre raison ?

— Alors, vous allez m'aider ? insista la femme. J'ai besoin d'avoir des réponses.

Lydia détestait dire « non », aussi choisit-elle le formulaire des prestations les plus élevées qu'elle fit glisser vers sa cliente sur le bureau. « Plus les frais », ajouta-t-elle. C'était le tarif appliqué aux sociétés. Un particulier ne pouvait se permettre de payer de telles sommes, ce qui lui permettait d'éliminer discrètement les enquiquineurs.

— Parfait, dit la femme. Dois-je signer quelque chose ? Un contrat ?

Lydia s'efforça de ne pas laisser paraître sa surprise.

— Les dix premières heures sont à payer d'avance, précisa-t-elle.

Voilà qui devrait la décourager. Elle expliquait généralement sa politique de remboursement, même quand il s'agissait d'une entreprise : si l'intervention nécessitait moins de temps que prévu, elle reversait une partie de cet acompte exorbitant. Mais là, elle choisit de garder le silence. Rien de tel que des sommes extravagantes pour se débarrasser d'un client importun et de ses problèmes domestiques assommants.

— Parfait, répéta la femme avec une pointe d'impatience. Vous pouvez commencer tout de suite ? Je ne peux pas continuer comme ça.

Lydia nota son regard paniqué. C'était pour cette raison qu'elle détestait les enquêtes d'infidélité. La douleur faisait partie intégrante du job. On n'engageait pas un détective privé quand tout marchait comme sur des roulettes et, la nature humaine étant ce qu'elle était, il ne fallait pas chercher bien loin l'origine de cette détresse... Enquêter sur des époux trompés était inintéressant et, qui plus est, totalement inutile. Toute cette souffrance n'avait aucun sens.

Pourquoi les couples ne se parlaient-ils pas ? Pourquoi refusaient-ils de reconnaître que leur relation partait en vrille et n'acceptaient-ils pas un mariage libre ou la séparation ? Les histoires d'infidélité étaient d'une tristesse ! Lydia ouvrit le premier tiroir de son bureau et tendit un document à sa visiteuse, notant au passage qu'elle avait oublié son nom. Ou, plus exactement, qu'elle n'avait pas écouté quand celle-ci s'était présentée. Sa gueule de bois était pire qu'elle ne le pensait. Elle se sentit un peu honteuse en imaginant ce que Karen, son ancienne patronne, aurait pensé d'un tel manque de professionnalisme.

Elle regarda la femme écrire son nom au-dessus de sa signature. April Westcott, parvint-elle à déchiffrer à l'envers.

— Merci, madame Westcott. Je vous recontacterai.

Après le départ de sa cliente, Lydia gagna sa kitchenette et ouvrit le réfrigérateur. Il ne contenait rien d'intéressant, mais c'était agréable de sentir l'air frais lui caresser le visage. Le restaurant au rez-de-chaussée allait bientôt fermer et elle pourrait alors effectuer une razzia dans le garde-manger, où Angel la cuisinière avait installé une armoire réfrigérée professionnelle qui dégageait plus d'air froid que son mini-frigo encastrable.

De retour dans son bureau, l'ancien salon de l'appartement dont elle avait conservé le canapé, poussé contre un mur, Lydia examina son domaine. L'agence fonctionnait depuis deux mois, mais elle utilisait encore la table et le fauteuil en kit récupérés dans le petit bureau du restaurant. Maintenant que son installation était quasi définitive, elle aurait dû les remettre en place, mais elle n'avait pas envie de culpabiliser. Son oncle Charlie avait insisté pour que sa nièce s'installe dans l'appartement au-dessus du bistrot *The Fork*, et il ne s'offusquerait pas de ce qu'elle lui emprunte quelques vieux meubles pour démarrer son affaire.

Son ordinateur portable trônait sur la table au revêtement beige au milieu d'un fouillis de dossiers et de paperasse. Il était grand temps qu'elle se procure un classeur à tiroirs et un système de rangement efficace.

— Jason ?

Elle chercha son « assistant » du regard et ne le repéra nulle part.

Elle finit par le découvrir dans un coin de sa chambre, face au mur.

— Est-ce que ça va ?

Jason fit volte-face et elle s'aperçut qu'il griffonnait au stylo quelque chose sur la paroi. Pour la énième fois.

— Oui. Je réfléchissais. Son visage pâle s'illumina. On a un nouveau client ?

— Mme Westcott. Ne t'emballe pas. C'est encore une affaire d'adultère.

Jason se déplaça si vite qu'elle sursauta.

— Parfait. As-tu créé son dossier ?

— J'allais le faire.

Lydia le suivit jusqu'au bureau, savourant l'air frais qui flottait autour de lui.

Il l'observa tandis qu'elle intégrait Mme Westcott dans le tableur qui lui permettait de gérer ses clients et sa comptabilité. À présent, il manipulait les objets avec une plus grande facilité, il était capable de se servir d'un stylo, de préparer du café, et il éprouvait une véritable fascination pour les possibilités offertes par l'ordinateur portable et le téléphone de Lydia. Pour lui, Internet était un outil magique. Ce qui, tout compte fait, était assez vrai.

Jason effleura un coin de l'écran avec révérence.

— J'en aurai bientôt un ?

— Quand on aura gagné assez d'argent. Je sais que tu veux télécharger un simulateur pour jouer à *Space Invaders* non-stop, vingt-quatre heures sur vingt-quatre.

Jason leva les yeux.

— C'est possible ?

— Non, s'empressa de répondre Lydia.

La dernière chose dont elle avait besoin était d'avoir pour assistant un fantôme accro aux jeux vidéo.

— Tu vas surveiller Mme Lee ce soir ?

Lydia sentit sa migraine empirer.

— Malheureusement oui.

— J'aimerais tellement pouvoir le faire. Ce doit être super cool.

— Pas vraiment, crois-moi.

Les traits de Jason s'altérèrent.

— Mais je pourrais au moins t'aider.

— Tu m'es déjà très utile. Tu es le meilleur assistant que j'aie jamais eu.

Il lui jeta un regard pénétrant sans répondre.

Lydia opta pour une autre tactique.

— Si tu me laissais chercher ce qui te retient dans cet immeuble, nous pourrions peut-être trouver le moyen de te sortir d'ici.

— Disparaître, tu veux dire ? corrigea Jason, la mine sombre.

— Non. Explorer la rue. Peut-être même quitter Camberwell. Tu pourrais visiter des sites intéressants.

Je les connais déjà, rétorqua Jason, l'air à la fois méfiant et furieux, comme chaque fois qu'il soupçonnait Lydia de vouloir l'obliger à pénétrer dans la lumière, là où allaient les esprits en quittant ce bas monde.

— Je suis né et j'ai grandi dans le sud de la ville, je te signale

— Oui, mais il y a des nouveautés. La Grande Roue, par exemple, ou le Shard, la plus haute tour de Londres.

Jason loucha de nouveau vers l'ordinateur.

Si tu me procurais un de ces engins, je pourrais les chercher sur Google. On peut voir n'importe quoi avec ça. Tout ce qu'on veut.

Lydia nota mentalement d'installer le contrôle parental pour éviter que Jason ne bascule dans l'univers du porno.

C'est bien mieux de voir les choses pour de vrai, dit-elle, histoire de faire dévier la conversation. Tu n'as pas envie de te promener dans Londres ? Ça te ferait le plus grand bien de sortir prendre l'air.

Le silence retomba. Lydia craignait que Jason ne sombre encore dans l'un de ses accès de mélancolie. Il trouvait son statut de fantôme plutôt déprimant, ce qui était compréhensible. Au lieu de quoi, il sourit, paraissant rajeuni de cinq ans et plus vivant que jamais.

Dans ma situation, je ne crois pas en avoir besoin, objecta-t-il.

Mme Lee travaillait chez un courtier en assurances sur Church Street. Son mari avait engagé Lydia pour vérifier si son épouse se rendait vraiment à sa séance de Pilates les mercredis et vendredis soir, ou si autre chose l'éloignait du foyer conjugal.

Un peu plus tôt dans la semaine, Lydia avait suivi Mme Lee depuis Church Street jusqu'à la salle de sport, située dans la petite zone industrielle de Surrey Road, et elle s'était assurée qu'elle était bien entrée dans le bâtiment, s'était changée et avait assisté à son cours. Au bout de deux heures durant lesquelles, assise dans sa vieille Volvo bleue, Lydia avait surveillé l'entrée du gymnase, Mme Lee était ressortie et retournée directement à l'appartement en rez-de-jardin qu'elle partageait avec le Dr Lee près de Denmark Hill.

Ce soir-là, Lydia arriva avec une bonne heure d'avance et s'en félicita en voyant Mme Lee quitter son bureau cinq minutes après qu'elle eut commencé sa planque.

Encombrée d'un volumineux sac à main, Mme Lee marchait d'un pas léger, l'air très contente d'elle-même. Au lieu de monter dans sa Toyota gris argent, elle descendit Church Street à grandes enjambées. Lydia sortit de sa Volvo et la suivit à bonne distance. C'était risqué car il y avait un arrêt d'autobus à mi-chemin. Si Mme Lee le prenait, Lydia devrait sauter dans sa voiture pour la suivre, ou monter dans le bus à son tour. Par chance, Mme Lee dépassa l'abribus sans s'arrêter, elle bifurqua dans Broad Street, puis dans Camberwell Grove bordé d'arbres. Ce quartier résidentiel était moins fréquenté, de sorte que Lydia dut ralentir le pas. Elle se rappela qu'il y avait un café au bout de la rue et se demanda si c'était la destination de Mme Lee. Soudain, celle-ci s'évapora. Ou plus exactement, elle quitta le trottoir pour entrer dans la cour pavée d'un petit immeuble des années 1960. Comme partout en ville, les différentes époques se mêlaient et l'architecture cubique côtoyait quelques superbes demeures édouardiennes en briques. Lydia s'engagea discrètement dans l'allée menant à la maison voisine. Par chance, Mme Lee ne regardait pas dans sa direction ; elle sonna à la porte et se glissa à l'intérieur.

Lydia patienta quelques minutes avant de rebrousser chemin et s'approcher de l'immeuble où était entrée Mme Lee. C'était probablement une résidence privée comptant quatre appartements, chacun doté de sa propre sonnette. L'une des plaques portait une étiquette indiquant : « Nails ». Perplexe, Lydia se demanda s'il s'agissait d'un nom de famille ou d'un salon de manucure. Elle inspecta attentivement les boutons, mais ils se ressemblaient tous et elle ne repéra aucun signe susceptible de la mettre sur la voie. Ne sachant quelle était la bonne sonnette, elle les photographia toutes consciencieusement.

Ce n'était pas évident de faire le pied de grue dans une rue quasi déserte. Avisant sur le trottoir d'en face une allée qui menait à quatre maisons, Lydia se planta à l'entrée. De son poste d'observation, elle apercevait la porte par laquelle Mme Lee avait disparu, mais elle était pratiquement sûre qu'on pourrait la voir si elle ne prenait pas de précautions. Elle se colla au mur et se prépara à une longue attente en espérant que Mme Lee soit aussi peu observatrice que la plupart des gens, qui vivaient le plus souvent dans leur bulle. Mme Lee avait peut-être une liaison, ce qui était théoriquement répréhensible, mais Lydia détestait s'ériger en parangon de vertu. La vie était bien assez compliquée comme cela. Et si son mari était un beau salaud et avait une aventure de son côté ? Découvrir des preuves d'adultère pourrait mettre fin à un mariage malheureux ou provoquer un effet catalyseur pour le sauver, lui avait expliqué son ancienne patronne qui l'avait formée au métier. C'était gagnant-gagnant dans les deux cas. Bien sûr, ce n'était pas toujours aussi simple. L'une des premières enquêtes de Lydia avait révélé que l'épouse n'avait pas de liaison extra-conjugale, mais tentait de quitter son conjoint violent. La pauvre femme avait très peu de liberté et, par chance, Lydia s'était instinctivement méfiée du mari, lequel avait loué les services d'un détective. Au lieu de rédiger le rapport exhaustif des activités de son épouse, Lydia avait inventé une fable pour permettre à la malheureuse de s'enfuir. Elle tremblait encore à l'idée qu'elle avait failli empêcher une pauvre femme terrorisée de recouvrer sa liberté.

Une heure et dix minutes plus tard, alors qu'elle fantasmait en imaginant l'inspecteur Fleet nu comme un ver, la porte de l'appartement s'ouvrit, Mme Lee apparut sur le seuil et s'éloigna à vive allure. Lydia prit quelques photos avant de lui emboîter le pas, les jambes douloureuses d'être restée si longtemps immobile. Mme Lee retourna dans Church Street, réintégra sa voiture et lança son sac sur le siège passager, l'air grave et plus déterminée que jamais.

Lydia monta dans sa Volvo et la suivit jusqu'au domicile conjugal avant de reprendre le chemin de son appartement. Elle se gara le plus près possible du restaurant et monta péniblement l'escalier. Elle se sentait inexplicablement très lasse. Elle se prépara une grande tasse de café bien fort avant de rédiger son rapport sur la surveillance qu'elle venait d'effectuer.

Elle se ménagea une pause, étira ses bras au-dessus de sa tête, faisant successivement craquer son cou, ses épaules et ses poignets. La rumeur de la ville entrait par la fenêtre grande ouverte en cette chaude soirée d'été. Sa mauvaise humeur s'envola. C'était la vie. Elle était son propre patron. Depuis son bureau, elle pouvait distinguer, au fond du couloir, l'entrée de l'appartement par la porte entrebâillée. Le battant rétro en bois et en verre que Paul Fox lui avait envoyé. Cette étrange technique de manipulation lui inspirait des sentiments mitigés. Autant elle haïssait l'expéditeur et l'arrière-pensée cachée derrière ce cadeau, autant elle aimait l'esthétique film-noir et le lettrage en feuille de bronze : *Crow Enquêtes et Investigations*. Sa propre agence. Il ne lui manquait plus que de se voir confier une mission qui ne lui donne pas des boutons.

CHAPITRE DEUX

Il faisait trop chaud pour dormir. Le lendemain, la journée s'annonçait sans nuage et plus étouffante que jamais. Lydia consulta ses comptes et nota qu'April Westcott lui avait versé l'avance requise. Elle soupira, se doucha en vitesse et descendit se servir un café avant de se mettre au travail.

C'était le milieu de la matinée, l'heure du petit déjeuner était passée et celle du déjeuner encore loin. Seules trois tables étaient occupées. Perchée sur un tabouret derrière le comptoir, Angel sirotait un verre d'eau en consultant son téléphone. Elle leva les yeux quand Lydia apparut auprès d'elle.

— Bonjour ! lança-t-elle.

— Bonjour ! répondit Lydia.

La cafetière émit un sifflement et le breuvage s'écoula dans la tasse, embaumant l'air. Lydia sentit ses synapses se réveiller à la simple idée de la première gorgée. Louée soit la caféine !

— C'est calme aujourd'hui, commenta-t-elle, les yeux rivés sur le couvercle de la machine.

Angel haussa les épaules.

— Il est encore tôt. Avez-vous vu les nouvelles ?

— Non. Que se passe-t-il ?

Angel lui passa son téléphone ouvert sur l'application de la BBC. Les manchettes parlaient de la canicule qui sévissait dans le pays. Il faisait plus chaud à Londres qu'à Miami et on craignait des feux de végétation dans les campagnes anglaises en raison de la sécheresse.

— Il fait déjà trop chaud, se plaignit Lydia en lui restituant l'appareil.

Angel y jeta un rapide coup d'œil et fit défiler des informations sur l'écran.

— Non, ce n'est pas ça. Tenez, lisez.

Lydia déchiffra le titre qui s'affichait sous ses yeux : « Un banquier retrouvé sans vie sous Blackfriars Bridge. » Elle parcourut le premier paragraphe. À l'aube, on avait découvert un cadavre pendu sous le pont. L'article précisait que l'homme avait été identifié, mais que rien ne serait divulgué avant que ses proches ne soient prévenus.

— J'espère que c'est la police qui l'a trouvé, commenta Angel. Pas des gamins en goguette.

Lydia la connaissait à peine. Oncle Charlie l'avait engagée pour gérer le restaurant et c'était un vrai cordon-bleu. Elle savait seulement que Nat, son épouse, jouait dans un groupe et qu'elle résidait à Camberwell, étant donné qu'elle venait travailler à pied. Angel était généralement si sûre d'elle qu'elle en était presque intimidante, mais à cet instant, elle affichait une vulnérabilité que Lydia ne lui connaissait pas. Elle n'eut pas le temps de lui demander si tout allait bien, qu'Angel s'était levée pour encaisser un client et l'occasion était passée.

Lydia agita la main pour lui dire au revoir et sortit sous un soleil de plomb. Un cliché du pont avec le ruban jaune et les voitures de police illustrait l'article. L'homme s'était pendu au-dessous, même si le cliché ne montrait pas le corps. Les sites d'informations et les blogueurs avaient probablement accès à d'autres photos, ce qui était à la fois l'avantage et l'inconvénient d'Internet. Lydia se demanda s'il avait été retrouvé la tête en bas, comme si l'on avait procédé à son exécution, ou s'il s'était donné la mort. Le pont était très fréquenté, mais on pouvait aisément passer sous le tablier. Impossible de déterminer s'il s'agissait ou non d'un suicide. Perdue dans ses pensées, elle chercha l'article sur son portable et examina de nouveau la photo tout en sirotant son café. Elle éprouvait un sentiment de familiarité indépendamment du fait qu'elle connaissait l'endroit. Voilà. Ça lui revenait. Un banquier suspecté de travailler pour la mafia avait été retrouvé pendu sous Blackfriars Bridge dans les années 1980. Elle appela Fleet.

— Qui est le type du pont ?

— Bonjour, Lydia. Comment vas-tu ?

Elle ne releva pas le sarcasme.

— Il paraît qu'il a été identifié.

— Ça ne concerne pas le grand public.

— Je ne suis pas le grand public.

Fleet ne répondit pas tout de suite. Lydia entendit quelqu'un l'interpeller dans le brouhaha perpétuel qui régnait dans son bureau. Elle imaginait l'extrême attention qu'il accordait à son interlocuteur, son regard pénétrant, pareil à un rayon laser, la façon dont il raisonnait et échafaudait un plan d'action, l'air parfaitement impassible.

— Pourquoi cet intérêt ? questionna-t-il quand il revint en ligne.

— N'y a-t-il pas eu un cas similaire dans les années 1980 ?

— Roberto Calvi, répondit Fleet sans hésitation, de sorte qu'elle comprit qu'il avait déjà fait le rapprochement. Un banquier de la mafia.

— On a arrêté le coupable ?

— Pas assez de preuves. Comme d'habitude. Tu sais ce que c'est avec le crime organisé.

— Un boulot de pro et tout le monde tient sa langue. C'est quand même bizarre, non ?

— Je ne sais pas. C'est un pont très fréquenté.

Lydia réfléchit très vite. Ce quelque chose qui la tracassait revint lui chatouiller l'esprit. Comme un bruissement de plumes. Une aile noire. Elle ferma les yeux et sentit un poids qui l'entraînait vers le bas. Elle leva les bras le plus haut possible, cherchant à décoller les pieds du sol, mais quelque chose l'en empêchait. Pas seulement la gravité. Un fardeau pesant lui alourdissait les hanches.

— C'est cette histoire de pendaison, reprit-elle. Il avait des poids attachés au corps ? Peut-être autour de la taille ?

L'inspecteur ne répondit pas.

Lydia sentait encore les plumes. Un frisson lui parcourut l'échine.

— Fleet ? insista-t-elle.

— On déjeune ensemble ?

— Volontiers, consentit-elle, ravie sans vouloir se l'avouer.

— L'endroit habituel ?

— À tout à l'heure, lança Lydia avant de raccrocher.

Le courant était passé entre eux au premier regard, une étincelle qui s'était transformée en une séance de jambes en l'air très agréable quelques mois plus tôt, alors qu'elle ne pensait pas s'éterniser à Londres. À présent, elle s'était posée pour de bon, déterminée à monter une affaire qui tenait la route et prouver qu'elle avait réussi à ses parents, ainsi qu'à tout le clan Crow. Sans l'aide de personne et sans révéler non plus qu'elle n'était pas aussi dénuée de pouvoir qu'elle le croyait. Elle avait proposé à Fleet une relation amicale pour le moment. Il était son principal contact dans la police. Une ressource précieuse à exploiter et pas seulement un homme terriblement séduisant. Le sexe compliquait les choses et Lydia préférait privilégier les situations simples et se cantonner au plan professionnel.

Elle passa la matinée à Brunswick Park, récemment rénové. Les bancs étaient encore en bon état. Elle s'installa à l'ombre d'un marronnier d'Inde et s'absorba dans le dossier d'April Westcott. Sa cliente lui avait fourni la liste de ses plus proches amis et parents, des renseignements concernant le métier de graphiste de Christopher, son époux, ainsi que son emploi du temps hebdomadaire. « Traîner au jardin », avait répondu April avec une grimace à la question de savoir quel était le hobby favori de son mari. En étudiant les éléments biographiques de la triste existence de Christopher, Lydia ne put s'empêcher d'éprouver de la sympathie pour cet homme, qui avait apparemment besoin de pimenter son existence, et elle se surprit à espérer qu'il avait une liaison. Dommage que les gens ne parviennent pas à se parler. Si seulement Christopher Westcott avait pu confier à sa femme : « Écoute, je m'ennuie. Je ne suis pas heureux. J'ai besoin de faire l'amour. » Ou de jardiner. Peu importait. Lydia ne portait aucun jugement.

The Hare sur Well Street était resté en l'état depuis sa création en 1847, avec sa façade peinte en noir brillant, ses fenêtres cintrées et son comptoir ornementé. Les jardinières et les paniers fleuris suspendus à l'extérieur n'étaient sans doute pas d'époque et les Victoriens n'auraient probablement pas pu y commander un déjeuner végan avec une bière, mais l'endroit restait intemporel. Les pubs de Londres étaient vraiment uniques au monde.

Fleet était déjà arrivé, attablé à leur place habituelle dans un angle de la salle. Une bouteille de Doom Bar et une chope de bière blonde étaient posées devant lui. Il se leva à son arrivée et attendit qu'elle soit installée avant de se rasseoir. Il avait des manières un peu vieux jeu qui s'harmonisaient à merveille avec le capitonnage rouge et le bois sombre du pub. En outre, il s'habillait avec une sobre élégance, l'image même de la virilité, que Lydia trouvait incroyablement sexy. Il faut dire qu'elle le voyait presque toujours en tenue de travail. Peut-être que, pendant son temps libre, il portait un jean moulant et un sweat à capuche ? Elle en doutait.

— Est-ce qu'on adopte un cadre strictement professionnel, ou j'ai droit à un baiser ? demanda-t-il.

Lydia sentit ses joues s'enflammer. C'était horriblement embarrassant. Fleet mettait son image de dure à cuire à rude épreuve.

— Tu peux m'embrasser si tu veux, mais ça n'engage à rien.

Il inclina la tête, comme s'il méditait ses paroles, puis se pencha vers elle.

— D'accord.

Lydia ferma les yeux quand ses lèvres effleurèrent les siennes. Une gerbe d'étincelles. Un feu de joie sur la plage au clair de lune. Et encore autre chose. Une lueur. Lydia pouvait sentir la magie émanant des quatre vieilles familles : les Silver, les Crow, les Pearl et les Fox. Elle percevait une touche magique chez Fleet également. Pas très puissante, cependant. Sans commune mesure avec aucun des quatre autres clans. C'était tout à fait différent et remontait probablement très loin dans son arbre généalogique. Elle lui rendit son baiser sans plus réfléchir. On s'abrutit à travailler sans relâche, n'est-ce pas ? Sa grande main virile posée sur sa nuque lui procurait de merveilleuses sensations dans tout son corps et elle lui rendit la pareille, sentant avec délice ses cheveux souples, soigneusement coupés, se hérisser sur sa nuque.

Cet instant s'évanouit presque aussitôt. Un serveur coiffé avec une crête surgit et plaça des assiettes devant eux. Lydia reprit son souffle. Elle avala une longue gorgée de bière, retira le bâtonnet de bois qui maintenait son club sandwich et entreprit de le désosser avec application.

— Pourquoi faut-il toujours qu'on nous serve cet échafaudage immangeable ? bougonna-t-elle. Je ne pourrai jamais ingurgiter tout ça.

Fleet jugea bon de ne pas répondre.

— Comment as-tu su pour les pavés ? questionna-t-il en piquant sa fourchette dans sa salade.

Lydia prit le temps de mastiquer et d'avaler une rondelle de concombre.

— Quels pavés ?

— Notre pendu. Il avait des pavés dans les poches. Et tu as dit...

Lydia secoua la tête

— J'ai eu l'intuition qu'on avait lesté son corps, c'est tout. Mais maintenant que tu le dis... Elle s'accorda un temps de réflexion. Calvi avait également des pavés dans ses poches, n'est-ce pas ? J'y pensais justement, d'où la confusion. Je me rappelle cette histoire. Mes parents en parlaient dans la cuisine quand ils croyaient que je n'écoutais pas.

— Ça commence à y ressembler. Je ne dirais pas un « co-pier-coller », mais c'est tout comme...

— Si vous entendez un bruit de sabots...

— Oui, mais ici, il y a aurait des chances pour que ce soit un zèbre.

Lydia ne savait trop quoi répondre. On aurait dit une invite pour parler des Crow et de leur sulfureuse réputation, mais c'était un terrain glissant. Elle ignorait ce que Fleet savait sur son monde, d'autant que les règles familiales compliquaient la situation. La loyauté envers le clan passait en premier, naturel-lement, et ses membres n'étaient pas du genre à frayer avec l'extérieur en dehors des liens de sang, mais les frontières entre les informations secrètes et celles à la portée du grand public étaient floues. Lydia craignait que Fleet ne la prenne pour une folle. Les Londoniens, surtout les habitants de Camberwell, connaissaient les Crow. De même que les autres familles. Quant à ce qu'ils croyaient vraiment, c'était une autre histoire.

Ils avaient fini leur repas. Lydia réprima in extremis un léger rot en vidant son verre de bière. (Le seul petit inconvénient de cette délicieuse boisson.)

Fleet l'observait par-dessus le bord de sa chope.

— Tu as dit que tu avais eu une intuition.

— C'était la bière. Les bulles.

— À propos des pavés, précisa Fleet sans sourire.

— Je n'ai pas parlé de pavés. Je ne sais rien, je t'assure.

— Pas de ragots de famille ? ajouta Fleet avec une désinvolture feinte.

Lydia secoua la tête.

— Tu vas te décider à me dire comment il s'appelle ?

— Ça t'intéresse à ce point ?

Lydia repoussa son assiette et s'adossa à la banquette.

— Je m'ennuie. Je n'enquête que sur des adultères. C'est déprimant.

— Et tu crois qu'un meurtre te remonterait le moral ?

Lydia se pencha en avant.

— Ce n'est donc pas un suicide ?

— Non. Nous n'y croyons pas.

— Une exécution ?

— Pas la peine d'avoir l'air si réjoui. C'est pénible à la fin.

— Oh, allez, dit Lydia. Tu adores ça, toi aussi. Alors, c'est qui ?

— Robert Sharp. Analyste commercial chez Sheridan Fisher. Célibataire, d'après ce que nous savons. Il habitait à Canary Wharf.

— Sympa si on aime le genre.

— Il avait une pièce d'identité sur lui. Et les clés de son appartement.

— De l'argent ?

Fleet fit non de la tête.

— Pas de liquide, mais des cartes de crédit et une montre Breitling.

— Donc il ne s'agit pas d'un vol. Une idée du mobile ?

Fleet écarta les mains.

— Ça ne relève pas de mes attributions.

— Mais tu as quand même une idée ? Juste pour le plaisir.

Fleet l'étudia un moment.

— Tu me fiches un peu la trouille, tu sais ?

— On me l'a déjà dit.

— Tu as intérêt à ne pas t'en mêler, ajouta-t-il, la mine grave. Tu n'as rien à voir avec ça.

Lydia acquiesça, tout en prévoyant in petto de n'en faire qu'à sa tête. Ce n'étaient pas ses oignons et c'était bien là le problème. Elle avait besoin d'action.

De retour chez elle au début de l'après-midi, Lydia se déshabilla, ne gardant que ses sous-vêtements. Installée à son bureau, le ventilateur orienté directement vers son visage, elle effectua des recherches sur Christopher Westcott. Elle avait beau manquer d'entrain, elle prenait son travail au sérieux. Elle avait accepté cette affaire et la mènerait à bien. D'autant que *Crow Enquêtes et Investigations* devait asseoir sa réputation par le seul bouche-à-oreille. C'était ainsi que fonctionnait la profession. On ne pouvait pas simplement passer une petite annonce en espérant voir les clients affluer. Ils accordaient leur confiance à un détective qu'ils invitaient dans leur intimité, ce qui impliquait des recommandations personnelles. Sans oublier les frais importants. Lydia avait dressé une liste d'achats, incluant le matériel de surveillance et un véhicule plus fiable et confortable que sa vieille guimbarde. Elle avait du mal à joindre les deux bouts et ignorait combien de temps encore oncle Charlie lui offrirait le gîte et le couvert. Probablement jusqu'à ce qu'il s'aperçoive qu'elle n'avait pas la moindre intention d'entrer dans son jeu.

Christopher Westcott dirigeait une agence de graphisme.

Son bureau était situé à Soho, mais un rapide coup de fil à April confirma qu'il pratiquait le télétravail et que l'adresse figurant sur le site web était la domiciliation du siège social. Les soupçons d'April se portaient plutôt sur les déplacements professionnels de Christopher, qui s'étaient multipliés au cours de l'année écoulée et incluaient régulièrement les nuits. Quand elle le questionnait à ce sujet, il répondait qu'il avait l'occasion de nouer des contacts et devait « donner de sa personne » pour décrocher de gros contrats. Un langage malheureux, étant donné les doutes de son épouse.

Entendant la sonnerie, Lydia se hâta de fermer les onglets sur son écran. Elle avait installé un tapis de détection sensible à la pression sous la moquette miteuse de l'escalier, menant des toilettes du restaurant à son appartement. Grâce au signal d'alarme, elle savait si quelqu'un montait à l'étage. Quelques instants plus tard, elle entendit des pas sur le palier, tandis qu'une ombre se profilait derrière le verre dépoli de la porte.

Lydia s'empressa d'enfiler un débardeur et un short en jersey avant de se diriger vers l'entrée. Elle entrebâilla la porte en utilisant la chaîne de sécurité, même si elle avait reconnu la silhouette de son oncle. Elle pouvait le sentir aussi ; l'odeur de la magie du corbeau envahissait ses sens.

— Qui est-ce ? demanda-t-elle, jugeant inutile de mettre Charlie au courant de ses capacités.

— C'est moi, répondit-il avec amusement, comme s'il voyait clair dans son manège.

Elle observa son oncle par la porte entrebâillée.

— Quelle bonne surprise !

— Je t'ai apporté du café.

Lydia ôta la chaîne et ouvrit grand le battant.

— Il fait presque trop chaud pour du café.

— Presque, répéta Charlie en souriant.

Elle accepta la tasse d'expresso noir et blanc qu'il avait

probablement remplie à la cafetière du rez-de-chaussée et se réfugia derrière son bureau.

— Que puis-je faire pour toi ?

— Un oncle fier de sa nièce n'a pas le droit de lui rendre visite ?

Lydia avala une gorgée de sa tasse et sentit la caféine stimuler ses neurones. Le goût âcre des plumes reflua vers le fond de sa gorge et elle discerna la lueur qui auréolait son oncle. Il portait une chemise aux manches retroussées jusqu'aux coudes. Les tatouages s'enroulaient autour de ses avant-bras. Lydia détourna la tête de peur que Charlie ne s'aperçoive qu'elle pouvait les voir tels qu'ils étaient en réalité. Pour le chef de la tristement célèbre famille Crow, elle était un canard boiteux. Une moins que rien, une source d'amère déception.

— Comment vont tante Daisy et oncle John ? s'enquit-elle.

Charlie s'installa dans le fauteuil réservé aux visiteurs.

— Mieux. Ils te sont très reconnaissants.

— Je n'en doute pas, répondit Lydia, sarcastique.

Il se pencha en avant.

— C'est la vérité. Tu as joué un rôle important dans cette affaire.

— Mais Maddie se balade toujours dans la nature. Je n'ai rien résolu. Je ne l'ai pas ramenée à la maison.

— Au moins, ils savent qu'elle est vivante et partie de son plein gré. Et ils sont conscients que c'est pour le mieux.

Lydia releva le menton.

— Je suppose.

Charlie inspecta la pièce.

— Comment vont les affaires ?

— Très bien, mentit Lydia.

— Si tu as besoin d'argent, n'hésite pas à demander à Angel. Elle te fera travailler au restaurant. Quand tu veux.

Avec des horaires flexibles. Et sans contrat. Tu seras payée au noir.

— Tout va bien, répéta Lydia.

Charlie se renfrogna et Lydia entrevit l'autre Charlie. Le *chef de famille* dans toute sa gloire.

— Merci quand même, ajouta-t-elle. Je m'en souviendrai.

— Ça part d'une bonne intention, Lyds. J'ai promis à ton père de veiller sur toi.

— Je sais et je te remercie.

APRÈS LE DÉPART DE SON ONCLE, LYDIA FRAPPA À LA PORTE DE la chambre de Jason. Elle n'en voyait pas l'utilité, puisqu'il ne dormait pas vraiment, mais elle savait qu'il s'allongeait souvent sur la couette rayée en feignant de somnoler. Il s'adonnait à la méditation, affirmant qu'après des années de pratique, il pouvait tenir cette posture des heures durant et parvenir à un état semblable au rêve. S'il n'était pas mort, il aurait été capable d'écrire un livre de développement personnel à ce sujet.

Jason se tenait dans un angle de la pièce, le dos tourné. Il gribouillait frénétiquement sur le mur couvert de formules. Il fit volte-face, un marqueur à la main, avec cette expression vague et lointaine que Lydia appelait son « regard de mathématicien ». C'était encore un détail qu'elle avait découvert au cours des deux derniers mois : Jason se passionnait pour les mathématiques et, avant de mourir, il était sur le point de devenir professeur à l'UCL, l'University College de Londres. Grâce à Lydia il semblait pouvoir s'incarner et était capable de pousser, déplacer, soulever, lancer de gros objets, ouvrir la porte du réfrigérateur, etc. Au fil du temps, il avait développé sa motricité fine et la première chose qu'il réalisa fut d'aligner au crayon une série de chiffres sur un bloc-notes. « J'adore les nombres premiers », précisa-t-il, surprenant le regard perplexe de Lydia.

Très vite, il substitua des feutres et les murs de sa chambre au papier et au crayon. Lydia se demandait quelle explication elle allait fournir à son oncle, mais Jason avait l'air si heureux qu'elle n'avait pas le cœur de lui demander d'arrêter. En outre, Charlie n'avait aucune raison d'entrer dans la chambre d'amis. Et elle pourrait toujours dissimuler les graffitis sous une couche de peinture.

— Désolée, s'excusa-t-elle. Je vois que tu es occupé.

Jason reboucha le marqueur qu'il fourra dans la poche de sa veste d'un geste si naturel que Lydia faillit croire qu'il avait miraculeusement ressuscité des morts.

— J'ai tout mon temps, dit-il en l'invitant à s'asseoir.

L'illusion se dissipa. Dernièrement, Jason avait souvent l'air tout à fait réel, confirmant la théorie selon laquelle Lydia décuplait en quelque sorte l'énergie qui lui permettait de rester en un seul morceau sous forme d'esprit ; seulement c'était un état instable, susceptible d'évoluer d'un instant à l'autre. Il se déplaçait parfois si vite que ses mouvements trop souples ou saccadés se brouillaient. Et quand Lydia s'absentait un long moment pour effectuer une filature ou rendre visite à ses parents, il devenait presque transparent à la lumière directe.

— Aurais-tu une idée du domaine d'activité d'un analyste commercial ? demanda-t-elle. Dans une entreprise comme Sheridan Fisher ?

Jason fronça les sourcils.

— Pas vraiment. Pourquoi ?

Lydia lui parla de Robert Sharp.

— Je m'interroge sur le mobile.

— Une affaire de meurtre ? C'est géant !

— Pas officiellement. Mais je vais m'y atteler. C'est un bon entraînement.

— Un entraînement ? C'est tout ?

— Que veux-tu dire ?

Le regard de Jason s'égara vers le mur et Lydia comprit qu'il avait hâte de retourner à ses chers calculs.

— Rien de particulier.

— Sur quoi travailles-tu en ce moment ?

— Oh... c'est une nouvelle théorie.

Par chance, Jason avait renoncé à lui expliquer ses recherches.

— Ça avance ?

— C'est trop tôt pour le savoir, fit-il, les yeux brillants. Il s'interrompit et, s'il avait été vivant, il aurait probablement pris une profonde inspiration. Au lieu de quoi, il s'immobilisa quelques secondes. J'ai eu beaucoup de temps pour réfléchir, reprit-il, les mots se bousculant dans sa bouche. Voilà des années que je brasse des preuves et des idées dans ma tête, mais je progressais très lentement. Ne pas pouvoir écrire, coucher mes pensées sur le papier... J'ai toujours eu besoin de formuler les choses par écrit, de les illustrer visuellement. Et dire que maintenant je suis capable de le faire ! C'est incroyable !

— Je suis contente pour toi.

Il se mit à gesticuler

— Imagine que je développe une nouvelle conception du réel et de la temporalité ? Qui sait ce que je vais découvrir ? Peut-être un concept véritablement révolutionnaire ?

Lydia ne savait comment réagir devant son enthousiasme exubérant. Elle était mal à l'aise, voire un peu jalouse, et eut soudain comme une révélation. Elle souhaitait travailler sur l'affaire Sharp pour s'entraîner, voire booster son activité. N'empêche qu'elle pourrait montrer un peu plus d'ardeur à la tâche.

Quand le mort qui hante les lieux s'en sort mieux que vous, il est temps de sortir le grand jeu.

CHAPITRE TROIS

Lydia allait voir ses parents tous les dimanches sans exception. Sauf, bien sûr, si elle effectuait une filature ou une planque. Ou si elle avait veillé tard la veille devant un verre en écoutant Jason pérorer sur la suite de Fibonacci. Ou quand elle ne pouvait vraiment pas s'y résoudre.

Ils l'attendaient à midi pile, mais ce jour-là, son téléphone sonna à 11 heures.

— Il fait trop chaud à la maison, déclara sa mère. On a du mal à respirer. Je n'ai pas préparé un rôti, ajouta-t-elle avec malice.

Lydia réprima la tentation d'annuler le rendez-vous.

— Et si on déjeunait sur l'herbe dans un parc, à l'ombre ? proposa-t-elle.

Elle retrouva ses parents à mi-chemin de Kelsey Park, au coin d'une ruelle écartée où elle avait réussi à se garer. De cette façon, elle pourrait filer au plus vite après le déjeuner.

Son père la reconnut et la serra contre lui dans une étreinte rapide, presque brutale.

Sa mère désigna la chaussée.

— Ce n'est pas normal. L'asphalte est en train de fondre, comme dans les années 1970.

Henry les prit chacune par l'épaule

— Quelle belle journée ! Un pique-nique avec mes deux filles préférées.

— Femmes, corrigea Lydia, ignorant le regard noir de Susan, qui n'appréciait pas son côté féministe.

Ils arrivèrent au parc ; on aurait dit que tout Beckenham avait eu la même idée. Les pique-niqueurs avaient étalé des couvertures sur le moindre centimètre carré d'herbe grillée par le soleil. Des familles encombrées de jeunes enfants, des couples enlacés, des solitaires avec leurs écouteurs vissés sur les oreilles, des bandes d'ados hilares s'interpellant les uns les autres, une cohue hétéroclite se pressait sous la fraîcheur relative des grands arbres.

Henry se dirigea vers les corps allongés, pareils aux eaux de la mer Rouge qu'il s'attendait à voir s'ouvrir devant lui. Et c'est exactement ce qui se produisit. Restée en retrait, Lydia regardait la foule s'écarter devant son père, certains se relevant en vitesse et rassemblant sacs, chapeaux et marmots pour libérer la place. Henry ne paraissait pas les voir, comme s'ils étaient aussi insignifiants que le ciel ou l'herbe. Il fendait la cohue qui se dispersait dans toutes les directions jusqu'à ce qu'il parvienne au pied d'un arbre où il s'assit, le dos contre le tronc. Susan, qui le suivait, avait posé ses sacs et commençait à étaler un plaid sur le sol quand Lydia arriva à son tour.

Comme toujours, l'acuité mentale d'Henry semblait s'être dégradée pendant le bref laps de temps qu'ils avaient passé ensemble. Il s'abrita les yeux de sa main en visière et contempla Lydia, l'air perplexe.

— Je vous connais, n'est-ce pas ?

— J'espère bien, Papa, répliqua Lydia, souriant pour montrer que tout allait bien, même si son cœur se tordait d'angoisse.

— Lydia, ma chérie, tu préfères le jambon ou le fromage ? demanda sa mère en haussant la voix.

Lydia comprit qu'elle l'avait appelée délibérément par son prénom.

— Le fromage, répondit-elle.

Elle prit le petit pain que Susan lui tendait et s'installa sur l'herbe.

Son père accepta un sandwich au jambon qu'il se mit à dépiauter, éparpillant les morceaux par terre.

— Qu'est-ce que tu fabriques ? s'écria Susan, la main tendue. Je le prends si tu n'en veux pas, ajouta-t-elle, embarrassée, évitant le regard de sa fille.

Excuse-moi, ma chérie, dit Henry en enfournant une bouchée qu'il se mit à mastiquer.

Lydia tenta d'engager la conversation pour dissiper le malaise que la santé déclinante d'Henry jetait sur leur petite fête.

Un roquet surexcité courait en rond avec un gamin de 8 ou 9 ans, qui hurlait de joie.

— Ils vont avoir le vertige, dit-elle à sa mère, qui la gratifia d'un sourire reconnaissant.

— Tu es de la famille, n'est-ce pas ?

Son père l'observait, les sourcils froncés. Il avait l'air furieux, mais Lydia devina qu'il avait peur.

Elle se contorsionna pour glisser la main dans la poche arrière de son jean et exhiba une pièce d'or.

Henry se détendit et s'adossa contre l'arbre.

— Je le savais.

— Je suis Lydia, ta fille, répondit-elle, décidée à prendre le taureau par les cornes et à ne plus se voiler la face.

Il hocha la tête.

— Nous devons être prudents, Lyds.

Susan fouilla dans un sac.

— Ne t'inquiète pas, Henry. Veux-tu du raisin ?

Son mari ne lui prêta aucune attention. Lydia en fut bouleversée. Son père avait toujours été affectionné, courtois et prévenant envers sa mère. C'était le pire aspect de ses absences : non seulement il ne se rappelait pas sa famille, mais il n'avait aucun souvenir de lui-même.

Quelques minutes plus tard, il s'intéressa à un groupe d'adolescents qui jouaient au ballon. Ils dribblaient sans grand enthousiasme sur un petit carré d'herbe, la canicule décourageant leur motivation en dépit de leur jeune âge. Le front plissé, les poings serrés, Henry semblait encore très agité.

— Si papa s'en mêle, ça va mal tourner, murmura Lydia.

Elle loucha vers sa mère. La santé d'Henry s'était terriblement dégradée. D'après Jason, c'était sa présence qui affaiblissait son père, aggravant sa maladie de la même façon qu'elle semblait renforcer la force vitale du fantôme.

— Une perte de temps, marmonna-t-il entre ses dents d'un ton venimeux. Ils devraient être vigilants au lieu de jouer comme ça.

— Tout va bien, chéri, je t'assure, intervint Susan.

Il se pencha en avant.

— Tu ne sais pas de quoi il est capable, proféra-t-il d'une voix basse, à peine plus audible qu'un murmure. Charlie avait fait une bêtise un jour, il avait oublié quelque chose et il l'a fouetté jusqu'au sang.

Saisie, Lydia enfonça ses ongles dans sa paume et remballa son sandwich intact, l'appétit coupé.

— Il a la trouille, poursuivit son père. Il sait que tout est parti en vrille. Nous n'avons plus rien, ce n'est un secret pour personne. Nous sommes totalement démunis. Il a la frousse. Il devrait laisser tomber, mais il n'en fera rien. Il en est incapable.

Lydia saisit la main d'Henry et la serra doucement. Elle ne gardait qu'un vague souvenir de grand-père Crow. Il était âgé, bien sûr. Incroyablement vieux même et il n'avait pas le sourire facile. Il était grand et mince, avec des yeux durs, noirs et brillants comme le dos d'un scarabée. Oncle Charlie avait hérité de sa haute taille, mais il était trapu et musclé, la poitrine large, la carrure athlétique. Henry, son père, ressemblait davantage à leur aïeul. Il était svelte, le corps bien charpenté et encore très en forme pour son âge. Dans l'album de photos de famille, où grand-père Crow figurait comme un homme d'âge mûr, Lydia imaginait à quoi son père ressemblerait dans ses vieux jours, le sourire en sus.

— Il a gardé le souvenir des jours glorieux, poursuivit Henry, mais ils sont passés et ne reviendront plus, ce qui est une bonne chose.

Susan tapota la jambe de son mari.

— C'est vrai, approuva-t-elle. Veux-tu du gâteau au citron ?

Il cligna des yeux.

— Il fait trop chaud. On va chercher des glaces à l'eau ?

Lydia se leva, partagée entre l'envie de prendre la tangente et d'écouter son père. C'était navrant, mais il fallait profiter qu'il baisse la garde pour l'entendre dévoiler des secrets de famille. Elle n'était pas fière de cette pensée, mais elle n'y pouvait rien. Les Crow avaient une mauvaise réputation, qui remontait à l'époque où ils transgressaient la loi, offrant protection, argent et aides de toutes sortes aux membres de la communauté, qu'ils le veuillent ou non.

Elle acheta un Magnum pour sa mère et deux sorbets au kiosque, à l'extrémité du parc. À son retour, son père somnolait, la tête renversée contre l'arbre, aussi se dépêcha-t-elle de manger les deux glaces avant qu'elles ne fondent. Elle léchait le sirop qui dégoulinait sur son poignet quand sa mère fit une remarque inattendue.

— Le jour où j'ai rencontré ton grand-père, il m'a confié que son fils était le magicien le plus puissant de la famille depuis des décennies. Ton père me l'a caché, ajouta-t-elle en secouant la tête. Il m'a protégée. Il voulait nous préserver toutes les deux.

— Je sais, Maman. Cette affaire de Madeleine m'a permis de mieux comprendre tes choix. C'était une bonne idée de venir ici, ajouta-t-elle en agitant le bâton de sa sucette pour désigner le parc et les environs. Ma cousine n'est vraiment pas nette. Et je ne sais toujours pas le rôle exact qu'a joué oncle Charlie là-dedans.

— Tu vois maintenant pourquoi nous t'avons conseillé de prendre tes distances avec lui, n'est-ce pas ?

— Absolument.

— Pourtant, tu loges toujours au-dessus du restaurant.

— Oui. Un loyer gratuit, ça ne se refuse pas. D'autant que l'emplacement convient parfaitement à mes affaires. Et puis, je suis prudente.

— L'argent n'est pas tout. Et nous pourrions t'aider, ce n'est pas un problème. Nous avons des économies.

Lydia balaya l'argument d'un revers de main.

— Merci, mais tout va bien. C'est vrai. Et ce n'est pas seulement la question du loyer. J'aime bien cet endroit. (Lydia se mordit les lèvres pour ne pas mentionner son colocataire fantôme. Elle refusait de quitter Jason. Ce serait comme le tuer une seconde fois.) Angel est très gentille et le restaurant au rez-de-chaussée me donne l'impression d'être en sécurité.

Susan leva un sourcil sceptique qui en disait long.

Lydia s'avança et la serra dans ses bras. On n'était pas très porté sur les câlins dans la famille, mais l'odeur du parfum et du shampoing de sa mère lui firent retrouver un pan de son enfance. Blottie sur ses genoux tandis qu'elle appliquait un pansement sur une écorchure, le visage caché au creux de son épaule pour éviter de parler aux invités lors d'une fête, sa main serrée dans la sienne pendant qu'elles traversaient une rue très fréquentée.

— Je fais attention, je t'assure, répéta-t-elle.

Sa mère lui rendit son étreinte avant de la relâcher.

— Mange ton sandwich, dit-elle. Tu as l'air affamée.

. . .

Le lendemain, Lydia se réveilla avec l'intention de se concentrer sur ses enquêtes (en évitant de se laisser envahir par les affaires familiales à l'instigation d'oncle Charlie), de se remettre au sport et de réduire sa consommation d'alcool. Les inepties habituelles du lundi matin.

Elle commença par chercher l'adresse de l'appartement où elle avait vu entrer Mme Lee. Puis elle tapa le mot « manucure » et patienta. Une page Facebook afficha une entreprise à domicile proposant des ongles en gel et des « designs originaux ». Elle consigna toutes ces informations dans son rapport qu'elle transféra au Dr Lee, lui conseillant de vérifier les ongles de son épouse. Il y avait de fortes chances pour que Mme Lee se soit offert une manucure et non pas une partie de jambes en l'air. Ce qui, à moins que le Dr Lee n'ait des opinions très tranchées sur le nail art, constituerait un dénouement heureux.

Elle mit au propre ses notes qu'elle expédia à son client, puis contempla les cartons de livres qu'elle avait transportés de son appartement d'Aberdeen. Les déballer constituerait la preuve qu'elle s'installerait ici de façon permanente. Une décision importante, qu'elle souhaitait et redoutait à la fois. Quoi qu'il en soit, il faisait trop chaud pour s'atteler à cette tâche, d'autant qu'elle devrait également se procurer des étagères, ce qui signifiait des dépenses et des tracas supplémentaires. Lydia oublia les cartons, se promettant de s'en occuper un autre jour.

Elle retourna à son ordinateur et se connecta à un site de bases de données payantes, découvert durant son apprentissage auprès de Karen, son ancienne patronne. Avant de suivre cette formation, Lydia n'aurait jamais deviné avec quelle facilité on pouvait localiser une personne sur un moteur de recherche, y compris son lieu de travail, son adresse, son numéro de téléphone, son casier judiciaire, son permis de conduire, les noms de ses animaux de compagnie, voire ses restaurants préférés.

La société financière de Robert Sharp était située dans le quartier d'affaires de la City, plus précisément dans le Gherkin. Plantée au pied du gratte-ciel de verre et d'acier en forme de cornichon, d'où son nom, Lydia observa la réception. Elle était noyée dans la végétation, surveillée par plusieurs plantons en costumes sombres, trois réceptionnistes toutes pimpantes et une porte équipée d'un scanner à l'image du sas de sécurité d'un aéroport.

De près, les vitres sans tain en losanges du Gherkin conféraient à l'édifice emblématique l'apparence d'une *Étoile de la mort*. Malgré sa carte professionnelle flambant neuve, il était peu probable qu'on la laisse entrer sur le lieu de travail de Robert Sharp, histoire de jeter un coup d'œil et discuter avec ses collègues. En désespoir de cause, elle contacta les entreprises de location de matériel de bureau et de nettoyage les plus proches pour savoir qui fournissait l'entreprise de Sharp et eut la réponse en un rien de temps. Par chance, l'uniforme du personnel était très simple : un polo bleu marine brodé d'un petit logo sur la poitrine et un pantalon cargo beige. Elle se rendit dans une boutique Gap pour se procurer les vêtements, puis chez un fleuriste haut de gamme. Elle acheta une gigantesque plante, espérant qu'on aurait pitié d'une faible femme se coltinant un lourd fardeau encombrant.

— Livraison pour Sheridan Fisher, claironna-t-elle. PlantLife.

— Signez ici.

Lydia posa l'énorme pot sur le comptoir et griffonna un nom déniché dans l'organigramme du personnel de PlantLife.

— Troisième étage.

Les bureaux en open space de Sheridan Fisher ressemblaient à d'immenses ruches silencieuses.

Lydia arrêta une femme à l'air pressé, vêtue d'un tailleur-pantalon gris.

— Excusez-moi, pouvez-vous m'indiquer le bureau de M. Sharp, s'il vous plaît ? demanda-t-elle, feignant de vaciller sous le poids de son fardeau. J'ai une livraison pour lui.

L'autre fronça les sourcils et indiqua l'extrémité de la salle.

— Là-bas, je crois. Joseph Hazeldine pourra vous renseigner. C'est son binôme.

La femme n'avait pas réagi quand elle avait prononcé le nom de Sharp, songea Lydia, surprise, mais, peut-être n'avait-elle pas été interrogée par la police. Pourtant, les agents avaient dû se manifester et déclencher des rumeurs au sein du personnel. Ou bien l'endroit était trop vaste et anonyme pour que cela se produise. À moins que la vie londonienne ait déteint sur les employés qui adoptaient l'attitude « ne pas poser de questions et afficher la plus totale indifférence » envers leurs collègues. Peut-être que voir la police fourrer son nez partout et procéder à un interrogatoire en règle était tout à fait naturel ? Lydia n'en avait aucune idée. L'univers de la haute finance, des analystes et des traders lui était totalement étranger. Elle s'attendait presque à voir une armée de jeunes gens défoncés à la cocaïne, sniffant des lignes sur les ventres musclés de stripteaseuses en s'égosillant « vendre ! » et « acheter ! » de temps à autre.

Quatre plateaux cloisonnés par des panneaux acoustiques, dont deux étaient occupés, se trouvaient à l'emplacement indiqué.

— Monsieur Hazeldine ?

Un homme aux cheveux blonds savamment décoiffés et à la cravate d'un violet éclatant leva le nez de l'écran de son ordinateur. Il sourit, apparemment ravi de la diversion.

— Pour moi ?

Lydia lui rendit son sourire.

— Désolée, mais c'est pour M. Sharp. Savez-vous où je peux le trouver ?

Hazeldine désigna le plateau vide en vis-à-vis.

— C'est le sien.

Lydia acquiesça et disposa la plante dans un coin, derrière le bureau de Sharp. Son collègue ne semblait pas non plus être au courant de la mort de son binôme, c'était vraiment curieux. Bien sûr, l'identité de Robert n'avait pas été révélée dans la presse, mais la brigade criminelle chargée de l'affaire s'était sûrement déplacée sur les lieux pour poser des questions.

Le bureau de Sharp était parfaitement ordonné, rien n'y traînait, excepté la figurine d'une super-héroïne, que Lydia ne reconnut pas, à côté de l'écran et une bouteille de smoothie vide dans la corbeille.

Elle ne savait pas trop à quoi s'attendre. Évidemment pas à un brassard noir sur le fauteuil du défunt ni au personnel en grand deuil, mais au moins à une allusion au fait qu'un employé, qui avait passé la plus grande partie de ses journées à cet endroit, était décédé suite à une mort violente.

Lydia contourna le bureau de Sharp et revint se planter devant son collègue.

— Savez-vous quand il reviendra ?

Hazeldine se carra dans son fauteuil et la dévisagea, s'attardant sur sa poitrine avant de croiser son regard avec un sourire provocateur.

— Non, pourquoi ?

Il semblait un peu moins amical à présent. Elle résista à la tentation toute féminine d'user de ses charmes et se borna à sourire.

— Il est censé signer le bon de livraison. Il est souvent absent ?

Il était en arrêt maladie ces derniers temps. Une petite nature.

— Ah oui ?

Lydia était pressée d'en finir à présent. Hazeldine émit un ricanement grinçant et brusquement, elle comprit que son air affable n'était qu'un vernis dissimulant une facette plus sombre de sa personnalité.

— Tout le monde n'est pas fait pour ce job, vous savez.

— Que faites-vous ici ? questionna-t-elle avec un intérêt feint.

— Je suis analyste.

Me voilà bien avancée, se dit-elle en prenant congé avant de retourner dans le couloir. Une femme en tailleur sombre l'arrêta. Un instant, Lydia songea qu'elle pouvait être un agent de sécurité sous couverture, mais remarquant ses yeux rougis et sa pâleur, elle changea d'avis.

— Vous êtes là pour ses affaires ?

— Pardon ?

— Les affaires de Rob. Vous êtes venue vider son bureau ? Je vous ai vue là-bas, précisa-t-elle en indiquant le fond de la salle.

— Non, répondit Lydia. Je suis détective.

La femme hocha la tête, comme s'il n'y avait rien de plus naturel. Par conséquent, elle était au courant.

— Vous collaboriez avec Robert ?

L'employée prit une grande inspiration.

— Pas exactement... Nous étions amis. C'était un homme charmant.

— Amis ?

La femme s'essuya les yeux et promena son regard alentour, comme si elle craignait d'être surveillée.

— Ce n'est pas ce que vous croyez. Je suis mariée.

Lydia désigna le couloir, loin des bureaux et des sonneries des téléphones.

— On y va ?

La femme fit la grimace.

— Il est interdit de montrer la moindre faiblesse ici, enchaîna-t-elle à toute vitesse, comme si les mots se bousculaient dans sa bouche. C'est très mal vu. Surtout si vous n'avez pas de bite. Pardonnez-moi.

Lydia fit un geste de la main pour indiquer qu'elle n'était pas bégueule.

— Alors vous aimiez bien Robert ? Il était gentil ?

Son interlocutrice opina.

— Comment vous appelez-vous ? questionna Lydia.

— Anna Croft. Mon patron m'a parlé de Rob hier. Il savait qu'on se parlait. Il nous avait vus ensemble à la fête de Noël. Enfin pas exactement. Mon mari était présent lui aussi.

Lydia hocha la tête pour montrer qu'elle comprenait.

— Rob avait-il beaucoup d'amis ici ?

L'autre lâcha un petit rire.

— Personne n'a d'amis. Pas le temps.

— Comment allait-il dernièrement ? Avait-il des problèmes au bureau ?

Anna secoua la tête.

— Même si c'était le cas, il ne m'en aurait pas parlé. Ce n'est pas le genre de la maison.

— Il était de bonne humeur ?

— Il avait pris quelques jours de congé maladie récemment. À part ça, il avait l'air d'aller parfaitement bien. Plus que bien, même. Il était toujours très calme, très posé. Charmant. Et il savait écouter, vous voyez ?

Lydia hocha la tête sans répondre, ne voulant pas l'arrêter sur sa lancée.

— La plupart des gens en sont incapables, mais Rob était... Elle respira à fond et s'interrompit.

— Que vouliez-vous dire par « plus que bien » ? Quand l'avez-vous vu pour la dernière fois ?

— La semaine dernière. Mercredi, je crois. Il était plein d'entrain, plus que d'habitude. Comme s'il était sous l'emprise de la caféine.

— On dirait que c'est la règle, par ici. Le personnel m'a l'air d'être sous pression.

— Pas Rob. J'ai toujours pensé qu'il partirait. Qu'il prendrait une retraite anticipée pour vivre dans une caravane ou quelque chose comme ça. Excusez-moi, mais je dois retourner travailler.

— Merci de m'avoir accordé un peu de votre temps. Pouvez-vous me donner le nom de votre patron ?

Anna écarquilla les yeux.

— Vous ne lui avez pas parlé ? Je ne veux pas avoir d'ennuis.

— Pourquoi en auriez-vous ?

Anna secoua la tête.

— Je dois vraiment vous laisser.

— Voici ma carte. Toutes mes condoléances.

Mais Anna Croft s'éloignait déjà, le port de tête bien droit, telle une danseuse étoile. Lydia l'observa avec admiration. Discipline, force et maîtrise de soi. Et si elle se mettait à la danse, elle aussi ?

CHAPITRE QUATRE

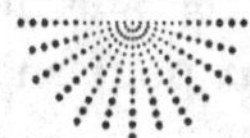

Ce soir-là, la chaleur humide qui régnait à l'extérieur n'avait pas dissuadé Lydia de se rendre à une séance de fitness. Les muscles douloureux, les poumons au bord de l'explosion, elle attaquait sa troisième série de sprints d'échauffement quand elle sentit ses sens s'embraser. Une brusque décharge électrique se propagea dans chaque cellule de son être et elle comprit que l'origine provenait de quelque part dans la salle, tout près. Elle avait la gorge et les yeux en feu, signes qu'elle courait un grave péril. Elle se laissa tomber sur le dos, prête à se battre. Elle avait travaillé le haut du corps, mais savait que ses jambes étaient son meilleur atout en cas d'attaque.

Elle scruta le gymnase à la recherche de la source du danger qu'elle avait perçu avec une telle intensité. Elle ne constata rien d'anormal. La coach, une femme musclée aux cheveux blonds peroxydés, s'approcha, l'air soucieux.

— Ça va, ma belle ?

— Très bien, affirma Lydia en se relevant. J'ai un peu soif, c'est tout.

Elle avait probablement l'air bouleversée et pour se donner une contenance, elle usa de ce prétexte et gagna l'extrémité de la salle où elle avait déposé sa bouteille d'eau et sa serviette. La sensation s'était déjà estompée. Disparue aussi vite qu'elle était venue ; c'était insensé. Lydia scruta chacun des participants avec une désinvolture feinte, tout en avalant une gorgée d'eau. Rien d'inhabituel. Personne n'émettait les vibrations propres aux Familles. Auquel cas, elle les aurait captées en entrant dans la salle au début du cours. Elle ferma brièvement les yeux pour en apaiser le picotement et tenter de retrouver l'éclair de magie qu'elle avait éprouvé. Il ne s'agissait ni d'un Crow ni d'un Fox, c'était certain, et encore moins d'un Pearl ou d'un Silver, qu'elle pouvait identifier aisément. Sans parler de la violence du choc. Même si les Pearl gagnaient en puissance, ils savaient se maîtriser et fixer des limites. Les Silver étaient des menteurs invétérés. Dotés d'une étonnante facilité d'élocution, ils étaient capables de vous faire prendre des vessies pour des lanternes, mais leurs compétences étaient les vestiges de leur ancien pouvoir. En présence d'un Silver, Lydia ne percevait que de vagues bribes de magie. Une image rémanente.

Et si son pouvoir avait des loupés ? Elle paniqua à cette idée. Elle avait toujours cru n'avoir pas hérité des talents des Crow. La fille du rejeton de la Famille, le grand Henry Crow, était une ratée, une bonne à rien, tout juste capable de détecter le pouvoir des autres et d'en identifier l'origine : Silver, Pearl, Crow ou Fox. Mais depuis son retour à Londres, elle avait pris conscience d'un changement. On aurait dit qu'elle jouait le rôle de caisse de résonance pour amplifier la puissance d'autrui. Jason en avait la conviction en tout cas. Avant qu'elle n'emménage dans l'appartement au-dessus du restaurant, c'était un véritable spectre, incapable d'attraper quoi que ce soit. À présent, il pouvait se servir d'un stylo et paraissait réel et bien vivant, la plupart du temps. Lydia commençait à se faire à l'idée qu'elle n'était peut-être pas aussi nulle qu'elle le croyait, après tout, et la

perspective de perdre ce nouveau pouvoir était fort désagréable. Une Crow détraquée. Sombre perspective.

Elle s'obligea à respirer à fond. La sensation d'étrangeté
s'était évanouie. Tout va bien, se dit-elle. Elle allait
reprendre l'entraînement et oublier ce fâcheux incident. Elle
prit alors conscience d'être observée. Un individu qu'elle
n'avait pas remarqué étirait ses ischios en regardant dans sa
direction. Elle l'avait pris pour un homme en raison de sa
large carrure, mais il avait un visage très jeune, presque
enfantin. Sa peau mate luisait de sueur et il ne la quittait pas
des yeux, comme s'il la connaissait de longue date.

Aucune puissance surnaturelle n'émanait de sa personne.
La dévisageait-il parce qu'elle l'intéressait ? Lydia se sentait à
la fois flattée et contrariée. Elle aurait préféré passer
inaperçue dans la salle de sport, surtout si elle se mettait à
paniquer au cours d'une séance d'entraînement. Elle étira sa
nuque dans l'espoir de soulager la tension et ferma les yeux
pour s'isoler dans sa bulle et se couper du monde. En une
fraction de seconde, elle bascula. Poussée par-dessus la
balustrade de la terrasse du restaurant, elle plongea vers le
sol, l'air froid lui cinglant le visage. L'horrible sensation se
dissipa dès qu'elle ouvrit les yeux, mais elle sentait son cœur
cogner furieusement dans sa poitrine et ses entrailles se
nouer. Elle s'accroupit sur le sol, le temps que la nausée se
dissipe. Cela n'avait aucun sens. Tant qu'à avoir des flash-
backs de traumatismes passés, pourquoi pas de la tentative
de meurtre perpétrée par sa cousine plutôt que d'un événement qui n'avait pas eu lieu. Certes on l'avait menacée, mais
il ne lui était rien arrivé. « Tout va bien », murmura-t-elle
pour se rassurer. Ragaillardie, elle se releva. Le garçon qui la
dévorait de son regard brun s'était volatilisé. Elle scruta le
gymnase pour s'en assurer, mais il avait bel et bien disparu.
Incapable de se débarrasser d'un sentiment de malaise, elle
interpella la coach.

— Connaissez-vous le type qui vient de partir ?

— Quel type ?

Lydia le décrivit.

— Il était là il y a une minute.

La jeune femme secoua la tête.

— Ça ne me dit rien, désolée.

Lydia ramassa ses affaires et s'en fut. Une fois dehors, elle inspecta la rue par mesure de sécurité, mais ne vit rien d'inquiétant. Elle était en train de perdre la tête, c'était sûr.

DE RETOUR CHEZ ELLE, EN PROIE À UNE CRAINTE DIFFUSE, elle se confia à Jason qui, c'était prévisible, lui conseilla de tester ses capacités.

— Je te répète que je n'ai aucune idée de la façon dont je m'y prends.

— Et ton tour de passe-passe avec les pièces de monnaie ? Comment fais-tu ?

— Ce n'est pas un tour de passe-passe. Je ne sais pas de quoi tu parles !

Jason sourit.

— Quand tu réfléchis, tu fais tourner une pièce venue de nulle part autour de tes doigts.

— Oh ça ! fit Lydia, gênée d'avoir été observée à son insu, fût-ce par un fantôme. Charlie lui aurait reproché sa négligence. Je ne sais pas comment je me débrouille. Il me suffit de penser à une pièce pour qu'elle apparaisse.

— Est-ce que ça marche avec autre chose ?

Comme avec un million de livres en billets de banque usagés ? Hélas non.

— Ça fonctionne à tous les coups ?

Lydia avait du mal à expliquer un phénomène qu'elle n'avait jamais pris la peine d'approfondir.

— La question n'est pas là. Disons que cette pièce existe depuis toujours. Elle m'appartient. Elle fait partie de moi, comme le pouce et la main.

— Que se passerait-il si tu essayais d'en obtenir davantage ?

— J'en ai déjà une. Je n'ai aucune idée de la façon d'en produire d'autres.

Jason plaqua une main sur sa bouche sans la quitter des yeux.

— Mais tu as déjà essayé ?

— Je te répète que j'ignore comme ça arrive.

Lydia sentit son cœur se serrer. Cette conversation lui pesait. Jason dut s'en rendre compte, car il se mit à trembloter et sa silhouette devint floue.

Les jambes flageolantes (sa séance d'entraînement n'y était pour rien), Lydia se laissa tomber sur le canapé.

— Ce n'est pas de la mauvaise volonté de ma part, précisa-t-elle. Je me sens vraiment stupide. J'avoue que je ne me suis même jamais posé la question.

— Ça n'a rien de stupide, rétorqua Jason. On croit toujours que ce que l'on a vécu dans l'enfance est la norme. Personnellement, je pensais que tout le monde jouait à des casse-têtes ou à des suites logiques pour se détendre.

Lydia se força à sourire.

— Bizarre !

Lydia s'immobilisa devant l'adresse de Sharp. L'immeuble de grand standing n'avait pas son équivalent dans Camberwell. Balcons incurvés, verre teinté, maçonnerie rutilante, jardin luxuriant, planté d'essences rares, en façade. Et selon le site web qu'elle avait consulté, il y avait une salle de sport et une piscine ultramodernes au sous-sol. La résidence avait été achevée récemment et quelques appartements étaient encore disponibles à la vente. Pour les privilégiés capables de dépenser un million et demi dans un deux-pièces. Lydia croyait être habituée aux prix insensés de l'immobilier à Londres, mais tout de même... Elle mit sa main en visière et leva les yeux, essayant d'imaginer le genre de personnes que Sharp côtoyait quotidiennement en pareil lieu.

La réceptionniste qui se tenait à l'accueil dans le vaste hall était incroyablement séduisante. En fait, c'était une Pearl. Très probablement une parente éloignée, issue d'une branche cadette. L'éclat de sa peau donnait à Lydia l'envie de tendre la main pour lui caresser la joue. La bave à la bouche, elle était soudain affamée. *Plumes. Bec. Griffes.* Elle répéta ces mots jusqu'à ce qu'elle cesse de saliver et que son esprit s'éclaircisse, puis s'avança vers le comptoir.

Elle avait préparé un mensonge, mais au dernier moment elle se ravisa et sortit sa carte professionnelle.

— C'est au sujet de Robert Sharp.

La jeune femme s'humecta les lèvres du bout de la langue tandis qu'elle étudiait la carte de Lydia. Puis elle leva vers elle ses beaux yeux en amande, soulignés d'un trait de khôl noir.

— Vous êtes venue voir M. Sharp ? Il est...

— Mort, oui, je sais. Je suis détective et j'aimerais poser quelques questions à ses voisins.

— J'ai bien peur que ce ne soit pas possible. Vous n'êtes pas de la police, donc je ne peux pas vous laisser importuner nos résidents.

— Je ne suis pas journaliste.

La jeune femme fit la moue et Lydia se retint de sauter par-dessus le comptoir pour l'embrasser. Elle qui s'était toujours considérée comme hétérosexuelle ! Le pouvoir de séduction de cette fille était décidément irrésistible.

— Vous n'êtes pas de la police, s'obstina la réceptionniste. Vous n'avez donc pas le droit d'être là. Et puis nos résidents tiennent à leur vie privée.

— Je parie qu'ils tiennent autant à leur sécurité, répliqua Lydia. Que l'un de ses voisins se retrouve pendu sous Black-friars Bridge fait vraiment mauvaise impression.

La femme inclina la tête.

— Nous ne sommes pas à Blackfriars ici, mais à Canary Wharf.

Lydia sourit.

— Oui, j'avais compris. Je suis loin de chez moi, ici. Camberwell n'est pas aussi chic.

La jeune femme écarquilla les yeux et, l'espace d'un instant, sa beauté rayonnante se ternit.

Lydia tapota sa carte de visite.

— Lydia Crow. La Famille Crow. Ça vous dit quelque chose ?

L'autre ouvrit la bouche, mais aucun son n'en sortit, et elle la referma.

Lydia s'appuya nonchalamment contre le comptoir.

— Vous avez pigé à ce que je vois. Vous êtes une Pearl, je me trompe ? Nous n'avons aucun problème avec votre famille. Pas depuis très longtemps, en tout cas. N'est-ce pas merveilleux ?

Le visage de la jeune femme se crispa en une mimique douloureuse.

— Je ne peux pas vous aider, marmonna-t-elle. Je risque de perdre mon travail.

— Non, je vous assure que personne ne protestera. Surtout si vous me laissez entrer chez lui. J'aimerais jeter un coup d'œil. Auquel cas, je n'aurai pas besoin de frapper aux portes. J'obtiendrai ce que je veux le plus discrètement du monde...

La femme s'empara d'un talkie-walkie et pressa un bouton. Au bout d'un moment, un agent de sécurité en uniforme gris apparut à la porte.

— Pouvez-vous conduire Mlle Crow à l'appartement quarante-cinq, pria la réceptionniste en levant la main, comme pour anticiper une objection. Je sais qu'il n'est pas encore en vente, mais c'est une exception, une faveur spéciale.

. . .

Les lieux étaient à tomber. À condition d'apprécier les espaces décloisonnés, éclaboussés de lumière et d'une morne sobriété. Un paravent en verre séparait le lieu de vie du balcon, d'où l'on avait une vue spectaculaire sur les gratte-ciel et le fleuve en contrebas. On n'avait pas l'impression d'être à Londres, mais dans une cité de métal étincelant et ultramoderne.

Lydia en fit rapidement le tour pendant que le vigile patientait en tripotant son téléphone. Les effets personnels de Sharp se résumaient à presque rien, à croire qu'il avait emménagé dans un appartement-témoin avec un simple bagage à main. Ce qui était tout à fait plausible. Quoi qu'il en soit, même avec un gros salaire, le prêt pour financer ce petit bijou devait coûter un bras.

— Depuis quand M. Sharp habitait-il ici ?

L'homme leva les yeux de son écran.

— Pas longtemps. Comme tout le monde. C'est une nouvelle résidence, vous savez.

Dans la chambre, elle remarqua deux romans de science-fiction sur la table de nuit et une robe de chambre à carreaux, usée jusqu'à la corde, que Robert semblait avoir conservée depuis son enfance. Dans la salle de bains, elle inventoria un tube de dentifrice Colgate, un savon Imperial Leather et un déodorant de marque de supermarché. Pas exactement les articles de toilette haut de gamme auxquels on aurait pu s'attendre dans un logement de ce standing.

Lydia retourna au salon, puis inspecta les placards de la cuisine. Un paquet de céréales, un sachet de pâtes et un pot de sauce tomate. Le réfrigérateur contenait du fromage, une grappe de raisin, un compartiment entier de champagne et un pack de Budweiser.

— Personne n'a vidé ses affaires ?

Le vigile tourna la tête.

— C'est plein ?

— Oui.

— Alors non.

Lydia fit la grimace.

— Merci.

— Avez-vous fini ? Je dois y aller.

— Pratiquement.

Lydia avait un peu mal au cœur, sans doute à cause de la chaleur et de l'air confiné de l'appartement.

L'homme poussa un soupir excédé, comme si elle l'empêchait d'accomplir quelque tâche vitale. À moins qu'il ne se sente mal lui aussi.

Il y avait peu d'espaces de rangement, aussi eut-elle tôt fait de fouiller les tiroirs et les placards. Elle pivota lentement sur elle-même, examinant le bord ou le dessus des meubles. Après quoi, elle s'empara d'une chaise, y grimpa et s'en servit pour faire méthodiquement le tour de la pièce, tandis qu'elle passait la main sur chaque surface invisible. Elle fit chou blanc et ne trouva rien d'autre qu'une couche de poussière.

Elle s'installa ensuite sur le canapé modulable gris foncé et contempla la table basse. Elle avait la forme d'un gros caillou et semblait être en plastique, moulée d'une seule pièce, mais en se penchant pour la toucher, elle s'aperçut qu'elle était plus rugueuse et solide qu'elle ne l'aurait cru. Une sorte de céramique ou de résine. Elle passa les mains sur les côtés lisses, à la recherche d'une fermeture secrète. Rien.

Une immense télévision à écran plat était accrochée au mur d'en face, au-dessus d'un long meuble bas laqué blanc brillant. Elle avisa également une grande lampe de table sur une base tarabiscotée en verre soufflé et quelques plantes grasses artificielles, ou qui en avaient tout l'air. Un objet était à moitié dissimulé derrière la plus luxuriante. Lydia traversa la pièce pour mieux voir. Il s'agissait d'une figurine en argent représentant un chevalier armé de pied en cap, portant une épée et un bouclier. La statuette d'environ quinze centimètres de haut était montée sur une base circulaire, ornée de pattes de lion. Elle avait l'air ancienne et détonnait avec le décor, à l'image du savon Imperial Leather dans la salle de bains. Lydia prit plusieurs clichés sous tous les angles possibles et imaginables, ainsi que des gros plans du dessous du socle, où se trouvaient le poinçon et la marque de fabrique.

— Il est temps de partir, grommela le vigile, à bout de patience.

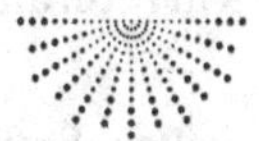

CHAPITRE CINQ

De retour chez elle, Lydia préleva une bouteille de bière dans le réfrigérateur et se passa avec délice le verre frais sur le visage et le cou.

À 18 heures passées, la chaleur était toujours aussi accablante. Elle ouvrit les fenêtres même s'il n'y avait pas un souffle d'air. Elle envisagea de se déshabiller, mais se ravisa à l'idée que Jason pourrait surgir à tout moment.

Son téléphone sonna et le numéro de Paul Fox s'afficha sur l'écran. Il l'avait appelée à plusieurs reprises au cours des dernières semaines, mais elle n'avait pas décroché. Il lui avait également expédié par coursier une grosse enveloppe format A4. Lydia ne l'avait pas ouverte et avait prié le livreur de la rapporter à l'expéditeur. Elle s'était abstenue d'informer Charlie de la relation entre Paul et Maddie, jugeant que sa cousine, qui s'avérait être psychotique, outre le rôle qu'avait joué Charlie dans cette affaire, exonérait les Fox de toute responsabilité. Qui plus est, l'exacerbation des tensions entre les Familles aurait été une fort mauvaise idée, les Fox étant sournois et imprévisibles. Les yeux rivés sur l'écran de son portable, elle hésita, se demandant si elle ne ferait pas mieux de décrocher.

— Qu'est-ce que tu veux ?

— Bonjour, petit oiseau.

L'odeur des Fox lui monta presque instantanément aux narines. Elle sentit son corps vibrer douloureusement, tous ses sens en alerte.

— Ne m'appelle plus comme ça, s'emporta-t-elle en le regrettant aussitôt. Il ne s'arrêterait plus, à présent. Qu'est-ce que tu veux à la fin ?

— Prendre de tes nouvelles. Savoir si tu es bien installée et si tu accepterais un nouveau client.

— Je suis débordée.

— Ça ne m'étonne pas. Tu bosses pour ton oncle Charlie, je présume ?

Lydia attrapa une pièce de monnaie au vol et la serra entre ses doigts.

— C'est tout ce que tu avais à me dire ?

— Tu as intérêt à être un peu plus gentille avec moi, proféra-t-il sur un ton sec où elle décela une pointe de méchanceté.

— Ah oui ?

— J'étais ton meilleur ami, tu te souviens, petit oiseau ?

— Je me rappelle beaucoup de choses. Au fait, comment va ce cher Tristan ? Est-ce qu'il t'adresse de nouveau la parole ?

Tristan, le chef de la famille Fox, était probablement le seul être au monde capable de tenir tête à Paul.

— Qu'est-ce que tu racontes ?

— Quand tu t'es mis à fréquenter Maddie Crow et qu'elle a commencé à filer un mauvais coton, ce cher vieux Tristan a dû arrondir les angles avec les flics. Je parie que c'est ce qui s'est passé, n'est-ce pas ?

— Tu es complètement à côté de la plaque, rétorqua Paul avec un manque de conviction perceptible dans la voix.

— Tu sais très bien que je ne veux pas t'aider et que je n'ai aucune confiance en toi, alors pourquoi t'acharner ? Si tu cherches à me contrarier, bravo, c'est réussi. Tu n'as rien de mieux à faire ? C'est le nouveau dada que tu as inventé pour passer le temps ? J'espère que non, ce serait triste si c'était le cas.

— Tu ne devrais pas me parler comme ça, déclara Paul d'une voix tendue. Les choses ont changé.

— Tu me l'as déjà dit. Pourtant, j'ai l'impression que tout est comme avant.

— Comment pourrais-tu le savoir ? Tu es la précieuse petite princesse qu'on a tenue à l'écart du sale boulot.

Il reprenait presque mot pour mot le discours de Maddie. Lydia se demanda jusqu'à quel point elle s'était confiée à Paul à l'époque où ils se fréquentaient. Et s'ils sortaient encore ensemble ? Sa cousine s'était de nouveau volatilisée, mais ça ne signifiait pas qu'elle avait rompu avec lui. La seule différence était que sa famille avait décidé de la laisser tranquille. Et si elle se tenait à ses côtés en ce moment précis et ne perdait pas une miette de leur conversation ? À cette idée, Lydia sentit ses cheveux se dresser sur sa tête.

— La prochaine fois que je t'enverrai un colis, tu ferais bien de l'ouvrir, reprit Paul.

— Je te répète que je suis surbookée. Je n'ai pas une minute à moi.

— Tu finiras par changer d'avis.

— Certainement pas. Inutile d'insister.

Paul raccrocha sans même prendre congé. Lydia contempla l'écran en se demandant si elle avait gagné ou perdu cette manche.

Jason se matérialisa sur le seuil de la porte, la mine soucieuse.

— Qui était-ce ?

— Paul Fox. En quête d'information ou juste pour me faire enrager. Je ne sais pas.

Jason tremblait un peu et, en l'observant de plus près, elle constata qu'il avait l'air bouleversé.

Elle se leva et s'approcha de lui.

— Tout va bien, ne t'en fais pas.

— C'est une mauvaise nouvelle.

Lydia hésita à poser une main sur son épaule pour le réconforter et réprima l'envie de le serrer dans ses bras.

— Je sais, mais ce n'est pas grave. Il s'amuse à me taquiner. Il doit s'ennuyer ferme.

— Et si c'était pour une autre raison ?

— Je lui ai subtilisé Maddie sous son nez, il veut me montrer qui est le chef, qu'il est le plus fort ou un truc macho et stupide de ce genre. Je ne joue pas à ses petits jeux de pouvoir ridicules, et rien de tout cela n'a importance.

— Je n'aime pas ça, déclara Jason, frissonnant de plus belle.

Lydia fouilla dans le tiroir de son bureau.

— Je t'ai acheté un nouveau paquet de feutres de différentes couleurs. Pourquoi n'irais-tu pas te plonger dans tes calculs de maths ? Ça te ferait du bien.

— Je ne suis plus un enfant, protesta Jason. En théorie, je suis plus vieux que toi.

Ce qui ne l'empêcha pas de s'emparer des feutres avant de disparaître dans sa chambre.

Entendant résonner l'alarme, Lydia s'empressa d'avaler une gorgée de bière, puis d'ouvrir la porte, à temps pour voir Fleet surgir sur le palier.

Il l'aperçut et s'immobilisa.

— Tu attendais quelqu'un ?

Lydia leva sa bouteille en guise de salut.

— Oui, toi.

Fleet s'approcha, emplissant l'espace de sa haute taille. Il arrivait directement de son bureau et portait une sacoche en cuir et sa veste pliée sur le bras, mais il avait desserré sa cravate et retroussé les manches de sa chemise.

— Ça me donne froid dans le dos !

— C'est tout moi, ironisa Lydia en s'effaçant pour le laisser passer. Une bière ?

— Oui, merci.

Il posa sa veste et son sac sur une chaise et s'installa sur le canapé, poussé contre un mur.

Leurs doigts se frôlèrent quand elle lui tendit la bouteille. Soudain, la fatigue de la journée s'effaça et elle sentit ses sens s'éveiller. Elle le regarda boire à longs traits, la tête renversée en arrière, sa pomme d'Adam remuant à mesure qu'il avalait, puis retourna à la cuisine chercher quelque chose à grignoter. Si elle ne prenait pas ses distances, elle risquait de lui sauter dessus sans autre forme de procès.

— Bonne journée ? s'enquit-il, tandis qu'elle posait un bol de noix de cajou salées sur un plateau délavé.

— Frustrante, répondit Lydia en lui présentant les fruits secs.

Fleet posa le plateau par terre.

— Raconte.

Lydia se pencha pour prélever une poignée de noix avant de rejoindre Fleet sur le canapé, évitant de le frôler au passage.

— Toi d'abord. Tu as arrêté quelques malfrats aujourd'hui ?

— Deux gamins surpris en train de couvrir les murs de graffitis. Du street art.

— Du street art ?

En tout cas, ils ont affirmé que c'était de l'art. Deux bites peintes à la bombe et une strophe soigneusement rédigée sur la condition humaine ou va savoir quoi.

Lydia l'observa par-dessus le goulot de sa bouteille.

— Une strophe ? Tu parles bien pour un flic, je trouve.

Fleet feignit d'être offensé.

— J'ai de l'instruction.

— Eh bien pas moi, répliqua gaiement Lydia.

— À ton tour, dit Fleet en dirigeant sa bouteille dans sa direction. Raconte-moi ta journée frustrante. Et donne-moi ton pied.

Elle replia instinctivement les jambes sous elle.

— Pourquoi ?

Fleet eut l'air amusé.

— Pour le masser, pardi ! Et soulager tes muscles douloureux.

— Mes pieds vont très bien, merci.

— J'ai d'autres talents, dit Fleet d'une voix basse et taquine.

— Arrête un peu. Nous sommes amis, un point c'est tout.

— J'essaie d'être amical justement.

Lydia lui jeta un regard sévère.

— Je te rétrograde d'ami à source.

— Source ?

— D'informations. Donc si tu veux siroter une bonne bière confortablement installé sur mon canapé, tu as intérêt à m'en procurer. (Elle s'interrompit, rouge de confusion.) Je voulais dire me procurer des informations.

Fleet fit de son mieux pour ne pas rire.

— Tu as des amis dans la brigade criminelle qui enquêtent sur l'affaire Sharp ?

— Je ne comprends pourquoi ce macchabée t'intéresse à ce point.

— Il s'agit d'un meurtre, je te signale.

Fleet n'eut pas l'air impressionné.

— Ça arrive tous les jours. Pourquoi fais-tu une fixation sur celui-là en particulier ?

— Je ne sais pas. J'ai l'impression que le procédé ressemble à un grand « pied de nez » à la ville. Il a été imaginé pour être visible, effrayer ou délivrer un message, je n'aime pas ça. C'est un manque de respect.

Lydia était la première surprise par ses propres paroles. Elle avait l'impression d'entendre pontifier son oncle Charlie.

Fleet se redressa.

— Je suis d'accord, mais je ne mettrais pas ma carrière en jeu pour ça.

— Je comprends, dit Lydia, tâchant de ravaler sa déception.

— Le règlement intérieur de la Criminelle est très strict. Nous avons une base de données où chaque opération est enregistrée et il y a une procédure à suivre pour s'assurer que la chaîne de preuves est respectée.

— Je sais, dit Lydia. Je comprends.

— Cela dit, les flics restent des flics. On se parle entre nous. Et il se trouve que je connais quelqu'un à la Criminelle qui est chargé du dossier Sharp. Ian Weatherby. Un type bien. Nous avons effectué notre formation ensemble.

Lydia se redressa à son tour, imitant inconsciemment la posture de Fleet.

— Vous avez repris contact récemment ?

— En fait, oui. Il sort d'une mauvaise passe. Des problèmes familiaux.

Lydia enfonça ses ongles dans sa paume pour réfréner son impatience.

— Nous avons abordé la question et la ligne directrice de l'enquête consiste à rechercher des sociétés qui ont perdu en bourse ou lors de transactions de ventes quand Sharp les évaluait.

— C'est son travail ? L'évaluation d'entreprises ?

— Oui, si j'ai bien compris. Il fournit l'analyse qui sert de base à l'évaluation finale. La description de ce job remplacerait efficacement les somnifères.

— C'est délibérément obscur, déclara Lydia, qui avait une aversion instinctive pour les secrets.

Certes, sa famille était connue pour cela, mais si l'obstruction était tout à fait appropriée lorsque vous apparteniez à un ancien clan magique aux querelles ancestrales et aviez survécu à nombre de chasses aux sorcières, ça l'était moins lorsque vous étiez une multinationale avec assez de pouvoir financier et politique pour transformer la société dans son ensemble. Ou alors, elle était la dernière des hypocrites.

— Est-il possible qu'une entreprise recrute un tueur pour buter un employé lambda d'une de ses concurrentes ?

— Probablement. Mais comme tu l'as dit, ça ressemble à un message. À moins que ce ne soit pas tant la personne de Sharp que ce qu'il représentait. Peut-être n'était-il que l'option la plus simple, le papier qu'on a sous la main quand on veut écrire une lettre, par exemple... Tu vois ce que je veux dire ?

Lydia hocha la tête. C'était une affreuse pensée. Un être humain considéré comme jetable. Un moyen d'arriver à ses fins.

— Il vivait seul et ses antécédents n'ont pas vraiment révélé une vie sociale active, précisa Fleet. Apparemment, l'existence de ce type se résumait à travailler et à dormir, c'était à peu près tout.

Lydia hésita à lui parler de la statuette du chevalier. Elle se fiait au jugement de l'inspecteur et, bien qu'elle ait du mal à l'admettre, elle avait envie de la proximité qui résulterait de la discussion. Fleet dut remarquer le conflit intérieur qui se lisait sur son visage.

— Qu'as-tu encore fait ?

— Pourquoi dis-tu ça ?

Il tendit la main et lui effleura la joue.

— Nous sommes déjà passés par là. Je suis de ton côté.

— Oui, mais tu es aussi flic.

Il lui sourit avec tendresse.

— As-tu enfreint des lois récemment ? Des lois d'envergure, je veux dire.

Lydia s'abandonna contre sa main.

— Il y avait quelque chose de curieux à son domicile. Un objet qui n'était pas à sa place.

Fleet ôta sa main et Lydia ressentit aussitôt un froid glacial.

— Tu t'es introduite par effraction chez lui ?

— Non, pas du tout.

— Alors comment ?

— Mais j'ai trouvé ceci, poursuivit-elle sans tenir compte de l'interruption. Elle sortit son téléphone de sa poche et fit défiler les photos sur l'écran. Regarde. Ça a l'air très coûteux.

— Il n'était pas à court d'argent, observa Fleet en étudiant les images. Tu es au courant, puisque tu as visité son appartement. Au fait, si tu n'es pas entrée par effraction... J'attends toujours tes explications.

— Ça ne colle pas avec le reste, avec sa vie.

Fleet lui rendit son portable.

— Si on l'a tué à cause de ça, pourquoi ne l'a-t-on pas embarqué en même temps ?

— Je ne sais pas, répondit Lydia, les épaules basses. Reconnais que c'est bizarre.

— Probablement. Les gens sont étranges quelquefois. On ne sait jamais à quoi ils passent leurs loisirs.

— C'est vrai, confirma Lydia, pensant à Mme Lee et à ses visites clandestines chez la manucure, ainsi qu'aux nombreuses autres petites manies bizarres qu'elle avait observées au cours de ses deux années d'enquête.

— À ce propos... Il laissa sa phrase en suspens sans la lâcher du regard, les pupilles dilatées. Lydia comprit sans peine ce qu'il voulait dire. Ils étaient deux adultes consentants... en dehors des heures de service...

Elle déglutit avec difficulté.

— Ne me regarde pas comme ça.

— Pourquoi pas ? demanda-t-il, un coin de sa bouche relevé en un sourire narquois.

— Tu sais très bien pourquoi. Nous sommes juste amis, à présent. Des collègues.

— Des collègues amicaux.

— Peut-être, mais des collègues avant tout.

— Si tu le dis, fit Fleet en levant sa bouteille dans sa direction. Dommage.

Lydia repoussa la flamme qui menaçait de s'embraser en un feu de forêt, annihilant ses bonnes intentions et sa retenue.

Elle avala une gorgée de bière et se concentra sur l'analyste défunt, le pendu qui se balançait au bout de sa corde sous Blackfriars Bridges, les poches lestées de briques.

CHAPITRE SIX

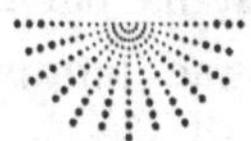

Lydia se trouvait sur le toit en terrasse. La rambarde basse lui scia le ventre et elle sentit son centre de gravité se déplacer tandis qu'elle basculait la tête la première dans le vide. Quelque chose la poussait par derrière, elle allait tomber et n'y pouvait rien. Elle chercha à s'agripper à la balustrade, mais on aurait dit que ses bras étaient collés à son corps. Elle était complètement paralysée, comme attachée de la tête aux pieds par une corde. Loin de s'avouer vaincue, elle se débattit contre des liens invisibles. Elle essaya de tourner la tête pour apercevoir son agresseur et tenter de le raisonner. Était-ce un homme ? Le tueur à gages engagé par Ivan ? Un regard de professionnel, complètement mort à l'intérieur. Mais il y avait eu erreur. Le coup était destiné à sa cousine Madeleine. Elle rêvait. Lydia en eut soudain la certitude. Sans doute une réaction à retardement après cette horrible journée. Le premier jour de son retour à Londres, quand un homme armé avait voulu la forcer à effectuer le saut de l'ange du haut du toit. Elle s'efforça de se réveiller.

— Aucune chance, souffla la voix de Maddie à son oreille, distincte comme si elle était bien là, en chair et en os, et que ce n'était pas une pure invention de son subconscient. Tu es coincée ici désormais.

— Je ne veux pas tomber, gémit Lydia.

— Personne n'en a envie. Mais c'est plutôt la chute qui devrait t'inquiéter.

Lydia sentit un frôlement de plumes sur sa joue, l'horizon chavira et elle bascula par-dessus la rambarde. Elle tombait, l'estomac en vrac tandis que l'air sifflait à ses oreilles.

Le béton gris se rapprochait et grossissait à toute allure. Trop vite. La voix de Maddie résonnait toujours, comme si elle chutait en même temps qu'elle.

— Allez, cousine, un petit effort. Tu sais voler.

LYDIA S'ÉVEILLA EN SUEUR, LE CŒUR SUR LE POINT d'exploser. Elle posa une main sur son front, les larmes aux yeux. La sensation douloureuse avait disparu et elle reprit ses esprits. L'appel de Paul Fox lui avait rappelé Maddie. Sans doute la raison pour laquelle elle avait rêvé d'elle. Oubliant le sentiment de danger qui l'avait assaillie la veille, au gymnase, et l'éventualité d'un raté de la célèbre intuition des Crow, Lydia classa le rêve dans la catégorie « étrange et exceptionnel » et sortit du lit. Elle prit une longue douche pour effacer les vestiges de son cauchemar et enfila un corsage et un jean slim noirs, les cheveux attachés en arrière, une tenue qui signifiait l'action, le travail et l'efficacité.

Dans la kitchenette, elle trouva une tasse de café fumant sur un coin du comptoir. Jason était invisible, ce qui ne l'empêcha pas de le remercier à haute voix. Une bouffée d'air frais et un parfum d'agrumes l'alertèrent et, quand elle se retourna, elle le vit apparaître dans l'encadrement de la porte.

— J'ai préféré te laisser seule hier soir, déclara-t-il sans préambule.

— C'est très gentil à toi, dit Lydia en le saluant avec sa tasse. Dois-je te remercier ?

— Au cas où tu aurais souhaité un peu d'intimité avec ton visiteur.

— Quelle délicate attention ! Ça va ? ajouta-t-elle, remarquant son expression d'intense concentration.

— Tu sors avec l'inspecteur Fleet maintenant ?

— Non. Nous sommes simplement collègues et amis. Ce serait trop compliqué sinon.

Jason hocha la tête.

— La belle excuse !

— Ce n'est pas une excuse, c'est du bon sens. Il y a des informations au sujet de ma famille et de moi-même qui ne le regardent pas, tu le sais. En plus, c'est ma source policière, une relation professionnelle, et je n'ai pas l'intention de la compromettre parce que je suis incapable de contrôler mes hormones.

Le coin de la bouche de Jason se releva en un rictus ironique. Il retroussa les manches de son veston gris un peu plus haut et tenta de s'appuyer contre le mur. Il n'y parvint pas tout à fait car un mince interstice subsistait entre son épaule et la paroi, constata Lydia impressionnée – il avait l'air si plein de vie, ces derniers temps.

— Voyons, dit Jason. Tu sais bien que tu es émotionnellement attardée.

— Ce n'est pas vrai, répliqua Lydia, piquée au vif.

— Pfff... Tu as le complexe du loup solitaire. Tu veux ne dépendre que de toi-même et agir à ta façon. Ce n'est pas une critique.

— Ça y ressemble fort.

— Tu dois admettre que tu ne peux pas tout faire toi-même. Pas toujours.

— Bien entendu, approuva Lydia, qui n'en pensait pas moins.

Elle s'éloigna de l'artère principale de Holborn avec ses Starbucks et ses Sainsbury's à chaque coin de rue et prit la direction de Chancery Lane, prête à faire un saut dans le temps. Elle savait que de nombreux bâtiments étaient l'œuvre des Templiers. Henry Crow aimait évoquer un mythe familial selon lequel un Crow, fraîchement débarqué, avait prêté main-forte à l'un de ces religieux qui l'avait remercié en retour, mais elle ignorait que le siège de la Law Society, le barreau de l'Angleterre et du pays de Galles, était situé à cet endroit.

Pour l'heure, Lydia s'intéressait aux chambres fortes. Elle ne pouvait se défaire de l'impression que l'étrange statuette en argent était d'une importance capitale. Elle contrastait avec l'âge de Robert ainsi qu'avec le design résolument moderne de son appartement. Par cette nouvelle journée caniculaire, elle se félicita de pouvoir s'abriter à l'ombre des hauts bâtiments géorgiens. L'entrée des caves souterraines se faisait par une porte élégante, ménagée dans un édifice à façade blanche et balustrade noire. On aurait pu croire qu'il s'agissait d'une résidence de luxe ou d'un cabinet d'expertise comptable, sans la discrète enseigne bleue qui annonçait « The London Silver Vaults », le marché souterrain de l'argenterie et de l'orfèvrerie. Lydia s'engouffra à l'intérieur et descendit cinq niveaux jusqu'à l'arcade de boutiques, logées dans les anciennes salles des coffres. À l'origine, les chambres fortes étaient un lieu hautement sécurisé pour les riches habitants de Londres, le premier du genre de la capitale. Des sociétés, des familles, des particuliers, voire des criminels y conservaient leurs objets de valeur. L'endroit n'avait jamais été cambriolé ; même une bombe durant le Blitz ne l'avait pas endommagé. Des boutiques proposaient des antiquités d'argenterie et d'orfèvrerie, installées depuis les années 1930, chacune s'abritant derrière une volumineuse porte en fer dans l'une des anciennes salles des coffres. Il y avait également une immense chambre forte à proximité, et en toute autre occasion, Lydia n'aurait pas résisté à l'envie d'y jeter un coup d'œil, mais ce jour-là, elle avait avant tout besoin de renseignements.

La plupart des boutiques étaient des entreprises familiales de la troisième génération, voire davantage, et leur proximité pouvait signifier soit une communauté soudée, soit un nid de vipères. Priant pour que la seconde option soit la bonne, Lydia parvint jusqu'à la moitié de l'arcade, passant devant des portes ouvertes par lesquelles on apercevait des éclats d'argent et de vermeil. Elle marchait au hasard en se fiant à son intuition. Son père aimait à répéter que les Crow avaient un sens inné de l'orientation et elle espérait qu'il ne se trompait pas.

La chambre forte numéro dix-sept était équipée de vitrines en bois sombre et en verre avec des tiroirs pour ménagère tapissés de velours bleu roi, laissant voir des pans de mur peints également en bleu, la seule couleur dans cet univers argenté brillant de mille feux qui s'étendait à perte de vue. Sur sa droite, Lydia avisa un immense vaisselier débordant de tasses, de vases, de plateaux, de bols, de soupières et d'innombrables pièces qu'elle n'aurait su nommer, tous finement ciselés, filigranés, gravés, repoussés ou ornés de volutes et autres guirlandes de fleurs. Des lustres en argent pendaient du plafond dans une forêt de bras et de lumières scintillantes. L'espace était encombré d'objets plus volumineux, tel un énorme plateau de service circulaire, dressé à la verticale par manque de place, et une structure en bois à roulettes surmontée d'un imposant dôme en argent, si lisse et brillant que sa surface reflétait tout ce qui l'entourait.

— Chariot à découper. Fin XIXe.

Une voix émanait d'un haut présentoir étroit, surmonté de deux grouses en argent à motifs complexes et d'un chandelier Art déco de la largeur de la cuisse de Lydia. Le propriétaire de la voix apparut. C'était un homme court sur pattes, sans âge. Si Lydia avait dû rédiger un rapport, elle lui aurait donné entre 45 et 70 ans. Chauve, la peau pâle, il avait de grands yeux marron foncé qui contrastaient avec son teint blafard. Il cligna des yeux en sifflant légèrement entre ses lèvres.

— Que désirez-vous, Miss Fouineuse ?

Lydia avait un goût de métal sur la langue.

— Des renseignements. Vous voulez bien m'aider ?

L'homme ne bougea pas, un masque hostile affiché sur le visage.

— Ce n'est pas grand-chose, ajouta Lydia, essayant de conserver son calme.

— Nous n'aimons pas les fouineurs par ici, ils ont du mal à se contrôler avec tout ce qui brille autour de nous.

Lydia écarta les mains pour montrer qu'elle n'était pas une voleuse.

— C'est incroyablement tentant, c'est vrai. Mais j'aurais besoin de votre expertise pour authentification. Rien de dangereux. Je suis certaine que cela relève de votre champ de compétence.

Le goût métallique se répandit dans sa bouche au point qu'elle faillit s'étouffer. Elle tira son téléphone de sa poche et sélectionna la première photo.

— C'est une statuette de chevalier médiéval. Je suis sûre que vous pourrez me renseigner à ce sujet.

L'homme jeta un coup d'œil à l'écran avec une réticence appuyée. Il s'avança d'un pas, une main tendue pour saisir l'appareil tandis que, de l'autre, il ajustait sur son nez les lunettes en demi-lune qu'il portait en sautoir.

— C'est à vous ?

— Elle appartient à un ami. On lui en a fait cadeau et il aimerait en savoir plus.

L'homme secoua la tête devant ce grossier mensonge, visiblement incapable de détourner son regard du cliché. Il déroula les images l'une après l'autre.

— C'est allemand, je pense. Le visage en porcelaine est typique de ce genre. Fin du XIXe siècle, peut-être début XXe... Il s'interrompit et examina la photo de plus près. Ah, oui. Neresheimer. Vous pouvez distinguer le tampon là. Il inclina le téléphone afin que Lydia puisse mieux voir la photo du socle. Je pense d'ailleurs que c'est la marque de l'importation. J'aurais besoin de ma loupe pour en avoir la certitude. À mon avis, c'est une importation de Chester par Berthold Muller en 1903.

— C'est authentique ?

Il lui lança un regard en biais.

— Il semblerait que oui. Je suppose que vous désirez une estimation ?

— Une approximation suffira.

— Eh bien, sous réserve de voir l'objet pour confirmer, je dirais environ quinze mille aux enchères. Peut-être plus selon son état.

— Quinze mille dollars ?

— Livres sterling.

— Merci, dit Lydia. Puis-je me permettre d'abuser encore un peu de votre bonté ?

Elle n'avait aucune idée d'où elle tenait ce langage désuet, mais elle trouvait qu'il s'accordait avec l'environnement et avait l'intuition qu'il plairait au curieux petit personnage.

Il inclina la tête, le verre de ses lunettes lançait de brefs éclairs en accrochant la lumière.

— Avez-vous déjà acheté ou vendu une statuette de chevalier semblable à celle-ci ?

— Plus d'une fois. Deux dans les années 1970, début

1980. Elles ont connu un regain de popularité après être tombées en désuétude.

— Rien récemment ?

Il hésita et Lydia se demanda si c'était pour frimer. En tant que détective privée, elle avait appris que certaines personnes adoraient se retrouver sous le feu des projecteurs. Elles gonflaient les maigres renseignements dont elles disposaient, se faisaient passer pour des témoins clés, alors qu'elles étaient de simples badauds avec une propension pour l'exagération et les pauses théâtrales. La plupart du temps, c'était facile à décoder, l'autosatisfaction étant toujours un indice révélateur.

— Je n'aime pas divulguer d'informations sur mes clients.

— Je comprends, approuva Lydia, mais il s'agit de la mort d'un jeune homme, je pensais que vous pourriez faire une exception en pareilles circonstances. Pour le bien commun.

Un rictus retroussa les lèvres du petit receleur.

— Et quel est votre intérêt dans cette affaire ? Quel rôle jouez-vous là-dedans, Miss Fouineuse ?

— J'enquête, j'essaie de trouver le ou les responsables. Je suis détective privée. Prenez-la, ajouta-t-elle en lui tendant sa carte professionnelle. Appelez-moi quand vous serez disposé à communiquer les coordonnées de votre client. Dans le cas contraire, ce n'est pas grave. Je comprends parfaitement que vous préférez observer les limites de votre déontologie professionnelle.

— Très bien, dit l'homme, déconcerté de voir Lydia renoncer si facilement.

Elle sortit son carnet et un stylo.

— Pourriez-vous me communiquer votre nom, Monsieur ? Pour mes archives.

Il se raidit.

— Chartes.

— Et votre prénom ?

— Guillaume. Souhaitez-vous que je vous l'épelle ?

— Inutile. Je suis sûre que l'inspecteur Fleet comprendra, intelligent comme il est.

— L'inspecteur Fleet ?

Avec un sourire d'excuse factice, Lydia expliqua que, étant donné que Chartes refusait de révéler l'identité de son client, elle ne pourrait pas poursuivre son enquête et se verrait contrainte d'en informer la police. Qui l'interrogerait avec un mandat. Je déteste donner une piste intéressante comme ça. Ce n'est pas très bon pour mes affaires, car la police ne me renverra pas l'ascenseur et ma fierté professionnelle en prendra un coup, bien sûr, mais en toute conscience, je ne peux pas ne pas remuer ciel et terre en vue d'accomplir la justice.

Guillaume fulminait de colère.

— Vous allez prévenir la police.

— Elle veille au maintien de l'ordre. Vous n'avez aucune crainte à avoir puisque vous n'avez rien à vous reprocher.

— Et ils vont débarquer ici avec leurs uniformes et leurs voitures ? Et me griller auprès de mes clients ?

Lydia haussa les épaules.

— Je n'en ai aucune idée.

Guillaume disparut dans l'arrière-boutique et revint un moment plus tard avec un iPad. Il fit défiler l'écran et tapa sur le clavier de sa tablette avant de lui donner le nom et l'adresse du client.

— Vous l'avez livré ?

— Oui. Pas moi personnellement, bien sûr. J'ai envoyé un coursier. Je devine que vous voulez avoir ses coordonnées à lui aussi ?

— S'il vous plaît, susurra Lydia avec douceur.

Guillaume lui communiqua le numéro de téléphone de la société de livraison.

— Celle à qui je m'adresse d'habitude n'était pas libre, précisa-t-il.

— Merci, dit Lydia. Votre aide m'a été très précieuse.

L'air furieux, le vendeur pinça la bouche si fort qu'il n'en resta plus qu'une mince ligne blanche, de sorte que Lydia décida qu'il était temps de filer. Inutile de pousser sa chance plus que de raison, d'autant qu'elle avait obtenu tout ce dont elle avait besoin. Pour l'instant.

<h1 style="text-align:center">CHAPITRE SEPT</h1>

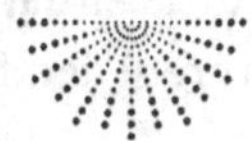

April Westcott appela Lydia pour lui signaler que Christopher, son mari, devait assister à une conférence sur le design à Greenwich, le week-end suivant. Rien ne l'empêchait de rentrer le soir à la maison, mais il avait décidé de rester sur place jusqu'à la fin de l'événement pour profiter de l'occasion d'étoffer son carnet d'adresses, avait-il expliqué à sa femme. C'était tout à fait cohérent. Personnellement, Lydia aurait également évité l'aller-retour entre Greenwich et Twickenham si elle en avait eu les moyens. Elle allait devoir se préparer à une longue planque de quarante-huit heures, puisqu'April insistait pour qu'elle ne lâche pas son mari des yeux. Lydia essaya de dissuader sa cliente, lui suggérant qu'il existait de meilleures manières de dépenser son argent. En vain.

— Ne le perdez pas de vue, interrompit April d'un ton cassant. J'ai besoin de savoir. Je ne peux plus vivre comme ça. Je ne supporte pas de rester plus longtemps dans cette incertitude. C'est en train de nous détruire.

— Très bien, répondit Lydia, qui régla les derniers détails avant de raccrocher.

Son assistant fantôme préparait du café dans la kitchenette.

Curieux comme cela lui paraissait normal à présent.

— Jason ?

Il passa la tête dans l'embrasure de la porte.

— Oui ?

Elle le mit au courant de la situation.

— Je serai absente mercredi, jeudi et vendredi.

— Deux nuits ?

Je n'ai pas vraiment le choix, rétorqua Lydia, que cette perspective n'enchantait guère.

Elle se mit à tapoter sur son ordinateur pour réserver une chambre d'hôtel sur le lieu de la conférence.

Étant donné le très court préavis, tout était déjà complet. Merveilleux !

Jason posa une tasse de café sur son bureau.

— Qu'est-ce que je vais devenir ? questionna-t-il.

Lydia, qui consultait un site de réservation d'hôtel en ligne, comprit que c'était peine perdue. Ne pas perdre de vue Christopher Westcott même une minute signifiait camper dans le hall de l'hôtel et dans sa voiture. Deux nuits blanches, sans personne pour prendre la relève, ce ne serait pas de la tarte. Tout cela pour voir le mari d'April assister à une conférence. Elle se surprit à espérer qu'il effectuerait quelques écarts de conduite afin qu'elle puisse prendre des photos et en finir une bonne fois avec cette mission. C'était le problème avec une enquête pour adultère ; cela vous rendait cynique.

— Que veux-tu dire ?

Jason faisait les cent pas devant le bureau.

— C'est la première fois que tu t'absentes si longtemps.

Lydia prit le temps de la réflexion. Était-ce possible ? Depuis son retour à Londres, elle avait certainement passé la nuit chez Emma. Ou chez ses parents. Non ?

-Tu oublies mes autres missions ? J'ai déjà effectué des surveillances.

— Pas aussi longtemps. Et tu n'as jamais découché non plus.

— Écoute, ce n'est pas la fin du monde. Il ne faut pas exagérer. Deux jours, c'est vite passé. Je sais que je vais te manquer, mais quand même...

— Ça n'a rien à voir !

— Charmant.

Il ramassa la tasse vide avec précaution.

— Je ne sais pas ce qu'il va se passer, expliqua-t-il. Au bout de combien de temps l'effet Lydia se dissipera, tu comprends ?

— Tu as raison. Je suis désolée.

Elle retourna à son écran, espérant découvrir d'autres moyens d'hébergement. Elle ne dormirait pas beaucoup, elle le savait, mais une chambre qui lui servirait de base serait préférable à un petit somme devant la réception de l'hôtel ou dans son véhicule. Et ce serait également plus discret.

— Nous ne l'avons pas encore testé, reprit Jason. Je veux parler de ton pouvoir. Tu m'avais promis de le faire, parce que tu voulais en avoir le cœur net, mais chaque fois que je mets le sujet sur le tapis, tu te défiles en prétextant que tu es trop occupée.

— Ce n'est pas un prétexte. Je dirige cette entreprise seule et je ne peux pas refuser les missions qu'on me propose. Je fais mon possible pour m'en sortir. C'est épuisant. En tout cas, j'ai de la chance que tu sois là, s'empressat-elle d'ajouter pour atténuer la portée de ses paroles et leur ôter tout ce qu'elles pouvaient avoir de blessant. Tu m'es d'une aide précieuse. Vraiment.

— C'est là où je voulais en venir. Si tu y travaillais avec moi, tu pourrais peut-être m'insuffler encore plus d'énergie et je serais alors en mesure de sortir d'ici et de te relayer. Tu n'arrêtes pas de me seriner que prendre l'air me ferait le plus grand bien.

Lydia leva les yeux, son attention soudain éveillée.

— Je pense que c'est ton passé qui te retient ici, hasarda-t-elle avec tact. Ton décès.

Jason secoua la tête.

— Ça ne m'intéresse pas.

— Si tu me laissais éclaircir les circonstances de ta mort, ça pourrait t'aider... Tu aurais une plus grande liberté de mouvement.

Jason se mit à scintiller et sa silhouette se brouilla. Il avait le plus grand mal à se contrôler.

— Non ! Je refuse. C'est trop risqué. Si j'ignore dans quel contexte je suis mort, c'est qu'il y a une bonne raison. Qui sait ce qui se passerait si tu me le disais. Mais si tu me communiquais un surplus d'énergie en te servant de ta magie, je pourrais devenir un véritable assistant d'enquêtes, ton binôme d'une certaine manière, acheva-t-il en traçant des arabesques dans l'air.

— Je te répète que je ne possède pas le mode d'emploi.

— Et où penses-tu dénicher quelqu'un qui travaille gratuitement ? Qui n'a pas besoin de dormir, ni de manger ?

Son raisonnement était imparable. Jusque-là, Lydia s'était bien débrouillée, mais c'étaient des missions comme celle de Westcott qui démontraient à quel point il était difficile de se lancer en solo. Dans son agence, Karen employait quatre collaborateurs à plein temps, ainsi que des consultants réguliers. Les longues heures de planque s'effectuaient donc par roulement, en équipe.

— En tout cas, je n'ai pas la moindre idée de la façon de m'y prendre..., avança-t-elle.

— Ça ne se transmet pas de génération en génération ? Il n'existe pas un livre de magie ou quelque chose comme ça dans les archives de la famille Crow ?

— Nous ne possédons pas d'archives familiales. Du

moins pas que je sache. Et je n'ai jamais entendu parler du « Grand Livre de la Magie des Crow », ni de rien d'autre de ce genre.

— Tu n'as aucun moyen de le savoir. Tes parents se sont débrouillés pour te tenir dans l'ignorance, n'est-ce pas ? Il est très possible qu'ils aient brûlé ta lettre d'admission à une école de sorciers, qui sait ?

Lydia lui lança un regard appuyé.

— C'est du *Harry Potter* tout craché, ça.

Le visage de Jason s'illumina, comme toujours quand il s'agissait de livres.

— Oui. Pendant des années, je n'avais rien pour passer le temps, tandis que maintenant... Tu n'imagines pas le bonheur que c'est d'être capable de prendre un livre et de tourner les pages. À propos, tu pourrais m'en procurer d'autres ?

Lydia s'était mise à écumer les brocantes et les bouquinistes pour renouveler le stock de Jason.

— Bien sûr. Tu as une préférence ?

— Des thrillers. Des polars. Le dernier *Harry Potter*.

— D'accord, pas de problème.

— Et ton manuel d'instructions pour comprendre comment tu travailles.

— Décidément, tu as de la suite dans les idées.

— Voyons, Lydia, tu n'es pas curieuse ? Tu n'as pas envie de savoir comment fonctionnent les pouvoirs de ta famille ?

Lydia tressaillit.

— Je suis désolé, s'excusa Jason, ébranlé.

— Ça va, répondit Lydia, toujours frissonnante.

Elle enroula étroitement ses bras autour d'elle, puis, consciente que ce geste révélait sa faiblesse, elle les relâcha et se leva pour se rendre à la cuisine. Elle ouvrit le robinet et se servit un grand verre d'eau fraîche. Elle ne savait comment expliquer la raison pour laquelle elle appréhendait l'idée de fourrer son nez dans le pouvoir des Crow. L'histoire de la Famille était trouble et, à cette triste époque, en être membre signifiait appartenir à une autorité redoutée. Le racket, les braquages et Dieu sait quoi encore... Aujourd'hui, elle voulait bien croire Charlie quand il affirmait agir pour le bien de la communauté, ne doutant pas que les activités de la famille étaient parfaitement légales, pourtant il devait y avoir une bonne raison pour laquelle son père avait coupé les ponts. Les pouvoirs mystérieux dont étaient dotés les Crow de génération en génération n'étaient qu'un lointain souvenir de leur gloire passée. Quelques pièces d'or, un réel talent de persuasion et une étonnante intuition. La simple idée qu'il pourrait y avoir autre chose, comme dans le cas de Maddie, avait libéré les pulsions inavouables d'oncle Charlie. L'appétence pour la vieille magie. « Entre deux maux, il faut choisir le moindre » à en croire le dicton. Il était peut-être de son intérêt d'en apprendre davantage. Savoir c'est pouvoir... Tout compte fait, elle n'était pas forcée de se servir de ses connaissances. On a toujours le choix.

Henry Crow était assez casanier pour se contenter de la compagnie de son épouse et des tournois de billard à la télévision, mais Lydia savait qu'il sacrifiait toujours au rituel du jeudi soir : faire un tour au pub du coin. Situé au bout de la rue, The Elm Tree avait été un élément essentiel de son enfance. Elle avait ingurgité des litres de Coca dans la petite cour, pompeusement dénommée « jardin », et appris à jouer au billard avec sa mère. The Elm Tree avait été rénové ces dernières années et la façade était à présent d'un blanc immaculé, les colonnades et les baies vitrées ornées de jardinières débordant de fleurs et de plantes vertes. Les murs jaunis par la nicotine avaient été lessivés, mais les salles communicantes, les boxes accueillants, la galerie de photographies aux murs et le vieux comptoir en bois avec ses sous-verres en carton étaient identiques.

Les nouveaux propriétaires avaient accroché des guirlandes lumineuses pour apporter une touche de modernité et ajouté quelques banquettes confortables, tendues de velours bleu marine, mais pour le reste, tout était pratiquement resté en l'état.

Henry Crow était assis à sa place habituelle, devant un journal étalé devant lui et une bière à moitié entamée, posée sur la table ronde.

— Bonjour Papa ! lança Lydia. Désolée de troubler ta tranquillité.

Henry se leva pour l'embrasser.

— Tu ne me déranges jamais, Lyds, tu sais.

Elle alla passer commande au bar : une chope de sa bière préférée pour son père et un soda au citron vert pour elle-même, puisqu'elle était venue en voiture. Elle se sentait étrangement mal à l'aise à l'idée de parler à son père seule à seul, en l'absence de sa mère qui servait de tampon, en quelque sorte.

À son retour, son père leva les yeux de son journal et la salua, à croire qu'elle venait d'arriver.

— Comment vas-tu ? demanda-t-elle en prenant place en face de lui.

Le front plissé, Henry l'observait avec insistance, comme s'il s'efforçait de la situer. Lydia se demanda comment son état avait pu se dégrader à ce point en quelques minutes à peine. Et si Jason avait raison ? Le mal dont souffrait son père empirait-il à cause d'elle ? C'était dur à admettre, mais c'était probablement vrai ; à l'évidence, sa présence le rendait malade.

— Je vais bien, ma chère, répondit Henry. Et vous ?

Lydia lui tendit la bière, dont il but une large rasade ; on aurait dit qu'il venait de traverser le Sahara.

— Des plumes, c'est ça le truc, commenta-t-il.

Lydia avala une gorgée de son soda, les glaçons s'entrechoquant dans le verre.

Le silence s'éternisa.

— C'est Charlie qui vous envoie ? demanda-t-il.

— Pardon ?

— De belles paroles et un charmant visage. Pas vraiment son style, mais je devine qu'il est à bout.

Lydia ouvrit la bouche pour démentir ces allégations, mais il fixait son verre avec une curieuse expression de peur mêlée de désir.

Il lui décocha un regard furieux.

— Je lui ai dit que c'était impossible. Je ne ferai jamais ça à Lydia. Et j'aime Susan. Les jolis minois ne sont pas la solution. Je suis un mari fidèle. Vous pouvez le lui transmettre de ma part.

Lydia acquiesça d'un signe de tête.

— Puis-je vous demander ce qu'en pense votre fille ? s'entendit-elle demander.

Il plissa le front.

— Ce n'est qu'un bébé. Elle n'en saura jamais rien.

— C'est vrai.

— Et puis je l'ai promis à ma femme quand nous avons décidé d'avoir des enfants... C'était une décision commune.

— Je vais informer Charlie que c'est hors de question.

— C'est comme ça. Je suis hors jeu et ma fille aussi. Il ne la formera pas, et moi non plus.

Lydia hésita avant de se lancer.

— Et son héritage ? N'a-t-elle pas le droit de savoir ?

Le regard de son père s'aiguisa et, en une fraction de seconde, il se métamorphosa en un parfait inconnu.

— Vous ne devriez pas trop insister à ce sujet... n'est-ce pas, ma chère ?

Lydia secoua la tête, incapable de répondre. Les mauvaises ondes émanant d'un homme qu'elle avait aimé et en qui elle avait eu confiance toute sa vie étaient à la limite du supportable.

Il sourit, incarnant Henry Crow, le digne héritier de la

famille. Il paraissait plus grand, malfaisant et infiniment plus incisif. Il se pencha en avant sans cesser de sourire.

— Je sais maintenant que vous obéissez aux ordres de mon cher frère, mais je vais vous donner un petit conseil. Ce n'est pas parce que je ne suis plus dans le coup que je ne serai pas tenté de vous briser les os si vous n'arrêtez pas de poser des questions idiotes.

 pare-brise sans le voir avant d'appeler Emma.

— Je suis dans le coin, annonça-t-elle en observant les rues arborées, qui donnaient une impression d'espace et d'air frais.

Elle aurait dû respirer plus facilement, au lieu de quoi, elle sentit ses poumons se contracter dans sa poitrine et un poids peser sur ses épaules.

— Viens, je t'attends, proposa son amie.

Lydia se sentit tout de suite mieux.

Elle ôta ses bottines dans l'entrée. Emma avait déjà rempli deux verres de vin.

— Je suis venue en voiture, précisa Lydia.

Emma haussa les épaules.

— Tu peux rester dormir ici, si tu veux.

— Peut-être, dit Lydia en jetant un regard d'envie au breuvage couleur rubis. Je vais commencer par un thé. Tu en veux aussi ?

Elle prit des nouvelles des enfants tout en s'activant avec la bouilloire.

— Maisie dort et Tom fait la lecture à Archie.

Lydia jeta le sachet de thé à la poubelle et suivit Emma au salon, encombré de livres et de jouets, tandis que la table basse débordait de vaisselle en plastique, de figurines de dinosaures et d'une pile de courrier en souffrance. Des coussins étaient éparpillés par terre, ainsi qu'une couverture et un tas de peluches disposées en cercle. C'était la plus belle pièce qu'elle ait jamais vue. Emma avait un goût parfait.

Elle se souvint de s'intéresser au compagnon de sa meilleure amie.

— Tu crois que Tom m'en voudra si je m'incruste chez vous ce soir ?

— Il va probablement retourner travailler dès qu'Archie sera endormi.

— Il est débordé à ce point ?

— L'inconvénient d'être hyperconnecté, dit Emma non sans ironie. On est prisonnier du boulot.

— Ça n'a pas l'air terrible, commenta Lydia pour montrer qu'elle raisonnait logiquement, alors qu'elle n'avait pas la moindre idée de l'équilibre entre la vie professionnelle et la sphère privée.

Une fois le sujet des enfants épuisé, Emma évoqua une ancienne camarade d'école qui avait reçu un prix pour la création d'une ONG fournissant des produits sanitaires aux jeunes filles défavorisées. Après avoir porté un toast en son honneur, Lydia décida de passer au vin dès qu'elle aurait terminé son thé.

Emma l'observait avec une expression étrange.

— Ça fait un bail qu'on n'a pas fait ça, déclara-t-elle.

— Je sais. C'est un peu la folie en ce moment...

Emma brandit son verre de vin.

— J'espérais qu'on se verrait plus souvent quand tu as décidé de t'établir à Londres. Tu es très occupée et nos vies sont aux antipodes l'une de l'autre. C'est un choix, je sais, mais tu me manques.

— Toi aussi, dit Lydia, envahie par un sentiment de culpabilité mêlé de tristesse. Je vais essayer de changer.

— Moi de même. Ça va dans les deux sens. Je suis tellement absorbée par ma vie de mère au foyer. J'ai conscience de ne pas être l'amie dont tu aurais besoin en ce moment.

— Tu racontes n'importe quoi.

— Non, c'est vrai. Je ne suis pas disponible pour boire un verre ou danser en boîte.

— Moi non plus, rétorqua Lydia, adoptant un ton léger pour détendre l'atmosphère.

Emma fixait son verre, évitant de croiser le regard de Lydia.

— Et je suis incapable de t'aider professionnellement non plus. Je sais que ton emploi du temps est dément et que je devrais être plus flexible. Je suis un vrai cauchemar, j'en suis consciente. Je dois prévoir au moins un mois à l'avance pour sortir sans les enfants.

— Tu es une excellente amie. La meilleure. Maintenant, cesse de dire des bêtises.

Emma renifla, avala une grande lampée de vin et esquissa un sourire larmoyant.

— D'accord.

— Si tu veux, je peux te mettre au parfum de ma vie amoureuse... Lydia ménagea une pause. À condition que tu t'intéresses toujours à ce genre de choses, maintenant que tu es une mère de famille respectable, obsédée par la pâte à modeler...

Emma lui lança un coussin à la tête.

— Arrête un peu et raconte.

Lydia s'étala sur le canapé, le coussin serré contre sa poitrine, et confessa à Emma qu'elle était incapable de garder ses distances avec Fleet.

— On dirait que lui non plus.

Lydia se désigna du doigt.

— Ce n'est pas moi qui lui jetterai la pierre.

— Probablement. Alors, comment ça se passe ? Vous en êtes au stade délicieux des mains baladeuses, hein ?

— Oui, et c'est bien là le problème.

— Pourquoi ?

— C'est un flic.

— Et alors ?

— Tu connais ma famille.

— Pas vraiment, rétorqua Emma, qui contemplait son verre vide, la mine grave.

— Tu en sais assez. Je veux que notre relation se cantonne au plan strictement professionnel. C'est ma source. Mon contact avec la police. Je ne peux pas risquer de tout gâcher pour... une partie de jambes en l'air.

— N'importe quoi. Tu es incapable de te lâcher, comme d'habitude.

— Que veux-tu dire ?

— Tu joues les Martin Blank.

— Je ne suis pas Martin Blank, objecta Lydia.

C'était de l'histoire ancienne qu'elle aurait préféré oublier. *Tueur à gages* était l'un de ses films préférés. Ado, elle l'avait vu si souvent en compagnie d'Emma qu'elles connaissaient les dialogues par cœur. Cela ne signifiait pas pour autant que Lydia voulait être comparée à Martin Blank. Ou peut-être que si. Mais pas dans la bouche d'Emma pour qui ce n'était pas un compliment.

Elle abandonna sa tasse sur la table à côté d'un T-Rex en plastique.

— Je dois me lever tôt demain matin.

— Tu t'en vas déjà ? s'enquit Emma d'une voix atone.

Lydia se leva.

— Oui, excuse-moi. On remettra ça une autre fois, d'accord ?

— Quand tu n'auras pas à te lever tôt, acheva Emma avec une moue désabusée.

Lydia savait qu'elle aurait dû accepter l'invitation afin d'arrondir les angles, mais comment aurait-elle dû s'y prendre ? Sur le trajet du retour, elle sentit la culpabilité la ronger et finit par accepter de voir la vérité en face ; prendre la fuite était la solution de facilité.

CHAPITRE HUIT

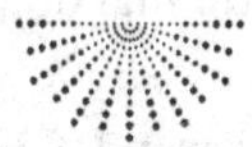

aria Silver avait suggéré de la retrouver au Seven Stars, un pub historique situé derrière le Palais de justice et jouxtant Lincoln's Inn, l'un des plus prestigieux collèges d'avocats dont la création remontait au début du XVe siècle. C'était le lieu de rendez-vous favori du barreau de Londres. Maria avait l'avantage de jouer sur son propre terrain en évitant d'inviter une Crow à son cabinet. Malin !

La chaleur avait à peine diminué d'intensité. La canicule persistante depuis plusieurs jours ne manquerait pas de tourner à l'orage accompagné de pluies torrentielles, mais, pour l'instant, le ciel était d'un bleu sans nuages. À Londres, les consommateurs occupaient souvent l'extérieur des pubs, débordant dans les ruelles adjacentes. Le Seven Stars ne faisait pas exception. Les alentours étaient noirs de monde. Les habitués étaient debout ou assis sur les trottoirs par-delà la boutique voisine qui fournissait les perruques de la profession juridique, installés aussi confortablement que dans leur propre salon.

Lydia pénétra dans la salle plongée dans la pénombre et fut aussitôt saisie par l'odeur reconnaissable d'un bistrot londonien. Cela sentait le tabac qui avait imprégné les murs avant l'interdiction de fumer dans les lieux publics. La lumière qui se reflétait sur les dorures des miroirs, le cuivre poli et le comptoir en bois de cerisier, tout invitait à siroter un verre en oubliant ses soucis. L'endroit dégageait une aura magique et il n'était guère étonnant qu'il n'ait pas désempli depuis 1602, l'époque il était fréquenté par les marins hollandais qui, souffrant du mal du pays, débarquaient sur la Tamise.

Lydia commanda un grand Coca avec des glaçons en déclinant les avances d'un jeune avocat, qui venait de remporter sa première plaidoirie et tenait à lui offrir du champagne pour fêter l'événement, et chercha Maria Silver des yeux. Elle finit par la repérer au fond de l'estaminet, adossée au mur vert bouteille. Elle caressait un chat noir étalé sur une grande table en bois, ronronnant si fort que Lydia l'entendit quand elle s'approcha.

Elle se présenta à Maria qui la salua d'un signe de tête avant de reporter son attention sur le félin qui, affublé d'une collerette blanche autour du cou, n'avait pas l'air de s'offusquer de cet accoutrement. Lydia avait entendu parler d'un chat vivant à demeure dans ce pub et elle n'était pas vraiment ravie de découvrir que la rumeur était fondée. Ses yeux commençaient à larmoyer, irrités par les poils de l'animal.

Lydia attendit que Maria prenne la parole, tâchant de feindre l'indifférence. Théoriquement, elles avaient le même statut : Maria était la fille d'Alejandro, le chef du clan Silver. De son côté, le père de Lydia avait renoncé à sa position, de sorte que la situation était un peu floue. En outre, il était convenu que les affaires de famille appartenaient au passé et qu'on ne se souciait plus du statut social ou de l'exercice du pouvoir. Ce qui, bien sûr, était risible.

Maria haussa les sourcils.

— Quelque chose vous amuse ? J'espère que ce n'est pas Cicéron. Il est très susceptible.

Le chat jeta à Lydia le regard le plus hautain qu'elle ait jamais vu chez un félin. Ce qui n'était pas peu dire.

— Vous souhaitiez me voir ?

— Un ami d'un ami m'a appris que vous cherchiez des renseignements au sujet de Robert Sharp.

— Les avocats ont des amis ? Première nouvelle. Je croyais qu'ils n'avaient que des clients.

Maria sourit.

— Vous devez confondre avec les détectives. Ou les notaires.

Lydia avala une bonne rasade de coca. Elle étouffait, les deux ventilateurs du plafond se contentant de brasser paresseusement l'air chaud.

— Comme vous finirez par le découvrir tôt ou tard, j'ai jugé bon de vous épargner cette peine, poursuivit Maria. Sharp a sollicité nos services.

— C'est très généreux de votre part. Faites-vous preuve de la même courtoisie envers la police ?

— Naturellement. C'est un gage de paix. Pour entretenir de bonnes relations.

— Dites plutôt que votre père vous a demandé de m'appeler, déclara Lydia, mue par une subite intuition.

— Maria cilla et sa bouche se durcit. Elle était visiblement à cran. Ce n'était guère étonnant. Un crack du barreau, la quarantaine et toujours à la botte paternelle !

— Certainement pas ! rétorqua-t-elle.

— Et que désirait Sharp ?

Mon département se spécialise dans la protection des actifs de propriété intellectuelle des grandes entreprises, ainsi que dans la défense contre les plaintes frauduleuses, les procès diffamatoires, tous les risques habituels liés à la pratique des affaires. Nous n'assistons pas les particuliers, mais nous avons exceptionnellement accepté le cas de Sharp comme une faveur accordée à l'un de nos clients, JRB.

— Qu'est-ce que ça signifie ?

— Rien de particulier. Je crois que ce sont les initiales du fondateur de la société.

Lydia se demanda pour quelle raison Maria avait éludé la question.

— Pourquoi voulaient-ils que vous vous occupiez de Robert ?

Maria haussa les épaules.

• Nous n'avons pas posé la question.

— Et quel genre de problème avait M. Sharp ?

Maria se concentra sur le chat, qui se blottit au creux de son bras, la queue dressée, l'échine courbée.

— Aucune idée. Nous ne sommes pas allés jusque-là. Son premier rendez-vous était prévu la semaine prochaine. Annulé, naturellement.

— Bien sûr, renchérit Lydia. Et il n'a donné aucune indication sur la nature de son problème quand il vous a contactée ? Il ne vous a pas envoyé un e-mail ?

— Ce n'est pas moi qui lui ai parlé, c'est mon secrétaire.

— Pourrais-je me mettre en rapport avec lui ?

Maria cessa de câliner le félin dont les poils se hérissèrent. Elle dévisagea Lydia comme si elle pesait le pour et le contre.

— Si c'est indispensable.

Lydia avait prévu de faire des courses en rentrant, mais la chaleur humide eut raison de sa motivation. Elle effectua le trajet depuis la station du métro en rasant les murs pour se protéger du soleil, espérant qu'Angel se laisserait fléchir et accepterait de lui servir un déjeuner tardif.

Le restaurant, dont la plupart des tables étaient occupées, bruissait du bourdonnement des conversations et du cliquetis des couverts sur la porcelaine. Lydia ne connaissait pas le jeune serveur debout derrière le comptoir, mais pour l'heure, elle avait d'autres chats à fouetter. Oncle Charlie tenait salon à une table d'angle ; les convives n'étaient pas des Crow...

Lydia s'immobilisa sur le seuil, tentée de monter directement à l'étage tout en se demandant comment assouvir sa fringale. Elle était certaine qu'un paquet de crackers entamé, voire un quignon de pain, traînaient dans la cuisine. Oncle Charlie croisa son regard et son visage se fendit d'un large sourire de bienvenue, pareil au rictus carnassier d'un tricheur professionnel repérant un pigeon ; Lydia sentit son dos se raidir. D'un geste, il lui fit signe d'approcher.

Il se leva pour l'accueillir, la prit par les épaules et l'embrassa sur les deux joues. La totale, destinée à la galerie, supposa-t-elle. Les compagnons de Charlie se levèrent à leur tour sans grand enthousiasme, à la limite de la politesse, mais elle n'allait tout de même pas en prendre ombrage.

— Ma nièce, annonça Charlie. Lydia, je te présente Julius et Marko.

Enchantée, dit Lydia. Je ne voudrais pas vous déranger. Je venais juste prendre un plat à emporter.

— Joignez-vous à nous, proposa Marko avec un sourire éblouissant, dévoilant un petit bijou incrusté sur l'une de ses incisives.

Le bistrot ne servait pas à table. On passait commande au comptoir où l'on obtenait un numéro. Charlie héla le serveur qui encaissait une part de moka et un Coca. Lydia éprouva une drôle d'impression en regardant dans la direction de sa cliente qui dégageait d'étranges vibrations.

— Une autre assiette de lasagnes pour ma nièce ! beugla Charlie d'une voix de stentor, dominant le brouhaha de la pièce, de sorte que plusieurs personnes levèrent les yeux avec curiosité.

Lydia se glissa sur la chaise près de la fenêtre le plus discrètement possible. Décliner l'invitation était impensable. Son téléphone vibra et elle jeta un rapide coup d'œil à l'écran, espérant une urgence professionnelle qui la délivrerait de cette situation embarrassante. C'était un texto d'Emma :

— Archie m'a demandé de t'envoyer ça.

Le second message était un dessin au feutre représentant un bonhomme allumette doté de longs cheveux noirs exécutés en gribouillis désorganisés avec des cercles jaunes autour de ses bras écartés. La bouche cramoisie n'était ni souriante ni boudeuse, un simple trait lugubre.

Lydia tapa rapidement la réponse :

— J'adore ! Remercie-le de ma part. À bientôt, ajouta-t-elle après une brève hésitation. Love. L., conclut-elle avec le symbole d'un baiser.

(Au temps pour Jason qui lui reprochait de pratiquer la rétention d'émotions, ce qui était totalement faux.)

Charlie se rassit en décalant son assiette et son verre pour lui faire de la place. Le serveur survint et déposa devant elle les couverts enveloppés dans une serviette en papier avec une corbeille de pain frais.

Il allait s'éloigner quand son oncle claqua des doigts. Le garçon fit volte-face, l'air terrifié.

— Que veux-tu boire ? demanda Charlie à sa nièce.

— Un Coca, s'il te plaît. Il ne faut pas claquer des doigts pour appeler quelqu'un, tu sais, c'est impoli.

Un silence gêné retomba et il y eut un flottement autour de la table. Julius et Marko semblaient retenir leur respiration.

— Tu as raison, bien sûr, déclara Charlie avec un franc sourire.

L'employé s'éclipsa et retourna au comptoir. Pour se donner une contenance, Lydia préleva dans la corbeille un morceau de pain qu'elle se mit à beurrer avec application. Le soleil brillait à travers la fenêtre haute, éclaboussant les salières et les poivrières en métal de ses rayons brûlants.

— Julius me parlait de sa start-up, expliqua Charlie à l'adresse de Lydia. Il s'agit, si je comprends bien, de la notoriété de la marque en utilisant des tactiques de guérilla marketing combinées à une stratégie holistique de médias sociaux.

Lydia faillit avaler de travers. Elle dévisagea Julius, curieuse de savoir ce qui avait bien pu inciter ce type à venir trouver Charlie. Ça n'avait rien à voir avec les domaines d'activités de la famille Crow.

— Ce n'est pas notre spécialité, intervint Charlie, l'arrachant à ses réflexions. Mais c'est intéressant, non ?

Lydia avala une bouchée de pain en affichant une expression neutre. Elle n'avait aucune envie de prendre parti et encore moins de cautionner un accord qui pourrait tourner au vinaigre plus tard.

Le regard de Julius passa nerveusement de Lydia à Charlie.

— Nous avons besoin de deux cents pour démarrer et être opérationnels, exposa-t-il. Ça nous permettra de nous maintenir à flot jusqu'à ce que nous dégagions des bénéfices. J'ai une projection là, acheva-t-il en tapotant l'écran d'un téléphone posé sur la table.

Charlie se carra sur son siège.

— Vous êtes compétent dans ce domaine, dit-il, je le sais.

Angel arriva sur ces entrefaites avec une portion de lasagnes qu'elle plaça devant Lydia.

— Bon appétit, lança-t-elle sans sourire.

Elle promena un regard averti sur les convives. L'assiette de Charlie était vide, alors que Julius et Marko avaient à peine touché à la leur. Maintenant que Lydia savait que le but de leur visite était de solliciter un prêt, elle imaginait aisément qu'ils avaient l'estomac noué et étaient incapables d'avaler quoi que ce soit.

— Tout va bien ? s'enquit Angel.

— C'est parfait, comme toujours, répondit Charlie.

Angel désigna Lydia.

— Vous avez intérêt à manger pour vous remplumer un peu.

Après avoir fait un sort à la corbeille de pain, celle-ci se sentait capable de dévorer trois rations comme celle qui se trouvait dans son assiette. Elle s'absorba dans son repas, indifférente à ce qui l'entourait. Julius accaparait la conversation et la voix grave et douce de Marko, les rares fois où il ouvrait la bouche, lui faisait chaud au cœur. Elle le dévisagea avec curiosité et entrevit la lueur qui brillait sur sa peau. Quand il bougeait, la lumière conférait une teinte nacrée à son visage. L'espace d'un instant, le turquoise, le lilas, le rose et le jaune citron se succédèrent sur sa joue, tel l'intérieur irisé d'un coquillage. L'illusion disparut quand il changea de position.

— On reste en contact, dit Charlie, tandis que Julius s'extirpait de son siège, imité par Marko.

— Ravi d'avoir fait votre connaissance, Lydia, dit Julius.

Ils sortirent et se retrouvèrent dehors sous un soleil de plomb. Lydia qui les observait par la fenêtre les vit s'attarder un moment à la porte du bistrot, puis chausser des lunettes fumées avant de traverser la rue.

— Quel gâchis ! remarqua Charlie en désignant les assiettes presque intactes.

— Ils étaient trop intimidés pour manger, commenta Lydia, histoire de flatter son oncle et d'éviter de le contrarier.

L'épisode de Madeleine avait été un avertissement très clair et, même si ce n'était probablement que des images aléatoires de son subconscient, mieux valait en tenir compte. Peut-être que son subconscient avait remarqué quelque chose à son insu. Ce cerveau reptilien, hérité de nos ancêtres, qui les avait protégés du danger. « À cheval donné, on ne regarde pas les dents » dit le proverbe. A fortiori à un reptile.

Charlie sourit. Il repoussa son assiette, puis se renversa sur sa chaise et produisit une pièce d'or qu'il fit rouler sur le dos de sa main avec agilité.

— Alors, qu'en penses-tu ? questionna-t-il.

Lydia piqua un morceau de lasagne avec sa fourchette.

— Tu veux parler de ton nouvel investissement ?

— Ça n'a rien de nouveau. C'est un business comme un autre. Je leur prête de l'argent qu'ils rembourseront avec des intérêts. Il faut encourager la communauté à se développer.

Lydia se concentra sur son plat pour éviter de le regarder dans les yeux. Les temps avaient changé et elle ne doutait pas que l'extorsion, le racket en échange d'une « protection » et le prêt usuraire n'étaient plus à l'ordre du jour, même si cela ne mettait pas son oncle et ses sbires en odeur de sainteté pour autant. La seule raison pour laquelle Charlie se préoccupait de ses semblables était de remplir les coffres de la famille. Et peut-être aussi pour asseoir sa réputation de parrain généreux de Camberwell.

— Un taux d'intérêt raisonnable, j'imagine ? fit Lydia d'un ton léger.

Charlie écarta les bras.

— S'ils parvenaient à convaincre leur banquier, ils pourraient bénéficier de ces taux-là. Je prends un risque, il donc normal que j'en retire une compensation.

Tous deux savaient parfaitement qu'il n'y avait aucun risque. D'une manière ou d'une autre, Julius et Marko se débrouilleraient pour rembourser son oncle, raisonna Lydia. Ce qui, en d'autres termes, signifiait travailler pour lui et non être amputé d'un membre par mesure de représailles, du moins l'espérait-elle.

— Tu leur ferais confiance ? poursuivit Charlie d'un ton un peu trop désinvolte pour être honnête. Quelle est ton impression ?

Lydia se raidit. Il ne sait rien, songea-t-elle. Rien du tout.

— Je n'en ai aucune idée, répondit-elle.

— Ce serait utile de savoir à quoi s'il faut s'attendre.
Dans mon business, on a rarement de bonnes surprises.

— J'imagine.

— Donc, tu ne vois rien à me signaler à leur sujet ?

— Quoi par exemple ?

— Voyons Lyds, sois franche avec moi.

Lydia ouvrit la bouche pour rétorquer qu'elle ignorait de
quoi il voulait parler, mais elle lut un avertissement dans le
regard qu'il braquait sur elle.

— Rien à dire sur Julius, répondit-elle. Mais Marko est
un Pearl. Plus ou moins.

Charlie acquiesça.

— Voilà qui me sera utile. Merci.

Lydia posa son couteau et sa fourchette dans son assiette.

— Depuis quand es-tu au courant ?

Charlie lui enlaça les épaules.

— Depuis toujours. N'oublie pas que je suis de la famille.

Elle lui jeta un regard appuyé.

— Je suis aussi capable de détecter des âneries.

— Compris, s'esclaffa Charlie. Ton père n'est plus une
tombe. Ce n'est plus comme avant, tu sais.

Lydia détourna la tête pour dissimuler son irritation.
Son oncle avait tiré parti des facultés mentales diminuées
d'Henry. Elle avait fait de même, mais le reconnaître n'était
pas de nature à améliorer son humeur. La culpabilité et
l'amertume se mêlaient à la colère qui bouillait en elle.

— C'est mon frère, dit Charlie, comme s'il lisait dans ses
pensées. Je ne l'ai pas cuisiné, mais il oublie à qui il parle
depuis quelque temps. Il l'a laissé échapper à ta dernière
visite, avant ton retour définitif.

Lydia fit un effort de mémoire et se rappela la scène.
Installés au salon, Charlie et son père regardaient le billard à
la télévision en sirotant un whisky, tandis qu'elle aidait sa
mère à préparer un rôti de bœuf en croûte.

— À Noël ?

Il hocha la tête.

— Les détails étaient intéressants, mais ce n'était pas un scoop, vois-tu ? Tu es la fille d'Henry Crow. Impossible que tu ne possèdes pas un certain talent.

— C'est pour cette raison que tenais à me loger ici ? Pour assister à tes réunions d'affaires, repérer qui est qui et s'ils sont armés.

— De façon occasionnelle et avec ton accord, affirma Charlie. Je ne voudrais pas te mettre mal à l'aise.

Cela lui paraissait tout à fait rationnel et c'était là le hic, Lydia le savait. Elle se doutait que son oncle exigerait davantage, toujours plus. Sans parler de tout ce qu'il passait sous silence.

— C'est le moins que je puisse faire, étant donné que tu m'héberges pour rien.

Charlie sourit et exerça une légère pression sur son épaule.

— Il faut qu'on se serre les coudes. Les temps changent.

— C'est ce que j'ai entendu dire, oui.

— Parle-moi un peu de toi. Tu es bien installée là-haut ? Tu as tout ce dont tu as besoin ?

Lydia eut un pincement au cœur à la pensée de l'espace austère et purement fonctionnel de l'appartement. Elle ne l'habitait que depuis quelques mois, pourtant elle s'y sentait comme chez elle. Le système de sécurité qu'elle avait installé y était pour quelque chose, tout comme l'absence de loyer. Un appartement gratuit à Londres était suffisant pour rendre n'importe qui heureux.

— Oui, je n'ai pas à me plaindre.

— Et les affaires vont bien ? Tu as des clients ? Je peux faire passer le message, si tu veux...

— Pas la peine. J'ai de quoi faire.

— Je savais que tu retomberais sur tes pieds. Tu as des amis ?

— Des amis ?

— Le travail n'est pas tout dans la vie. Il faut savoir prendre du bon temps, c'est important.

— Tout va bien, je t'assure.

Charlie fit la moue.

— Hmm... Je ne crois pas. Angel affirme que tu ne reçois que des clients.

— C'est elle qui te renseigne sur mon compte ? ?

Lydia regretta ses mots dès qu'elle les eut prononcés. Karen n'aurait pas été impressionnée.

Charlie ne réagit pas, même si son expression indéchiffrable avait quelque chose d'effrayant.

— Je suis ton oncle. Je fais partie de la famille. C'est normal que je m'inquiète pour toi.

— Je sais et je te remercie, mais je suis parfaitement heureuse.

Charlie leva les mains en signe de reddition.

— D'accord. Tu devrais quand même dire à ton contact de la police de ne pas trop t'envahir. Sinon tu n'auras pas l'occasion de te faire d'autres relations.

Voilà donc où il voulait en venir. Lydia posa les mains sur ses genoux et croisa les doigts pour s'empêcher de trembler.

— C'est un ami, rétorqua-t-elle. Et un contact utile. Un peu des deux, en fait.

— C'est bien ce que je craignais. C'est un policier. Un flic. Je suis sûr qu'il est tout à fait convenable et efficace, mais il ne faut pas oublier qui il est.

— Je sais.

Charlie secoua la tête.

— Ah oui ? Henry t'a élevée dans un cocon. Il voulait te protéger. Mais tu es là, maintenant. Tu vis ici. Tu travailles ici. Tu es une Crow et ce doit être ta priorité. Tu ne dois jamais l'oublier...

— Je sais, répéta Lydia. J'ai compris. Je suis prudente. Je ne parle pas de la Famille.

— Est-ce qu'il te pose des questions ?

— Non, mentit Lydia. C'est moi qui le cuisine, pas le contraire. L'information circule à sens unique.

— Continue comme ça. Et ne te montre pas trop amicale, surtout.

Lydia se leva.

— Le devoir m'appelle. Merci pour le déjeuner.

Tout le plaisir est pour moi, Lyds, tu le sais bien. La famille d'abord.

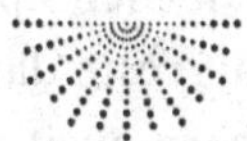

CHAPITRE NEUF

Robert Sharp ne faisait plus la une des médias. Le décès d'un analyste ne méritait pas de rester très longtemps sous les feux des projecteurs en dépit des circonstances de sa mort. La révélation de son identité avait fait du bruit en début de semaine, mais les journalistes ayant fait chou blanc, à l'instar de la police, auprès de ses amis et de la famille, l'intérêt était vite retombé, du moins Lydia le supposait-elle. Il ne semblait pas y avoir grand-chose à se mettre sous la dent dans l'existence de Robert Sharp au lendemain de sa disparition. Lydia avait demandé à Fleet si la police croyait à une affaire de gang. Une bande avait peut-être décidé de plagier un ancien règlement de compte mafieux, histoire de se faire mousser. C'était la principale piste de l'enquête, avait répondu l'inspecteur, l'air sceptique.

— Tu n'y crois pas ?

Il avait secoué la tête.

— Trop propre et net à mon avis. Les représailles des gangs sont plus brutales d'habitude. Plus sordides.

— Davantage qu'une pendaison ?

— Beaucoup plus.

Lydia n'avait pas réclamé de précisions.

. . .

Maria lui avait communiqué une ligne téléphonique directe ainsi qu'un nom et lui avait clairement fait comprendre qu'elle n'était pas la bienvenue à son bureau, mais qu'elle pouvait interroger Milo Easen, son secrétaire. À l'évidence, ce dernier avait bien appris sa leçon car, quand Lydia l'avait appelé, il était resté dans le vague, se bornant à confirmer que Robert Sharp avait téléphoné pour solliciter une entrevue avec Maria Silver.

— Le rendez-vous était fixé la semaine prochaine, c'est ça ?

— Oui, c'était le seul créneau disponible. Il avait été signalé comme prioritaire.

— Pas tant que ça, puisqu'il s'est écoulé plus d'une semaine entre son appel et l'entretien.

Easen prit son temps avant de répondre.

— Mme Silver est très occupée, comme tout le personnel. Si M. Sharp n'avait pas exigé de la rencontrer en personne pour une première prise de contact, nous aurions pu le recevoir plus tôt, mais ce n'était pas le cas.

— Compris. Savez-vous pourquoi il voulait à tout prix voir Maria ?

— Elle jouit d'une excellente réputation, répliqua-t-il après un nouveau silence.

— Quelle était la nature du problème de M. Sharp ?

— Il ne l'a pas spécifié.

— Aucune indication ? Est-il habituel que vous organisiez un premier rendez-vous sans aucune note d'information pour votre patronne ? Ça m'a l'air d'être une perte de temps, surtout si elle est tellement sollicitée.

Nouvelle pause.

— On m'avait dit d'attendre l'appel de M. Sharp et de lui fixer un rendez-vous dans les deux semaines. Sans autre précision.

96

— Ce genre de situation est-elle courante ?

— Non, mais nous avons un planning très serré et nous acceptons rarement de nouveaux clients.

— Au fait, que pouvez-vous me dire à propos de JRB ?

— Absolument rien.

Après avoir raccroché, Lydia réfléchit, le regard dans le vide. Concernant JRB, elle avait mené sa petite enquête sur Google et était tombée sur un site qui ne donnait que de vagues indications sur les activités de l'entreprise, sinon qu'elle avait les moyens de s'offrir un designer hors pair. En consultant les dossiers de la société, elle avait trouvé les noms de deux directeurs qu'elle avait consciencieusement recherchés. Là encore, il n'y avait pratiquement rien sur le web. Impossible de savoir si c'était suspect ou si les deux hommes étaient simplement old school.

Lydia se renversa sur son fauteuil, se demandant si elle aurait assez d'énergie pour s'éventer avec une feuille de papier. Une chute soudaine de la température annonça l'apparition de Jason.

— Oh, ça fait du bien ! s'exclama-t-elle. Approche.

— Il fait toujours aussi chaud ? Je ne m'en rends pas compte.

— Quelle chance !

— Oui, n'est-ce pas ? observa sèchement Jason.

— Désolée. La chaleur me ramollit le cerveau.

Jason contourna le bureau et l'entoura gauchement de ses bras. Lydia sentit sa peau se hérisser de chair de poule et fut prise de frissons. Jason s'écarta.

— Non, reste. Un peu de fraîcheur, c'est si agréable !

Lydia s'allongea sur la mince moquette de son ex-salon. Sous cet angle, elle avait son bureau dans son champ visuel avec une vue panoramique sur le plafond taché d'humidité.

— Qu'est-ce que tu fabriques ? demanda Fleet depuis la minuscule cuisine où il préparait le dîner avec les provisions qu'il avait apportées : salade, fromage, pain frais et olives.

Lydia l'entendit traverser la pièce et poser les assiettes sur le bureau.

— On pourrait manger dehors ? suggéra-t-il. Il fait si chaud...

Lydia se redressa d'un bond.

— Non, on sera mieux à l'intérieur. On risque de se faire attaquer par les pigeons, enchaîna-t-elle alors qu'il la regardait d'un drôle d'air.

— Ils n'oseraient pas, rétorqua Fleet qui, par chance, n'insista pas.

Il emporta son plat avec un verre de jus d'orange, et s'installa sur le canapé.

Lydia se releva et piqua une olive dans son assiette. Un goût salé envahit sa bouche et elle prit conscience qu'elle mourait de faim. Elle ne s'en était pas aperçue à cause de la chaleur. Ou peut-être par distraction, tant elle était obnubilée par les affaires en cours ainsi que par l'enquête sur laquelle elle n'était même pas censée travailler, sans parler de ses rêves étranges... Elle éprouvait un malaise croissant sans aucune raison. C'était épuisant.

-Tu es ailleurs, observa Fleet. Je peux faire quelque chose ?

Lydia battit des paupières et reporta son regard sur l'inspecteur.

— As-tu convaincu Ian de te laisser voir les photos de la scène de crime.

— Effectivement, je les ai vues, confirma-t-il avant de fourrer dans sa bouche une olive qu'il mastiqua avec vigueur.

Il fallut une seconde pour que le cerveau de Lydia percute ce qu'il venait de dire et comprenne qu'il s'agissait de ce qu'elle voulait entendre.

— Et tu as mis tout ce temps pour me l'apprendre ?

— J'avais faim, riposta Fleet en s'essuyant les mains.

Il se pencha pour ramasser le sac à dos noir qu'il trimballait partout, traversa la pièce et ouvrit son ordinateur. Quand l'écran s'anima, il sélectionna un dossier et cliqua sur une série de fichiers.

— Je ne devrais pas les avoir en ma possession, déclara-t-il. Inutile de préciser que je ne suis pas en train de faire ce que je suis sur le point de faire.

— Bien entendu, renchérit Lydia.

Les fichiers étaient des JPEG. Elle dévisagea Fleet.

— Il n'y aura pas trace de ta copie ?

— Ian connaît un gars de l'informatique. Espérons qu'il connaît son boulot.

Lydia examina les photos en se concentrant sur les gros plans des liens autour des poignets et des chevilles de Sharp. Des attaches en plastique. Il y avait des marques rouges à l'endroit où il avait lutté pour se libérer, entaillant sa chair. Elle les consigna dans son carnet, tâchant d'oublier la souffrance qu'elles représentaient.

Les briques fourrées dans les poches de la veste de Sharp avaient également été photographiées avec soin.

— Elles ne sont pas neuves, remarqua Lydia en effleurant l'écran du bout du doigt.

— Non, confirma Fleet. Victoriennes, selon toute vraisemblance. Ian a mené une enquête pour en déterminer l'origine, l'endroit où elles ont pu être achetées ou retrouvées, mais il n'a rien découvert pour l'instant.

— Des décharges ?

— Oui, ce genre de choses. De vieux bâtiments non restaurés qui tombent en ruine. Le problème est qu'il y a quantité de vieilles briques à Londres.

Lydia hocha la tête et passa à un autre cliché. Le corps de Sharp était attaché aux poutres métalliques sous Blackfriars Bridge. Bien qu'il ait été pendu vers l'extrémité de l'arc du pont, relativement près de la berge, ses pieds se trouvaient bien au-dessus du sol.

— C'est difficile à faire ? s'enquit-elle.

— Tu veux dire physiquement ?

Physiquement et sur un plan logistique également. Et d'abord, comment se fait-il que les caméras de surveillance n'aient rien enregistré ? Il devait y avoir une bande de grands costauds.

— Des pros. Ils ont neutralisé les caméras dans tout le secteur. L'enquête officielle penche pour le crime organisé. Sharp s'est retrouvé mêlé à quelque chose qui le dépassait et on l'a puni pour l'exemple.

— L'exemple de quoi ?

Fleet haussa les épaules.

— Quelque chose en rapport avec son job chez Sheridan Fisher ? Il n'a peut-être pas suivi les instructions pour une raison ou une autre et aurait cessé de jouer le jeu. À moins que ce ne soit un concours de circonstances. Il aurait mal noté une entreprise sans savoir qu'elle appartenait à ses protecteurs.

— Comment se présente l'enquête ?

Mal. De toi à moi, ils ont réduit les effectifs. Raison pour laquelle Ian m'a permis de jeter un coup d'œil aux photos. Il commence à désespérer.

— Mais il s'agit d'un meurtre, objecta Lydia, consciente d'enfoncer une porte ouverte, comme une enfant.

Les assassinats étaient monnaie courante dans la capitale, elle le savait, mais tout de même...

— Effectivement, mais nous n'avons pas d'autres pistes. Il n'a pas de famille qui exige des résultats. Et il ne porte pas non plus un nom célèbre. La Criminelle fait son possible, mais elle est pressée, comme tout le monde. La moitié de l'équipe de Ian a déjà été affectée à d'autres missions.

— Heureusement que je donne un coup de main, ironisa Lydia.

— Toi, tu restes en dehors de ça, décréta Fleet, qui ne plaisantait pas. S'il s'agit de crime organisé, pas question que tu fourres ton nez là-dedans.

— Je crois que tu oublies à qui tu parles, marmonna Lydia, surprise de se sentir froissée.

Fleet ne se départit pas de son calme.

— Je n'oublie rien du tout. Si tu t'attires des ennuis avec un gang, combien de temps faudra-t-il avant que ton oncle ne déclenche une guerre, à ton avis ?

Lydia était si habituée à se soucier des quatre Familles que la pensée des gens ordinaires ne l'effleurait presque jamais. La rivalité entre leurs gangs lui semblait insignifiante. Contempler une fois de plus l'image de Robert Sharp se balançant sous Blackfriars était le rappel dégrisant que les anciennes familles magiques n'étaient pas les seules à avoir un certain pouvoir.

EN OUVRANT LES YEUX, LYDIA SE RETROUVA COINCÉE À l'intérieur de la housse de couette. En sueur, enfouie sous l'édredon, elle batailla pour s'en extirper, au bord de la panique. Elle avait refait ce satané rêve ! Elle sortait sur la terrasse, on la poussait et elle basculait par-dessus la balustrade, l'estomac en vrac pendant sa chute, tandis que la voix de Maddie l'exhortait à voler. « Je ne sais pas voler », avait hurlé Lydia. La gorge sèche, elle attrapa le verre d'eau posé à son chevet. Après avoir avalé une gorgée, elle sentit ses idées s'éclaircir et plissa le front, perplexe. Ce n'était pas son genre de placer un verre d'eau à côté de son lit. À la rigueur une canette de Coca light ou une bouteille de whisky à moitié vide, vestige d'une beuverie de la veille. Et quel était ce bruit lancinant ? Une fois les dernières bribes du cauchemar dissipées, elle se réveilla pour de bon et perçut un raclement de l'autre côté de la cloison, comme si l'on traînait quelque chose, suivi d'un bruit sourd.

— Jason ?

Le voile qui lui embrumait l'esprit se déchira. Fleet lui avait rendu visite la veille au soir. Ils avaient bu quelques verres, ce qui expliquait son cerveau confus et ses yeux douloureux. Elle bondit hors de son lit, soulagée de constater qu'elle portait toujours son short et son T-shirt. Donc, elle n'avait pas cédé à ses pulsions sous l'emprise de l'alcool. Elle avait su se contrôler et conserver ses distances sans mélanger boulot et sentiments.

La mémoire lui revint. Par esprit de rébellion, à cause de son oncle qui lui avait fait la leçon en lui disant avec qui elle pouvait ou ne pouvait pas sortir, elle avait décidé d'ouvrir une bouteille de whisky après avoir visionné les photos de la scène de crime. Par conséquent, cette épouvantable gueule de bois était la faute de Charlie.

Son verre vide à la main, Lydia sortit de sa chambre et découvrit Fleet qui, accroupi dans un coin du salon-bureau, s'apprêtait à ouvrir un carton de livres. Des planches posées sur des briques empilées faisaient office de bibliothèque.

— Qu'est-ce que tu fabriques ?

Il leva les yeux.

— Bonjour, ma petite soûlarde.

— Je n'étais pas ivre, protesta Lydia.

Elle fronça les sourcils, essayant de fouiller dans ses souvenirs, ce qui ne fit qu'empirer sa migraine.

— Exact, dit Fleet avec un rictus que Lydia n'apprécia guère.

Une bouteille de whisky vide et deux gobelets trônaient sur le bureau.

— Et toi ?

— J'ai su rester sobre. J'ai dormi sur le canapé, j'espère que tu n'y verras pas d'inconvénient. Il était très tard quand tu as roulé sous la table.

Lydia se rappelait vaguement une partie de poker. Une

image de Fleet entonnant une chanson des Beatles, même si cela paraissait peu probable.

— Tu as bu toi aussi, rétorqua-t-elle.

— C'était une chouette soirée. Jusqu'à ce que tu commences à divaguer en affirmant que tu savais voler.

Oh non.

— Je ne divaguais pas, s'indigna Lydia.

Fleet indiqua la cuisine.

— Il y a de quoi grignoter et du café.

— Du café ?

Tout émoustillée, elle se dirigea vers la kitchenette. Des canettes de bière soigneusement rincées et compressées s'entassaient à côté de l'évier. Elle eut un flash-back où elle descendait une canette entière, histoire de se prouver qu'elle en était capable. Elle grimaça. Sur le comptoir, elle repéra un sachet portant le logo d'une boulangerie rempli de croissants, de pains au chocolat et d'un gâteau fourré à la crème ainsi qu'une grande cafetière. Lydia se versa une tasse et dévora un pain au chocolat en trois bouchées. Elle dénicha du paracétamol au fond d'un placard et avala deux comprimés avec un demi-verre d'eau. Après un second pain au chocolat qu'elle fit descendre à l'aide d'un autre café, elle se sentit d'attaque pour affronter Fleet.

— Merci pour le petit déjeuner. C'est quoi, ça ? ajouta-t-elle en désignant les étagères.

Fleet s'activait à empiler des livres.

— Comme tu ne les avais pas déballés, je me suis dit que tu avais besoin d'étagères. C'est temporaire et un peu sommaire, je sais, mais c'est facile à déplacer et tu pourras te procurer un vrai meuble plus tard, si tu en as envie.

— Celui-là me plaît bien. Où as-tu déniché le bois ?

— Il me restait quelques planches après avoir installé les miennes. Il t'en faudra probablement davantage. Je peux remplir tout le mur, si tu veux.

— Et tu te baladais avec ça par hasard ?

— Je les avais transportées hier soir dans ma voiture. Ensuite, il semblerait que nous nous soyons un peu égarés.

Dire que cet homme lui avait apporté des étagères, des viennoiseries et du café ! Lydia se sentit un peu étourdie.

— Merci, dit-elle en s'affalant sur le canapé.

Au moins, ils avaient été distraits par un excès d'alcool et non par autre chose. Au fond, ce n'était pas une mauvaise solution à leur attirance mutuelle, quitte à le payer au prix d'une gueule de bois carabinée.

— Je range les livres au petit bonheur, précisa-t-il. Tu les classeras par ordre alphabétique par la suite.

— Ou pas, marmonna Lydia, la bouche pleine de crème au chocolat.

— D'accord. Tu préfères sans doute l'élément de surprise. Chercher Terry Pratchett, par exemple, et tomber sur un manuel de cuisine de Nigella Lawson.

Lydia avala une gorgée de café.

— Tu aimes l'ordre, à ce que je vois.

— Absolument. Je suis un adepte de la classification décimale de Dewey. Au fait, j'ai menti à propos de Nigella. Le seul livre de cuisine que je possède est celui de Madhur Jaffrey.

Lydia n'avait jamais ouvert un livre de recettes de sa vie.

— Nous sommes très différents, toi et moi.

— Les contraires s'attirent, déclara Fleet en se levant après avoir garni les dernières étagères.

— Veux-tu que je t'en débarrasse ? proposa-t-il en désignant les cartons vides.

— Je vais peut-être les garder. Au cas où.

— Tu penses déménager ?

Lydia termina son café.

— On ne sait jamais.

— C'est vrai.

Lydia se leva et entreprit de plier les cartons. Elle surprit le sourire narquois de Fleet.

— C'est plus facile à ranger comme ça, expliqua-t-elle sur la défensive.

— On les entrepose dans la chambre d'amis ?

— Non, pas la peine, dit Lydia en pensant à Jason. Tu as vraiment dormi sur le canapé ?

— Il serait plus exact de dire que je me suis littéralement écroulé.

Pourquoi n'as-tu pas choisi le lit d'appoint dans l'autre chambre ? s'enquit Lydia, heureuse d'apprendre qu'elle n'était pas la seule à s'être trouvée dans un état semi-comateux.

Fleet fronça les sourcils.

— Je ne sais pas... Attends, je me souviens. Je n'ai pas réussi à ouvrir la porte.

— Tu étais ivre, lança Lydia sur un ton léger. Elle n'est pas fermée à clé.

Elle devrait interdire à Jason d'empêcher l'accès à sa chambre, se dit-elle in petto. C'était la sienne, mais tout de même... Fleet pourrait se méfier des portes qui s'ouvraient une fois sur deux. D'autant que les murs couverts d'équations auraient également exigé quelques explications. Raison de plus pour ne pas aller plus loin avec l'inspecteur.

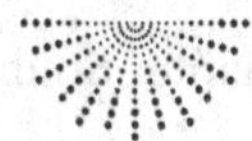

CHAPITRE DIX

Après le départ de Fleet, Lydia se plongea dans ses dossiers pour tenter d'oublier sa vie sentimentale qui tournait au fiasco. Elle avait un rendez-vous téléphonique avec le Dr Lee. Pour se rafraîchir la mémoire, elle relut le rapport qu'elle lui avait envoyé depuis une éternité, lui semblait-il. Elle devait se montrer à la hauteur, ne pouvant se permettre un échec à ce stade. Malheureusement, il lui faudrait davantage d'enquêtes d'infidélité ou d'adultère si elle voulait faire face à ses dépenses en matière de whisky et de chips. Son objectif était d'amasser une somme suffisante afin de pouvoir payer une caution pour la location d'un appartement et prévoir six mois de loyer d'avance, au cas où elle devrait quitter *The Fork*. La gratuité offerte par Charlie lui était fort utile, mais lui compliquait singulièrement la tâche si elle voulait dissocier ses activités de celles de son oncle. Et même si elle détestait avoir tort, elle devait admettre que ses parents ne s'étaient pas trompés à ce sujet.

L'appel de son client n'arrangea pas les choses. Le Dr Lee était très remonté et Lydia dut user de charme et de patience (ce n'était pas son fort) pour lui tirer les vers du nez.

— Ma femme n'a pas les ongles faits, finit-il par

admettre. Elle se contente de les tailler avec des ciseaux. Elle soutient qu'elle n'aime pas les ongles longs, que ça la gêne pour taper sur le clavier de son ordinateur au bureau.

— Je vois.

— Vous m'aviez pourtant affirmé qu'elle se rendait chez la manucure, insista-t-il, partagé entre la colère et les larmes.

— C'était une éventualité. Souhaitez-vous que je poursuive l'enquête ?

— Bien entendu. Elle n'est pas terminée.

— Je pensais que vous auriez peut-être changé d'avis...

Lydia s'efforçait toujours de ménager une porte de sortie à ses clients. Certes, ses finances en souffraient, mais tant de choses étaient en jeu dans les affaires dont elle s'occupait. Une fois remontées à la surface, les vieilles rancœurs, les anciennes querelles exacerbaient les passions, pourrissant le débat.

— J'ai besoin de savoir, reprit le Dr Lee.

— D'accord, on reste en contact.

Lydia raccrocha et se prépara le deuxième café de la journée. Dédaignant la terrasse inutilisable, elle se carra dans son fauteuil, les yeux fixés au plafond, en essayant de réfléchir à l'affaire Lee. Le médecin était un client qui payait rubis sur l'ongle et elle devait organiser les prochaines étapes de la filature de sa femme. Au lieu de quoi, elle ne pouvait s'empêcher de revoir le corps inanimé de Robert Sharp, suspendu sous les arcs de Blackfriars Bridge.

Elle ferma les yeux et lâcha prise. Robert Sharp possédait une statuette en argent d'une valeur de quinze mille dollars, il bénéficiait d'un traitement de faveur dans un cabinet d'avocats prestigieux et, si son intuition était correcte, d'une jolie ristourne sur le loyer de son luxueux appartement à Canary Wharf. Un beau paquet de fric, tout bien considéré. À l'évidence, il représentait un atout précieux pour quelqu'un. Lydia se versa un verre d'eau qu'elle but en regardant par la fenêtre ouverte, perdue dans ses pensées. On aurait dit que la canicule amplifiait les bruits de la rue. Un groupe d'adolescents se chamaillaient à grand renfort d'éclats de rire. Lydia se pencha pour voir ce qu'il se passait. Vêtus de tenues de sport dépareillées, ils revenaient d'un match de football. L'un d'eux s'aspergea la tête avec une bouteille d'eau, tandis qu'un autre bousculait un camarade d'une bourrade sur l'épaule, l'obligeant à descendre sur la chaussée.

M. Sharp devait être une carte maîtresse pour un tas de gens. Une famille, par exemple. Lydia refusait de tirer des conclusions hâtives, mais le fait qu'un cabinet d'avocats dirigé par une Silver soit concerné était pour le moins suspect. Obéissant à une impulsion, elle appela Charlie avant de changer d'avis.

Il décrocha à la première sonnerie.

— Bonjour, Lyds, comment vas-tu ?

Lydia sentit un pincement dans son estomac. L'espace d'un instant, elle avait cru entendre son père.

— Que peux-tu me dire au sujet des Silver ?

Elle perçut une légère hésitation à l'autre bout du fil.

— Pas mal de choses. Que veux-tu savoir ?

— Défendraient-ils une organisation à la moralité élastique ?

— Sans aucun doute. Pourquoi cette question ?

— Tu connais JRB ? Une société qui a pignon sur rue dont le site web mentionne des termes comme « consultant », de sorte qu'on n'a pas la moindre idée de ce qu'ils font.

— Ça ne me dit rien. Ça ne m'a pas frappé, en tout cas. Ça peut être n'importe quoi.

Le klaxon d'une voiture résonna, suivi d'une bordée de jurons bien sentis. Les yeux clos, Lydia se concentra pour organiser ses idées.

— Il s'agit d'un type. Un illustre inconnu. Un analyste

cadre moyen à la City. Mais quelqu'un l'a dans le collimateur, comme s'il était important ou détenait des renseignements.

— Tu crois qu'il exerçait un chantage ?

Lydia ouvrit les yeux. Jusque-là, elle avait considéré Sharp comme une victime. La manière si affreuse, si ostensible dont il avait été assassiné et son appartement spartiate lui avaient donné une certaine idée de sa personnalité.

— C'est tout à fait possible. Il aurait pu exiger de l'argent et d'autres avantages.

Et s'il n'y avait aucun rapport avec son travail ? C'était peut-être d'ordre privé. Il a pu tomber par hasard sur des informations, avoir une dent contre quelqu'un ou une relation personnelle avec cette personne. À moins qu'il n'ait planifié son acte en cherchant des informations compromettantes sur une personne fortunée ayant sa réputation à préserver.

Lydia avait du mal à contenir sa frustration. Si Fleet obtenait une liste des collègues de Sharp, elle pourrait vérifier si quelqu'un correspondait à cette description. La police y avait probablement songé avant elle. Lydia avait été lente à la détente, distraite par l'anachronisme du chevalier d'argent. Il aurait pu simplement s'agir de chantage par versement d'une somme d'argent et non par virement bancaire facilement traçable.

— Ce type serait-il mort par hasard ? s'enquit Charlie.

— On ne peut plus mort.

— Il aurait pu facilement exercer un chantage dans ce cas. Ça tourne souvent mal.

Lydia s'abstint de demander à son oncle s'il avait de l'expérience en la matière. Moins elle en savait, mieux c'était. Comme toujours.

— Et donne de tes nouvelles, lança Charlie quand sa nièce mit fin à l'appel.

— Impossible ! s'exclama Lydia à voix haute dans la pièce vide.

Elle contempla un moment l'écran de son téléphone avant d'appeler Fleet.

— A-t-on cherché à savoir qui réglait le loyer de l'appartement de Sharp ?

— Tu es toujours sur cette affaire ?

Lydia ne prit pas la peine de répondre, attendant qu'il poursuive.

— Pas au téléphone, dit-il. J'arrive.

Elle s'occupa en attendant l'inspecteur. Elle mit au propre ses notes concernant les enquêtes en cours et fit ses comptes. Jason se trouvait dans sa chambre, assis sur son lit, les jambes croisées, le regard dans le vague. Lydia ignorait s'il était perdu dans ses pensées, s'il méditait ou s'il s'était déconnecté, sa façon à lui de dormir. Quoi qu'il en soit, il ne réagit pas quand elle frappa à la porte. Aussi s'en retourna-t-elle comme elle était venue.

Fleet survint en manches de chemise avec un sac de glaçons.

— Génial, se réjouit Lydia. Merci.

Il remplit deux verres d'eau auxquels il ajouta la glace et lui en tendit un.

Elle en but la moitié avant de faire rouler le verre embué sur ses joues et au creux de son cou.

— Quand cette satanée chaleur va-t-elle cesser ? maugréa-t-elle.

Cette phrase revenait comme un leitmotiv dans toutes les bouches. Si les anciennes idoles avaient existé, cela aurait sonné comme une prière.

— On s'installe sur la terrasse ? proposa Fleet.

À cette idée, Lydia éprouva une peur viscérale.

— Je préfère rester à l'intérieur, dit-elle en disposant deux chaises devant la fenêtre grande ouverte.

— J'ai parlé à Ian qui m'a remis le rapport d'enquête préliminaire, reprit Fleet. Ne t'emballe pas trop vite, poursuivit-il avec un geste de la main. Les suspects ne sont pas légion.

— On sait qui payait son loyer ?

— Fleet hocha la tête. Il sortit un carnet de sa poche, l'ouvrit et déchiffra ses notes.

— Loyer acquitté par Robert Sharp. Cinq semaines avant sa mort, M. Sharp habitait en colocation près de Hampstead Heath. Loyer modeste selon les critères londoniens, sa carte de transport était l'une de ses plus grosses dépenses, ainsi que son ordinateur et ses jeux.

— Il pariait ?

— RPG en ligne, elfes et magiciens, ce genre de truc.

— Que s'est-il passé, il y a cinq semaines ?

— Aucune idée. Ian n'a pas beaucoup progressé là-dessus. Sharp est parti avec armes et bagages. Ses colocataires ne le connaissaient pas vraiment, ils le décrivent comme quelqu'un de « calme, réservé, structuré », ce qui n'est pas très parlant, et ils n'ont aucune idée de la raison de son départ. Apparemment, il n'a rien révélé de ses projets. En fait, une des colocataires, précisa Fleet en consultant son carnet, Serena Hapzburg, a dit qu'il lui avait rétorqué de se mêler de ses affaires quand elle l'avait questionné. Elle avait été surprise parce qu'il n'avait jamais été grossier auparavant. Calme, mais sympathique.

— Il lui a vraiment dit de se mêler de ses affaires ?

— Pas exactement. En réalité, il lui aurait enjoint de foutre le camp.

— C'est plutôt agressif.

— Il était peut-être stressé ?

— Un changement de personnalité dû à la drogue ?

— C'est possible. La division des enquêtes criminelles n'a

trouvé aucune trace de stupéfiants, mais il y a peut-être goûté une fois. Si on lui a fait prendre quelque chose de vraiment mauvais, ça a pu le perturber. C'est inhabituel, mais pas inédit. Le fonctionnement du cerveau est curieux et peut réagir de cette façon dans certains cas, si les personnes ont une prédisposition pathologique qui attend l'occasion pour se manifester.

Lydia se souvint d'un camarade d'école qui fumait quelquefois de l'herbe, comme tout le monde, mais qui, contrairement à la majorité des gens, s'était retrouvé dans un hôpital psychiatrique. Naturellement, il était possible qu'il eût pris une substance plus dure ou une trop forte dose de marijuana. Elle tirait ses informations des racontars d'une bande d'ados, mais elle avait toujours cru que la réaction aux stupéfiants était imprévisible. Ce qui représentait une soirée ou deux de plaisir pour certains pouvait s'avérer fatal pour d'autres. À en croire les récits de son père, les drogues étaient comme la magie. À la grande époque, quand la famille Crow était dotée de pouvoirs pareils à un courant électrique crépitant dans l'air, certains avaient été trop loin et s'étaient brûlé les ailes. D'autres, qui n'avaient pas supporté la vieille magie dans le nouveau monde, s'étaient transformés en légumes, le cerveau en bouillie, bavant dans un coin d'une maison de retraite, incapables de se rappeler leur nom.

— Ian a écarté la filière de la drogue, poursuivit Fleet. C'est un flic intelligent et j'ai confiance en son jugement. Il a interrogé les collègues de Sharp, il s'est rendu à son domicile, à son bureau, et il a rencontré la famille. Je me range à son avis et je pense qu'il s'agit d'autre chose.

— Quoi ?

— Aucune idée.

Lydia vida son verre. Elle se sentait mieux, même si elle rêvait d'une bière bien fraîche. Mais il était trop tôt et elle avait encore du travail à abattre.

— J'aurais parié que quelqu'un d'autre réglait son loyer. Ce n'est pas le genre d'appartement qu'il aurait choisi de son propre chef.

— Tu as raison. Ça ne ressemble pas à l'ancien Robert. Donc quelque chose a changé.

— Je me demande comment il a pu s'acoquiner avec ceux qui lui ont fait ça. Je croyais qu'on l'avait payé en échange d'informations qu'il détenait ou qu'il faisait chanter des personnes peu recommandables.

Ian soutient qu'il s'est retrouvé au mauvais endroit au mauvais moment. Il était en train de changer de vie, peut-être à cause de la drogue, d'une rupture ou d'un événement familial dont ne sait encore rien. Ou bien il était stressé au bureau, il n'avait pas consulté un médecin et n'en avait parlé à personne, au point que la situation a empiré jusqu'à la dépression. Voilà qui pourrait éventuellement expliquer son changement d'humeur.

— Il a loué cet appartement parce qu'il essayait de prendre un nouveau départ ?

— C'est possible.

— Et ensuite ? Un beau jour, il se serait retrouvé dans la mauvaise rue et aurait été victime d'un psychopathe ayant le sens de l'effet dramatique ? Un fan de la mafia qui aurait décidé d'exprimer son admiration par une pendaison sous Blackfriars Bridge ? Sait-on à quoi il a employé ses dernières heures ?

Fleet tourna quelques pages de son carnet. Il avait l'air minuscule dans ses grandes mains, mais son écriture à l'encre noire était fine et soignée. Lydia s'obligea à détourner le regard de ces longs doigts habiles qui éveillaient en elle des fantasmes secrets.

— Jeudi 24. Il a quitté le bureau tôt, à 17 h 40. Inutile de préciser que la plupart de ses collègues ne partent pas avant 18 h 30, voire 19 heures.

— Un environnement de travail stressant. Une pression trop forte ?

Fleet hocha la tête.

— On peut cocher cette case pour défendre la théorie du burn out. Ensuite, il a utilisé sa carte de transport pour se rendre à Whitechapel. On le voit sortir de la gare sur la caméra de surveillance et entrer dans le Sainsburys de Cambridge Heath Road où il a acheté un Twix et un pack de quatre bouteilles de Peroni, puis il disparaît jusqu'à ce qu'il utilise de nouveau son titre de transport à Aldgate. Probablement pour rentrer chez lui.

— Nous n'avons pas la fin du trajet ?

— Non. C'est curieux, mais il y a sûrement une explication. Il se peut que la porte se soit bloquée pour une raison quelconque et n'ait pas enregistré l'information quand il a badgé. Des gremlins dans le logiciel.

— Ou alors il aurait passé sa carte à Aldgate, puis aurait changé d'avis et n'aurait pas franchi le tourniquet. Tu as visionné les caméras de surveillance ?

— Je vais demander à Ian.

— Qu'y a-t-il à Whitechapel ? réfléchit Lydia tout haut. Il n'a pas d'amis là-bas.

Et ce n'est pas le quartier des Silver, songea-t-elle in petto. La statuette du chevalier en argent la titillait, tapie dans un coin de son cerveau.

— Pas qu'on sache. Remarque, il a pu nouer de nouvelles relations. Peut-être des individus louches de l'East End. Ce qui pourrait orienter dans une mauvaise direction.

La famille Fox résidait à Whitechapel. Seulement, Lydia ne se rappelait pas qu'ils aient jamais exécuté personne d'une manière aussi ostentatoire, mais, pour citer oncle Charlie, les temps avaient changé. Si les Fox essayaient de restaurer leur réputation criminelle dans l'East End de Londres, ils auraient pu réaliser ce coup d'éclat comme une

démonstration de leur puissance, ou de leurs talents. Lydia
en eut le frisson.

— Qu'est-ce qu'il t'arrive ? demanda Fleet, qui ne la quittait pas des yeux.

— J'essaie d'établir un lien entre la vie de Sharp et sa fin.
Ça ne colle pas.

Fleet hocha la tête.

— C'est vrai.

CHAPITRE ONZE

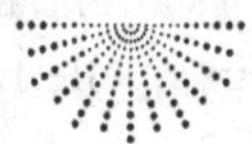

Lydia ne savait pas comment Charlie réagirait en apprenant un éventuel lien entre la Famille et son affaire, d'autant qu'elle n'avait rien à y voir. Elle se doutait qu'il n'approuverait pas qu'elle s'y investisse. Cela dit, elle ne pouvait s'empêcher de penser à la statuette du chevalier qui détonnait dans l'appartement austère de Sharp. Lequel déambulait apparemment sans but dans Whitechapel, la veille de sa mort.

Néanmoins, elle rendit visite à son oncle dans l'espoir de glaner des renseignements utiles. Il travaillait, son ordinateur portable ouvert au milieu d'une pile de papiers étalés sur la table de la salle à manger. C'était une nouvelle facette de sa personnalité qu'elle ne connaissait pas : les tâches prosaïques de la gestion des multiples entreprises d'un empire (probablement) criminel.

— Tu es occupé, constata-t-elle.

— Tu ne me déranges jamais, Lyds.

Après avoir échangé des banalités sur la canicule persistante, Lydia estima que les échanges de politesse avaient assez duré et qu'elle pouvait entrer dans le vif du sujet. Elle décida de se cantonner aux questions concernant le clan Silver. Charlie verrait rouge si elle faisait allusion aux Fox.

— Tu m'as dit que les choses avaient changé, commença-t-elle. Quels sont nos rapports avec les Silver ?

— Je croyais que tu ne voulais rien savoir, objecta Charlie en croisant les bras, l'air surpris, comme si c'était la dernière chose à laquelle il s'attendait.

Lydia se demanda pour quelle raison il avait l'air également soulagé.

— Nous entretenons des relations cordiales, n'est-ce pas ? Alejandro a demandé à Maria de me recevoir par pure politesse.

Charlie parut satisfait.

— Mais aurions-nous recours à eux si nous avions besoin d'une aide juridique ?

Le visage de Charlie se ferma.

— Nous n'avons pas besoin d'avocats.

— Même quand Maddie a eu des ennuis ? Elle a commis une infraction au code de la route et...

Charlie agita la main.

— Ce n'était pas nécessaire. Nous avons des amis haut placés.

— Nous serions peut-être obligés de faire appel à une assistance juridique un jour ou l'autre, en cas de problème vraiment grave. Silver et Silver sont spécialisés dans la criminalité économique, les cartels, la fraude, la protection des entreprises en difficulté.

Voyant les tatouages s'animer sur les bras de Charlie, Lydia lutta contre l'envie de battre en retraite.

— Théoriquement, c'est possible, mais pas à notre niveau. Nous sommes une petite entreprise au sens communautaire du terme. Eux s'occupent de conglomérats internationaux.

— C'est bien ce que j'ai compris.

Lydia avait passé la matinée à se renseigner sur les activités de Maria. Cette dernière venait d'empêcher l'extradition d'Aden Naser vers le Yémen pour crimes historiques. Il était accusé d'avoir participé aux trafics d'un cartel au Royaume-Uni, délit passible d'un minimum de quatre ans de prison. Maria avait ramené sa peine à quatre-vingts heures de travaux d'intérêt général.

— Ils sont forts, je dois le reconnaître, commenta Charlie.

— C'est le moins qu'on puisse dire.

— Veux-tu boire quelque chose ?

À travers les portes vitrées, Lydia apercevait le salon de jardin ; un journal plié et une tasse étaient posés sur une table métallique.

— De l'eau s'il te plaît, merci.

Charlie remplit un verre qu'il lui tendit, puis ils sortirent sur la terrasse où ils furent aussitôt enveloppés dans le brouhaha habituel de la ville, auquel s'ajoutaient les gazouillis et les chants d'oiseaux. Des choucas et des pies étaient massés sur la clôture, et le hêtre pourpre au fond du jardin hébergeait une multitude de passereaux. Un corbeau survola la pelouse et vint se poser sur le dossier d'un banc en fer forgé. Il croassa le nom de Lydia, imitant à s'y méprendre la voix de Charlie.

Elle le salua avec révérence. L'oiseau poussa un cri rauque avant de s'envoler. Se tournant vers son oncle, Lydia remarqua qu'il avait mauvaise mine, les traits tirés, les joues creuses et la mâchoire ombrée d'une barbe poivre et sel naissante dans la lumière crue du soleil.

— Ça va ? s'inquiéta-t-elle.

Charlie sortit de la poche de sa chemise des lunettes de soleil qu'il chaussa sur son nez.

—Bien sûr. Tout baigne.

Il enchaîna avec un flot de questions sur *The Fork*, ses activités de détective privée, se souciant de savoir si son agence marchait comme elle le souhaitait, avant de lui donner des nouvelles des membres de la famille que Lydia n'avait pas vus depuis des années, voire n'avait peut-être jamais rencontrés.

Lydia se garda de l'interrompre. Le soleil de plomb brûlait ses bras nus et le chant des oiseaux était apaisant. Elle songea à installer des mangeoires et des jardinières sur la terrasse de son appartement. Ce serait stupide de ne pas s'en servir. Ce n'était pas parce qu'un fou furieux avait cherché à la tuer en la précipitant par-dessus la balustrade qu'elle ne devait plus y mettre les pieds.

Le portable de Charlie sonna. Il jeta un rapide coup d'œil à l'écran avant de retourner l'appareil sur la table, l'air impassible, mais Lydia discerna sur son visage un micro-changement, une minuscule lueur de déplaisir.

— Quelque chose ne va pas ?

— Il y a toujours quelque chose qui ne va pas, répondit Charlie avec un sourire forcé. C'est le lot des dirigeants.

— Tu veux en parler ?

Charlie secoua la tête.

— Un nouveau gang. Des gamins ignorants, qui ne savent rien de notre histoire. Ils empiètent sur les plate-bandes des réseaux de la drogue existants et bouleversent le statu quo.

Lydia savait que Charlie n'était pas partisan du commerce des stupéfiants, mais il était réaliste. Si on le réglementait, ce qui relevait des fonctions du gouverne-ment, on endiguait la violence et on éliminait les dealers qui vendaient de la mauvaise cam. Ce n'était peut-être pas la meilleure solution, mais au moins, cela évitait qu'un malheureux gamin meure prématurément en sniffant du crack et que les boutiques du coin de la rue soient vandali-sées par des voyous qui jouaient les caïds. Les toxicos étaient toujours perdants dans l'affaire, bien sûr. Cela dit, mieux valait leur fournir des produits licites pour leur éviter le pire, des soins de santé adéquats et mettre en place un programme « Addictions » gouvernemental.

— Que comptes-tu faire ? demanda Lydia.

Charlie esquissa un sourire carnassier.

— Leur donner une petite leçon d'histoire.

La cliente de Guillaume Chartes se nommait Yas Bishop. L'adresse correspondait à Bayswater. En surfant sur Internet, Lydia apprit que Star Street était bordée de maisons mitoyennes classées de style géorgien. Un petit trois-pièces coûtait la bagatelle d'un million et demi de livres. Elle utilisa un logiciel de recherche d'antécédents qu'elle croisa avec d'autres informations et découvrit que Mme Y. Bishop avait mentionné JRB comme étant son employeur sur les documents de demande de crédit immobilier.

Lydia composa le numéro de téléphone fixe renseigné et, à sa grande surprise, une femme décrocha au bout de trois sonneries alors que, certaine que personne ne répondait à un numéro inconnu sur une ligne fixe, elle s'apprêtait à laisser un message.

— Vous êtes bien Yas Bishop ?

— Oui ?

— Madame Bishop, je m'appelle Lydia Crow et je suis détective. J'aimerais vous poser quelques questions au sujet d'une statuette en argent que vous avez achetée le mois dernier.

— Pardon ? Qui êtes-vous ?

Lydia se présenta de nouveau.

— J'aurais simplement voulu savoir si la statuette du chevalier que vous avez acquise chez Guillaume Chartes le mois dernier était pour vous-même ou destinée à quelqu'un d'autre.

— Je n'ai rien acheté et je ne connais personne de ce

nom. Un chevalier, dites-vous ? répéta la femme avec un rire aigu. Qu'est-ce que je ferais avec un truc pareil ?

Lydia s'était attendue à une certaine réticence de la part de son interlocutrice, mais pas une fin de non-recevoir. Curieux.

— Oui, un chevalier en argent. Allemand. Daté du début du XIXe siècle.

— Je ne comprends pas... Qui êtes-vous ? Pourquoi m'appelez-vous pour ça ?

Lydia ouvrit la bouche pour réitérer ses explications, mais Yas la devança.

— Pourquoi m'appelez-vous ? répéta-t-elle. Je ne... J'attendais un coup de fil, mais pas ce... C'est un test ? reprit-elle d'une voix terrifiée. L'appel que j'attendais ? Mon Dieu ! Je suis désolée. Je n'avais pas compris. On peut recommencer ?

— Madame Bishop, il ne s'agit pas d'un test. Ne vous en faites pas.

Elle eut à peine le temps de terminer sa phrase que l'autre avait raccroché.

Lydia étouffa un juron.

Après avoir mené son enquête, elle découvrit que Yas Bishop n'avait pas alimenté les réseaux sociaux depuis six semaines. Auparavant, elle avait partagé de nombreuses photos d'un petit chien aux yeux globuleux, de ses recettes préférées et d'un ou deux couchers de soleil. Il pouvait y avoir plusieurs raisons, bien entendu, mais il était significatif qu'elle avait changé de comportement elle aussi. Lydia chercha les amis de Yas sur Facebook et envoya quelques invitations. L'un d'eux lui répondit et elle put accéder au journal de Yas en toute impunité.

. . .

Cette statuette était la clé, Lydia en était sûre. Elle décida de retourner au marché souterrain de l'argenterie et de l'orfèvrerie, espérant obtenir davantage d'informations de la part de Guillaume. En même temps, elle décida de faire un saut au siège social de JRB tout proche.

Le bureau figurait sous le nom de Chichester Rents, une ruelle étroite coincée entre des bâtiments du XVIIIe siècle près de Chancery Lane. Elle était bordée d'épiceries fines et de traiteurs proposant des plats à emporter haut de gamme, sushis et hamburgers végétaliens, surmontés de cubes de béton dotés de grandes fenêtres carrées abritant des bureaux modernes.

Lydia repéra ce qu'elle supposait être l'entrée, qui ne mentionnait pas les noms des entreprises ni même les numéros. Elle frappa à la porte en bois et appuya sur tous les boutons sans plaquettes nominatives de l'interphone. Au bout de cinq minutes de ce manège et après avoir vainement tenté d'ouvrir la porte, malheureusement verrouillée, elle dut s'avouer vaincue. JRB n'était pas ouvert au public.

« The London Silver Vaults », le marché souterrain de l'argenterie et de l'orfèvrerie, se trouvait un peu plus loin dans Chancery Lane. Lydia songea que c'était très pratique. Le temps était à l'orage, alors qu'elle arpentait le trottoir en déchiffrant les numéros des bâtiments. L'air était chargé d'électricité, semblable à ce qu'elle éprouvait lorsqu'elle sentait le pouvoir de la Famille. Un coup de tonnerre résonna au loin, au moment où elle ouvrait la porte menant aux chambres fortes. Elle descendit au sous-sol où, contrairement à sa précédente visite, elle croisa quelques autres clients. Un couple qui la précédait entra dans une boutique, apparemment spécialisée dans les ménagères. Lydia se dirigea vers celle de Guillaume et s'immobilisa à l'extérieur, abasourdie. La porte en acier de l'ancienne salle des coffres était close. Il n'y avait aucun signe au-dessus de la porte ou sur le battant suggérant qu'elle abritait un commerce. Lydia s'attarda sur le seuil de la boutique voisine. C'était une caverne d'Ali Baba, comme celle de Guillaume, avec une sélection d'antiquités en argent étincelant de toutes tailles et de toutes formes.

Une femme aux cheveux noirs coiffés en un carré impeccable et vêtue d'un pull sombre orné de bijoux la gratifia d'un sourire chaleureux.

— Entrez, je vous en prie, mademoiselle. Puis-je vous aider ?

— En fait, dit Lydia, je suis venue pour votre voisin. Guillaume possède une théière qui m'intéresse. Savez-vous quand il ouvrira ?

La femme plissa le front.

— Vous voulez parler des bijoutiers ? Ils ne reçoivent que sur rendez-vous. Vous trouverez les coordonnées sur Internet, je suppose.

— Non, Guillaume Chartes. Il vend toutes sortes d'articles. Il y avait un grand chariot à découper au milieu de la boutique. Impossible de le manquer.

— Si vous en cherchez un, je peux vous le procurer. Il suffit de me préciser votre budget...

Lydia sentit que la conversation dérapait.

— Non, j'aimerais voir Guillaume. Savez-vous comment je pourrais le joindre ou quand il rouvrira ? Le mercredi est-il son jour de congé ?

La vendeuse avait l'air sur ses gardes, comme si elle craignait d'avoir affaire à une déséquilibrée.

— Je ne connais pas de Guillaume, rétorqua-t-elle d'un ton nettement moins amical. La boutique d'à côté est inoccupée depuis des mois.

CHAPITRE DOUZE

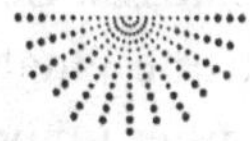

Lydia se rendit à l'hôtel de Greenwich où se tenait le Salon du design. Il avait lieu en réalité dans une grande chaîne d'hôtels proche de Deptford, mais Lydia comprenait la décision des organisateurs de l'annoncer à Greenwich. La fascination du luxe. Elle attendit que les participants se présentent à la réception avant de récupérer leurs badges. Une jeune femme en tailleur noir était assise derrière une table prévue à cet effet, souriant à s'en décrocher la mâchoire comme si son salaire en dépendait. Par les portes ouvertes, Lydia distingua une foule de stands installés dans le hall d'exposition et plusieurs panneaux de présentation double face affichant les thèmes des débats. Des conférences et des ateliers intitulés « La nouvelle esthétique du modernisme » ou « Qu'en est-il du monochrome ? » y figuraient en regard des heures et des salles. Une autre table était chargée de verres de jus d'orange, d'eau pétillante et d'une espèce de boue verte que Lydia supposa être du chou frisé ou une autre horreur du même genre. Trois autres jeunes femmes en tailleur noir, tout aussi souriantes, se tenaient derrière la table des rafraîchissements. Lydia espérait se faire passer pour un membre du personnel si elle ne parvenait pas à subtiliser un badge nominatif.

Elle choisit un verre d'eau et constata avec satisfaction que les tenues des hôtesses n'étaient pas assorties. Tant mieux.

Christopher Westcott devrait être arrivé à présent. Lydia se présenta à la table des badges. Celui de Christopher ne s'y trouvait pas. Il en restait une vingtaine qu'elle déchiffra en vitesse avant d'en sélectionner un portant un nom féminin.

— Bienvenue au Salon, dit l'hôtesse. Vous pouvez vous servir un rafraîchissement. C'est gratuit.

Lydia leva son verre d'eau.

— C'est fait, je vous remercie.

Faute de savoir dans quelle salle Westcott s'était rendu, elle se dirigea vers le bar. Elle sirota un ballon de vin rouge pour tuer le temps avant de se promener dans le hall d'exposition. Les stands exposaient un assortiment hétéroclite de logiciels, de sociétés d'impression, d'agences de publicité et d'architectes. Le représentant d'une société de technologie tenta de lui vendre une tablette avec un stylo numérique et elle récupéra plusieurs porte-clés, stylos, bonbons et un gobelet isotherme personnalisé, gracieusement offerts par les différentes marques.

Lydia songeait qu'au fond, l'idée de Jason de s'incarner suffisamment pour pouvoir quitter l'appartement n'était pas si mauvaise et qu'elle pourrait l'aider à y parvenir, quand elle aperçut Christopher. Il s'entretenait avec une femme, accepta la brochure sur papier glacé qu'elle lui tendait et s'éloigna.

Lydia le suivit au restaurant où elle commanda un plat de spaghettis hors de prix, tandis que Christopher s'installait à une table, les yeux rivés sur son téléphone pendant une bonne heure. Il devait consulter son réseau professionnel afin de saisir de nouvelles opportunités, à moins qu'on ne lui ait posé un lapin pour un déjeuner d'affaires. Lydia penchait pour la première hypothèse, car Christopher ne regardait pas autour de lui en ayant l'air d'attendre quelqu'un. Un sac portant le logo du forum, rempli à craquer, était posé sur la table : Christopher avait probablement effectué une razzia d'échantillons promotionnels et autres goodies dans tous les stands. Lydia se prépara mentalement à le suivre dans l'une des conférences barbantes auquel il assisterait dès qu'il aurait fini d'ingurgiter son gâteau au fromage blanc et myrtilles.

Son portable vibra et elle répondit sans quitter sa cible des yeux.

— Allô ? Allô ?

Lydia écarta l'appareil, tandis que la voix de Jason résonnait dans son oreille. Elle se hâta de presser le bouton de réduction du volume.

— Je t'entends, inutile de hurler.

— Pardon, murmura Jason d'une voix rauque. Je n'ai pas l'habitude.

— Je sais.

Elle lui avait procuré un téléphone à touches, un ancien modèle filaire muni d'un récepteur, afin qu'il puisse utiliser la ligne fixe qu'elle avait fait installer. Il était capable de le soulever et d'appuyer sur les touches, mais il n'avait pas encore eu l'occasion de s'en servir.

— Il y a quelqu'un ici.

— Quoi ?

Il y avait de la friture sur la ligne et Lydia faillit lui demander de parler plus fort.

— Quelqu'un a sonné et s'est éternisé devant la porte avant d'essayer d'entrer.

Les mots de Jason se bousculaient dans sa bouche, dominant le grésillement de la communication.

— Un client ?

— Une femme. Cheveux bruns, environ un mètre soixante-dix. Je peux ajouter qu'elle a l'air indienne ?

Indienne britannique. Ou est-ce que c'est raciste ? Elle a la peau sombre, mais je ne sais pas si je dois le préciser. Je veux dire... il s'agit d'une description. Un rapport. Mais ça a quand même l'air raciste.

— Ce n'est pas raciste de décrire la couleur de la peau d'une personne dans un but de clarté ou d'identification.

— Je croyais qu'on ne devait pas spécifier la race. Sinon, ça signifie qu'on est raciste.

— C'était valable dans les années 1980.

— Sans blague ?

Lydia ne savait plus quoi dire. Elle avait tendance à gaffer en lui rappelant continuellement qu'il n'appartenait pas à ce temps. Il était coincé à cette époque, alors qu'il était décédé depuis plus de trente ans.

— Je suis désolée.

— Pas grave, dit Jason d'un ton qui indiquait le contraire. Je fais de mon mieux, tu sais...

— Je sais. Tu as l'air si normal et réel ces jours-ci. J'oublie... que tout ça est nouveau pour toi.

— Ça va, dit Jason d'une voix adoucie. Donc, je l'ai suivie au rez-de-chaussée et je l'ai entendue discuter avec Angel. Elle avait l'accent du nord.

Lydia ne comprenait toujours pas pourquoi il paniquait.

— Nous ne sommes peut-être pas très sollicités ces temps-ci, mais il ne faut pas s'étonner qu'un client potentiel puisse...

— Elle tente d'entrer par effraction.

— Quoi ???

— Au moment où je te parle.

Jason avait toujours l'air relativement calme, mais sa voix tremblait un peu. Soit il avait éloigné le récepteur de sa bouche, soit il était en train de se dématérialiser, ce dont il était coutumier quand il était contrarié.

Lydia perçut de légers raclements comme si l'on était vraiment en train de crocheter la serrure.

Elle ouvrit la bouche, mais aucun son n'en sortit.

— Elle essaie de la forcer en tout cas. Depuis un bon moment, reprit Jason.

Lydia enfonça un doigt dans son oreille et s'éloigna du bar bruyant. Elle entendait mal et devait se concentrer. Son premier réflexe fut de se précipiter vers sa voiture et rentrer dare-dare à Camberwell pour affronter l'intrus. Protéger son domicile. Mais elle ne pouvait pas quitter l'hôtel et n'avait d'ailleurs aucune idée de ce qu'elle ferait, même si elle arrivait à temps.

— Lydia ?

— Je réfléchis.

— Dois-je appeler la police ?

— Non ! répondit-elle impulsivement avant de se raviser. Je vais prévenir Fleet. Courage. Tu n'as pas à t'inquiéter. C'est probablement une opportuniste. Elle ne parviendra pas à entrer et même si c'était le cas, je ne possède aucun objet de valeur. Va te cacher dans ta chambre jusqu'à ce qu'elle s'en aille.

— Je n'aime pas ça.

— Je sais. Mais elle ne peut pas te faire de mal. Elle ne se doute même pas de ta présence. Je vais contacter Fleet tout de suite. Je te laisse. Ça va aller, Jason, tu vas voir.

Le fantôme émit une sorte de glapissement.

— Pardon, s'excusa-t-il peu après. Il y a eu un grand bruit. J'ai cru qu'elle avait ouvert la porte.

— Elle n'a pas intérêt à briser le panneau en verre. Tu ne veux pas te glisser dehors pour lui faire peur ? Mets un drap sur ta tête...

— Je ne peux pas.

— D'accord, je plaisantais. Va vite te cacher. Je vais appeler Fleet.

Lydia raccrocha. Son fantôme était terrifié et elle le comprenait parfaitement. Deux assassins s'étaient introduits chez elle depuis qu'elle s'y était installée. Pas étonnant que

Jason s'affole à l'idée d'une nouvelle intrusion. Il était capable de ramasser des objets, noircir les murs de formules mathématiques, tourner les pages d'un livre, à condition de se convaincre qu'il n'était pas mort. Qu'il était un être vivant, en chair et en os. Un corps pouvant imprimer sa marque dans le monde. Du même coup, cette matérialité lui inspirait une peur bleue. Pouvait-il se blesser ? se demanda Lydia. Avait-elle matérialisé Jason pour le mettre en danger ? Voilà qui donnait à réfléchir. Elle saisit machinalement son verre avant de téléphoner à Fleet. Elle loucha discrètement vers la table de Westcott. Il avait disparu.

Étouffant une bordée de jurons, elle bondit sur ses pieds et quitta le bar au pas de course, regardant de tous côtés dans l'espoir de repérer Christopher Westcott. Elle appela Fleet tout en marchant. Il avait l'air endormi. Ou défoncé. Curieuse idée. Fleet n'était pas du genre à manger de ce pain-là.

— Je te réveille ?

— Non. Ça va ?

— On tente de s'introduire chez moi.

— Maintenant ? s'exclama-t-il à présent bien réveillé.

— Ne te frappe pas, je ne suis pas là.

— Ah ? Tant mieux. Attends... comment le sais-tu ?

Lydia réfléchit à toute vitesse.

— Un appel anonyme. Quelqu'un a dû entendre du bruit.

— Ça n'a aucun sens. Comment aurait-il obtenu ton numéro ? Un voisin ?

Lydia éluda la question et lui répéta la description de l'inconnue fournie par Jason.

— Tu pourrais aller voir, s'il te plaît ? Si tu fais vite, tu as une chance de lui mettre la main dessus.

— J'y vais de ce pas. Où es-tu ?

— À Deptford.

— Pauvre de toi. Je pars tout de suite.

Lydia gagna le hall de l'hôtel, s'attendant à voir Christopher d'un moment à l'autre. Elle ne l'avait quitté des yeux que quelques secondes, il ne pouvait pas être bien loin. Elle en était là de ses réflexions quand elle comprit à quel point elle était stupide.

Il s'était probablement rendu aux toilettes. Elle retourna au bar et passa devant sa table. Toujours personne et aucun signe qu'il avait l'intention de revenir. Pas de manteau, ni de verre à moitié vide. Il faisait peut-être preuve de prudence. Ou n'avait pas de vêtement puisqu'il demeurait à l'hôtel et n'avait pas l'intention de sortir... Lydia prit la direction des lavabos. Elle hésita devant la porte avant d'entrer dans les toilettes des messieurs. Si Christopher s'y trouvait, nul doute qu'il se rappellerait la femme qui s'était trompée de porte et avait lorgné son pénis. Quoi qu'il en soit, il était hors de question de le perdre de vue. Il n'était pas dangereux et n'avait aucune raison de se méfier.

Un jeune homme de petite taille se tenait devant l'urinoir du milieu, tandis qu'un autre sortait de l'une des cabines. Aucun d'eux n'était Christopher et elle était certaine qu'il n'y avait personne d'autre.

— Oh, désolée ! s'excusa Lydia.

Elle retourna au bar et dut admettre la triste vérité : elle avait perdu la trace de Westcott. Elle n'avait plus qu'à joindre son épouse, sa cliente, qui la payait grassement pour coller au train de son époux volage, ravaler sa fierté et lui demander si elle connaissait le numéro de la chambre de son mari. Elle s'apprêtait à presser le bouton d'appel quand elle eut une meilleure idée.

Il n'y avait qu'une seule hôtesse à la réception de l'hôtel, une jeune femme. Lydia s'en félicita, devinant qu'elle serait plus facile à intimider. Elle se détesta pour avoir conçu cette pensée, mais c'était ainsi. Elle coupa la parole à l'hôtesse qui la saluait poliment.

— J'ai oublié la clé dans ma chambre. Mon nom est Westcott, précisa-t-elle en claquant des doigts.

— Un instant, dit l'autre en tapant rapidement sur son clavier.

— Je suis navrée, madame Westcott, mais je ne vous trouve nulle part.

— Mon mari a réservé, Christopher Westcott. Voulez-vous que je vous épelle ? Avec deux « t » à la fin.

— Non, c'est bon... (Une autre pause et le cliquetis des touches.) Je suis vraiment désolée, mais je n'ai pas votre chambre dans la base de données. Êtes-vous sûre des dates ?

— Bien entendu. Il est ici pour le Salon du design.

L'hôtesse parut visiblement soulagée.

— Dans ce cas, il doit s'agir d'une réservation de groupe. Attendez. (Nouveaux tapotements sur le clavier) Rien, j'en ai peur. Il y avait effectivement une réservation de groupe, mais depuis, elle a été remplacée par les enregistrements individuels. Il n'y a personne du nom de Christopher West-cott, ajouta-t-elle en fronçant ses sourcils parfaitement épilés. Quel est le numéro de votre chambre, avez-vous dit ?

— C'est sans importance, dit Lydia se payant de culot. Je vais chercher mon mari, c'est le plus simple. Il doit avoir le double de la clé.

— Mais, je ne...

Son téléphone sonna et Lydia fonça dehors pour répondre. L'atmosphère était étouffante, contrastant avec l'intérieur climatisé. Elle s'éloigna de la fumée de tabac qui flottait dans l'air, la faute aux accros à la nicotine, agglutinés devant la porte en verre et en acier chromé de l'hôtel.

— Il n'y a personne, annonça Fleet à l'autre bout du fil.

— Personne ?

— Angel se trouvait dans le café, elle m'a laissé entrer. Elle n'était pas contente, je crois que j'ai interrompu sa pause.

— Et ailleurs ?

— J'ai inspecté tout le bâtiment, y compris la cuisine. Tu vas entendre parler à ton retour.

Submergée de soulagement, les jambes flageolantes, Lydia se laissa tomber au bord du trottoir. Elle respira à fond. Aux gaz des pots d'échappement s'ajoutait une odeur étrange, propre à Deptford. Curieux comme les différents quartiers de Londres avaient leurs effluves spécifiques. Si elle était aveugle, elle saurait qu'elle se trouvait à Camberwell grâce à l'odeur caractéristique des Crow. Combien d'autres quartiers serait-elle capable d'identifier par son seul odorat ? Intéressant.

— Il n'y a rien ici, dit Fleet.

— Pardon ? Tu peux répéter ? Ça a coupé pendant une seconde.

— Je n'ai rien remarqué dans la ruelle derrière l'immeuble. En revanche, j'ai examiné ta porte et on a bel et bien essayé de la forcer.

L'inquiétude reprit le dessus. Jason ne s'était pas trompé.

— Mince !

— Je peux rester ici en attendant ton retour, si tu préfères.

— Non, je planque toute la nuit. Je n'ai pas de mots pour te dire à quel point j'apprécie ton aide.

— De rien. Pendant que je suis là, veux-tu que j'aille chez toi vérifier que tout est en ordre ?

Lydia songea que Jason aurait une attaque.

— Pas la peine. S'il n'y a aucun signe d'effraction, c'est que tout va bien. Au fait, comment comptais-tu entrer ?

— En défonçant la porte, répondit Fleet, comme si c'était la chose la plus évidente du monde.

Ce qui, bien sûr, était le cas.

— Je vois, dit Lydia, émoustillée.

Elle était une Crow pur jus. Bon sang !

Elle raccrocha et resta immobile un long moment, réfrénant l'envie de se précipiter chez elle pour se jeter au cou de Fleet. Heureusement qu'elle avait une enquête en cours. Même s'il s'avérait qu'elle était nulle dans ce domaine.

Donc, Christopher Westcott n'avait pas de réservation à l'hôtel, contrairement à ce qu'il avait affirmé à sa femme. Lydia posa la tête sur ses genoux et s'efforça de réfléchir. Son cerveau refusait de coopérer, obnubilé par l'image d'une femme mystérieuse qui tentait de s'introduire chez elle. Au moins, ce n'était pas Maddie. Ce monde de terreur avait disparu de sa vie, même s'il hantait toujours ses nuits. Heureusement que les rêves ne pouvaient pas tuer.

Elle se força à se lever et arpenta la rue de long en large. Elle ne s'attendait pas vraiment à tomber sur Christopher, mais elle devait au moins essayer... Le ciel était à présent d'un violet pâle et l'air plus frais, ce qui ne s'était pas produit depuis des semaines. Elle se sentait mal, sans savoir si c'était à cause de ce lieu inconnu ou du sentiment d'échec qui l'envahissait. Elle déverrouilla sa voiture, s'installa commodément en vue d'une longue attente et chercha les hôtels proches sur son téléphone. Si elle les appelait tous, elle aurait peut-être une chance de retrouver Christopher. Autre option : faire la tournée des bars et des restaurants du quartier. À moins qu'il n'ait pris un taxi, partagé la voiture d'un ami ou le métro.

Désespérée, Lydia renversa la tête sur le dossier du siège. Son téléphone sonna et elle déchiffra le nom d'Emma sur l'écran. Elle répondit et sentit ses muscles se détendre aussitôt en entendant la voix de sa meilleure amie.

— Tu sais combien de fois j'ai joué au jeu du magasin, ce soir ?

— Aucune idée.

— Cinq d'affilée.

— Dingue !

— Devine combien de parties j'ai gagné ?

— Aucune ?

— Bravo ! J'avais l'intention de jouer pour de bon. Archie

doit apprendre qu'il ne peut pas toujours l'emporter, mais sa petite frimousse... Bref, je n'ai pas pu. Tu crois que j'ai bien fait ?

— Tu es géniale, si tu veux mon avis. Et je pense qu'Archie et Maise-Maise ont beaucoup de chance.

— Merci. Qu'est-ce que tu deviens ? Je ne t'ai pas vue depuis un siècle.

— Je sais, désolée.

Lydia se sentit coupable. Elle s'était promis de faire des efforts. Camberwell était bien plus proche de Beckenham qu'Aberdeen, mais d'une certaine façon, elle avait toujours l'impression de vivre dans un monde à part. Les contraintes de la vie, les horaires, le travail. Les prétextes habituels.

— T'inquiète, dit Emma. Je sais que tu bosses dur.

— On se voit la semaine prochaine ? Autour d'un verre ? Je peux venir chez toi si tu ne peux pas sortir.

— Super ! fit Emma sans grand enthousiasme.

— Tu vas bien ?

— Oui, ce n'est rien.

— C'est-à-dire ?

— Tu crois que les hommes fréquentent encore les clubs de strip-tease ? Je veux parler des hommes mariés. Le type lambda, quoi.

— Pour les enterrements de vie de garçon, peut-être.

— C'est ce que je pensais. C'est dépassé de nos jours, non ?

— Absolument, mentit Lydia.

Le mois dernier, elle avait surpris le mari d'une cliente fourrant des billets de dix livres dans le string d'une minette de 19 ans. Quelques photos prises avec sa caméra espion avait encore fait capoter un mariage. Elle sentit le poids de la culpabilité peser sur ses épaules.

— Certains couples s'y rendent parfois ensemble, ajouta-t-elle, histoire d'alléger l'atmosphère.

— Non, c'est vrai ?

— Oui, pour le fun. Pour pimenter un peu les choses. Éprouver un petit frisson d'excitation.

— Et ça marche ?

— Ce n'est pas à moi qu'il faut le demander. Les relations à long terme, ce n'est pas mon fort.

— Ça arrivera, Lyds.

— Je ne sais pas si j'en ai envie, répliqua Lydia, les mots sortant de sa bouche avant qu'elle n'ait pu les retenir.

— Tu ne vas pas rester éternellement seule. Crois-moi.

Emma n'était pas seule, songea Lydia. Elle ne l'était plus depuis ses 18 ans, en fait, du jour où Tom et elle avaient échangé un regard dans un pub de Camden. Elle était sur le point de lui demander si tout allait bien dans son couple, quand du coin de l'œil, elle nota de l'agitation sur le trottoir d'en face. Un groupe de jeunes femmes sortirent d'un restaurant italien. Elles riaient, parlaient fort et l'une d'entre elles brandissait un ballon gonflé à l'hélium où le nombre 30 s'affichait en rose.

Un couple émergea du même restaurant : Christopher Westcott soi-même, un bras passé autour des minces épaules d'une brunette à la coupe pixie.

— Merci mon Dieu ! s'exclama Lydia

— Quoi ?

— Excuse-moi, mais je dois y aller.

Lydia attrapa son appareil photo et passa son sac en bandoulière. Elle attendit que Westcott et sa compagne s'éloignent de quelques mètres avant de descendre de voiture. Il était risqué de les filer dans une rue quasi déserte, mais ayant déjà perdu Christopher, elle ne pouvait pas se permettre de reproduire la même erreur.

Elle suivit le couple, longeant des immeubles élégants dans un beau quartier réhabilité sur les berges du fleuve. Les deux tourtereaux s'assirent sur un banc au milieu d'une esplanade pavée. Lydia les photographia de dos. Christopher se pencha vers sa compagne et l'enlaça d'un geste possessif.

Lydia était mal placée pour avoir un bon angle de vue sur leurs bouches, mais c'était néanmoins significatif. Elle les dépassa et poursuivit son chemin jusqu'à la rivière, affectant d'admirer le panorama. Elle s'attarda quelques minutes avant de faire volte-face. Christopher Westcott et sa jeune amie s'embrassaient passionnément, inconscients de ce qui les entourait. Lydia les mitrailla avec son téléphone, feignant de prendre des selfies avec la rivière en arrière-plan avant de s'éloigner.

Elle effectua le trajet du retour vers Camberwell dans un état euphorique. Elle avait accompli sa mission avec succès et rentrerait à temps pour ranimer Jason avant qu'il ne s'évapore. Et même si elle n'avait pas suivi les directives des quarante-huit heures fixées par April Westcott, sa cliente, elle lui enverrait un rapport exhaustif. Elle était capable de se débrouiller seule, sans l'assistance d'un partenaire. Emma avait omis un détail concernant Martin Blank : il excellait dans sa profession. Il n'avait pas besoin d'adhérer au syndicat de tueurs à gages de Dan Akroyd.

CHAPITRE TREIZE

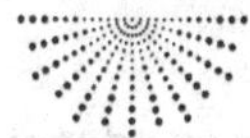

Rentrée à la maison, Lydia se sentait toujours aussi invincible. Elle ne se troubla pas en avisant les éraflures autour de la serrure. Somme toute, la personne qui avait essayé de pénétrer chez elle n'y était pas parvenue. Elle était donc parfaitement en sécurité.

— Il n'y absolument rien à craindre, déclara-t-elle à Jason, qu'elle avait réussi à extirper de sa chambre pour lui raconter ses exploits. Cette femme n'a pas pu entrer.

Jason tripotait les manches de sa veste. Lydia se demanda ce qu'il éprouvait. Était-il capable de les sentir, de les palper, ou avait-il acquis l'habitude à force d'apprentissage ? Elle voulut le questionner à ce sujet, mais il ne lui en laissa pas le temps.

— Ça peut paraître stupide vu mon... état, mais je ne disparais pas toujours de mon plein gré. Ça arrive quand je n'en ai aucune envie ou au contraire, j'en suis incapable, alors que j'aimerais me volatiliser parce que j'ai peur ou pour une autre raison. Et je peux aussi attraper des objets, maintenant. Tu peux me toucher si tu veux.

— Je sais, confirma Lydia. Je comprends et je ne trouve pas cela stupide du tout.

Elle tendit la main et effleura le bras du fantôme. Elle éprouva une explosion de sensations à son contact, comme une décharge électrique, puis elle sentit autre chose, une matière douce qu'elle serra dans son poing et tritura entre ses doigts.

— Mince ! s'exclama Jason, les yeux fixés sur sa main. Qu'est-ce que c'est ?

Lydia le lâcha.

— Aucune idée, mais ça va devoir attendre. Désolée.

Quelques minutes plus tard, elle alluma son ordinateur et se connecta à Facebook. Son invitation avait été acceptée par deux amies de Yas et elle pouvait voir à présent le contenu de son profil. Un rapide survol confirma que Yas n'avait pas alimenté son compte depuis plus de six semaines et qu'auparavant, elle n'actualisait son fil que très rarement. Des mèmes humoristiques, plusieurs photos du petit chien aux yeux globuleux et quelques couchers de soleil. Apparemment, Yas protégeait sa vie privée ou ne s'intéressait pas aux selfies. Lydia rechercha des photos où elle figurait et ne tarda pas à en trouver une : attablées dans un restaurant, un groupe de femmes sur leur trente-et-un souriaient à l'objectif.

— Tu reconnais quelqu'un ? demanda-t-elle à Jason.

Sans hésitation, il désigna Yas Bishop.

— C'est elle qui a essayé d'entrer ici.

Lydia rêvait. Elle en avait conscience, mais cela n'empêchait pas la panique de la submerger à chaque battement désordonné de son cœur. Le ciel couleur bleu marine frangeait les toits et les cheminées de turquoise vif. Elle sentit une violente bourrade dans le dos avec la certitude que l'homme debout derrière elle l'obligerait à enjamber la balustrade pour s'écraser sur le sol, à une dizaine de mètres en contrebas.

— Je ne veux pas tomber, souffla-elle, détestant le ton plaintif de sa voix.

Mais ce n'était pas le tueur à gages qui parlait – le mercenaire russe censé tuer Maddie et qui s'était trompé de cible – c'était sa cousine.

— Pour l'amour de Dieu ! gronda Maddie, exaspérée.

Lydia se traîna à la cuisine pour se préparer du café. Elle était mal réveillée après sa nuit agitée et se demanda combien de temps ce cauchemar allait encore durer. Son subconscient cherchait à lui faire comprendre quelque chose et elle priait qu'il se dépêche pour profiter enfin d'une nuit complète. La porte du couloir était grande ouverte et elle fut alertée par le peu de lumière que le panneau de verre laissait filtrer. Elle frotta ses yeux englués de sommeil et battit des paupières à plusieurs reprises. Un objet blanchâtre et rectangulaire occultait la vitre à l'extérieur. Elle eut l'horrible intuition de savoir ce dont il s'agissait avant même de déverrouiller la porte. Une enveloppe matelassée était collée à la vitre à l'aide du ruban adhésif jaune vif dont la police se servait pour délimiter une scène de crime. Plus préoccupant encore, l'alarme anti-intrusion n'avait pas décelé une présence à la porte.

Elle emporta le paquet à l'intérieur et étudia l'écriture tracée à l'encre noire au recto de l'enveloppe. Elle était adressée à « Mme Lydia Crow, Crow Enquêtes et Investigations, *The Fork* ». Elle la retourna, mais le nom de l'expéditeur ne figurait pas au recto.

Sa ligne fixe sonna. Elle gagna son bureau sans lâcher le paquet et décrocha.

— Crow Investigations !

— Tu l'as déjà ouvert ?

L'odeur des Fox la prit à la gorge. Pour s'éclaircir la voix, elle avala une gorgée d'eau à la bouteille posée sur la table avant de répondre. Tout signe de faiblesse, aussi infime fût-il, était inconcevable devant Paul Fox.

— Non et je ne le ferai pas.

Soupir théâtral.

— Toujours aussi hostile, petit oiseau ?

Lydia lança un coup d'œil dégoûté à l'enveloppe.

— Je vais la jeter dans la benne à ordures. Je n'ai aucune envie de travailler pour toi. Ni maintenant, ni jamais.

— Tu ne devrais pas t'en débarrasser. Qui sait les informations sensibles qu'elle pourrait contenir ?

Lydia leva les yeux au ciel, sa curiosité piquée au vif.

— Quelles informations ?

— J'ai appris que tu avais rencontré Maria l'autre jour. Comment se porte la princesse Silver ?

— Tu m'espionnes ?

— Les nouvelles vont vite. Tu sais ce que c'est.

— Foutue ville, bougonna Lydia. Qu'est devenue la grande métropole anonyme ?

— Une visite de courtoisie, c'est ça ?

— Oui. Je rêvais de connaître son chat.

— Typique des Crow de prendre le parti des Silver. Les bonnes vieilles habitudes.

— Je ne prends le parti de personne, sauf de moi-même.

— Dans le temps, les Crow se ralliaient toujours aux Silver.

— Je sais, mentit Lydia. Mais personne ne se solidarisait avec les Fox. Je me demande bien pourquoi.

— Tu devrais te faire des amis.

— J'en ai des tas.

— Comme cette charmante Emma, par exemple ?

— Je te défends de prononcer son nom. Ne t'avise pas de t'approcher d'Emma ou de sa famille, sinon tu es un homme mort.

— Effrayant, fit Paul, d'une voix amusée. Dis-le encore. J'en ai la chair de poule.

— Va te planquer dans ta tanière, lança Lydia avant de raccrocher avec violence.

Se défouler lui fit tant de bien qu'elle recommença et reposa de nouveau le récepteur avec force sur son socle, juste pour le plaisir.

Une fois douchée et sa dose de caféine avalée, Lydia examina les options qui s'offraient à elle. Elle comprenait l'allusion. Une statuette d'argent. Les borborygmes de Paul Fox. Cette fois, elle n'allait pas se faire avoir par une rencontre en terrain neutre.

La société Silver et Silver SARL était située dans un immeuble de bureaux en verre et en métal sur Fetter Lane, non loin de Fleet Street. La rue étroite était divisée en deux blocs distincts dans l'espace et le temps. D'un côté, l'impressionnant bâtiment néo-gothique et la tour d'horloge de la bibliothèque Maughan, de l'autre, l'étincelant édifice moderne en verre et métal du cabinet d'avocats. Lydia n'avait aucune idée de ce qu'il en coûtait de posséder un immeuble entier dans un quartier central et historique tel que celui-ci, mais elle supposait que c'était une somme inimaginable pour la plupart des gens. Au coin de la rue, se trouvait l'église du Temple, bâtie au XIIᵉ siècle, premier siège des Templiers à Londres, non loin des quatre Inns of Court, les cours de justice. C'était le règne de l'argent, de la puissance, du pouvoir de la parole, réservé à ceux qui maîtrisaient les codes et savaient les plier à leur volonté, ceux qui avaient la connaissance des arcanes ésotériques, à la fois juridiques et spirituels, et pouvaient vous aider à naviguer dans les eaux troubles entre le salut et la damnation. Moyennant finances.

Au XVIᵉ siècle, on avait érigé une potence au croisement de Fleet Street. Si un député était reconnu coupable de fraude envers le fisc, il était pendu devant sa porte. La justice publique. Rendre la justice de manière ostentatoire était aussi crucial que la justice elle-même. Rien n'avait changé, songea Lydia. L'apparence était toujours aussi importante que la vérité. Voire davantage, en général.

Bien que n'ayant pas de rendez-vous, Lydia réussit à franchir le barrage représenté par l'assistant de Maria. Elle l'ignora superbement et pénétra dans le bureau.

Elle le sentait gesticuler dans son dos, mais Maria se contenta de hausser un sourcil interrogateur.

— Ne vous inquiétez pas et fermez la porte, enjoignit-elle.

Lydia s'installa dans l'un des fauteuils en cuir disposés devant la vaste table.

— Félicitations pour l'affaire Gallo, dit-elle.

L'air surpris, Maria esquissa un sourire.

— C'est du sarcasme ?

— Qu'est-ce qui vous le fait croire ? Parce que vous vous êtes débrouillée pour qu'un caïd de la mafia retourne dans la rue au bout de trois mois au lieu d'écoper vingt ans.

— Je connais mon métier.

Et ça ne vous dérange pas ? s'enquit Lydia, soudain curieuse d'en apprendre davantage. Ce type était coupable, c'était prouvé, mais grâce à vous, il fera moins de prison qu'un jeune camé en manque qui aurait volé une montre dans un grand magasin pour se payer une dose.

Maria haussa les épaules.

— Pas si je l'avais défendu.

— C'est ce que je veux dire. La justice devrait être indépendante du défenseur.

— La vie est injuste. De même que le système social qui fait que quelqu'un a les moyens de se payer mes services alors qu'un autre ne les a pas. Nous ne vivons pas dans une société utopique fondée sur l'égalité.

— Certes.

— Mais la loi est juste. Le système juridique anglais est

l'un des meilleurs au monde. Même s'il n'est pas parfait, c'est l'un des plus justes. Raison pour laquelle mes clients souhaitent que je me batte contre l'extradition afin que leur procès se déroule au Royaume-Uni.

— Je croyais qu'ils voulaient contourner la loi.

— C'est pour garantir un procès équitable. Il existe des pays où l'on peut soudoyer les juges.

— Mais c'est ce que vous êtes, une liberté achetée. Un jugement corrompu.

— Non, rétorqua Maria avec véhémence. Vous achetez mes services, mon expertise, ma connaissance de la loi, mon habileté à convaincre un jury et à plaider au tribunal. Vous n'achetez pas un verdict. Vous ne payez pas de pot-de-vin.

Lydia leva les mains.

— D'accord, mais je ne comprends pas comment vous pouvez représenter des clients que vous savez coupables. Je ne vois pas comment il vous est possible d'argumenter, plaider, etc., alors que vous avez conscience d'essayer de blanchir un criminel.

— J'ignore s'il s'agit d'un criminel et c'est fondamental.

— Voyons ! Vous devez le savoir.

— Je peux le soupçonner sans avoir la certitude absolue. Pas au sens juridique du terme, vu que sa culpabilité n'a pas encore été établie. C'est l'objectif du processus légal.

— D'accord. Mais vous ne pouvez ignorer qu'ils ont un lourd passé, qu'ils ont fait de la taule. Cela ne vous influence pas ? Il y a sûrement un temps où vous êtes certaine de leur culpabilité. Je connais des salauds arrogants. Je parie qu'ils vous avouent être coupables.

— S'ils sont assez bêtes pour le faire, c'est qu'ils n'ont pas les moyens de me rémunérer, croyez-moi. D'ailleurs, un accusé devrait-il bénéficier d'un procès équitable, selon vous ? Une personne est-elle présumée innocente tant que sa culpabilité n'est pas formellement prouvée, quelles que soient ses fautes passées ?

— Oui, mais...

— Alors vous conviendrez qu'il est de mon devoir de me défoncer pour mon client. Sans une défense exerçant l'ensemble de ses prérogatives procédurales face à l'accusation qui agit de même, il ne peut y avoir de procès équitable. C'est la base de tout le système.

— Avez-vous représenté quelqu'un de chez JRB ?

— Non, répondit Maria, visiblement décontenancée par la tournure de la conversation.

— Un de vos collaborateurs, peut-être ?

— Notre cabinet est sous contrat, donc c'est possible, il faudrait que je vérifie dans nos dossiers. Mais les archives judiciaires sont en accès libre, vous savez.

— Je sais. Je voulais m'assurer que vous me diriez la vérité.

Maria inclina la tête.

— Je vois.

Le téléphone posé sur le bureau sonna. Elle pressa un bouton.

— Votre rendez-vous de 14 heures est arrivé, annonça une voix masculine, probablement Milo.

Maria esquissa un sourire sans chaleur.

— Vous connaissez la sortie ?

— Pourquoi JRB aurait-il donné une statue ancienne à Robert Sharp ?

— Comment le saurais-je ?

Lydia ne la quittait pas des yeux. Son ton était parfaitement désinvolte. Un peu trop peut-être, mais elle était débordée et essayait de se débarrasser de sa visiteuse. Lydia maudit son don. Si seulement elle était née avec un détecteur de mensonges plutôt qu'un détecteur de puissance, cela lui aurait été bien utile.

— En argent massif, crut-elle bon de préciser.

Maria ne broncha pas.

— Je dois vraiment vous laisser. Certains ont leur carrière à mener, vous savez.

Lydia répugnait à quitter le bâtiment rutilant, ce qui reviendrait à s'avouer vaincue. C'était une très mauvaise idée. Si harceler Maria Silver était peu judicieux, importuner Alejandro, le chef de la famille Silver et principal associé de Silver et Silver SARL était pure folie.

Elle ne l'avait jamais rencontré, même si elle le connaissait de réputation, naturellement. Outre son influence en tant qu'avocat et membre du clan Silver, l'admiration que lui vouait oncle Charlie avait eu une certaine influence sur l'opinion qu'elle avait de lui, à savoir un être insaisissable et moralement ambivalent. Un esprit aiguisé, fin connaisseur des arcanes du droit, qui vendait ses services au plus offrant. Un homme d'affaires pour qui, bien entendu, la famille était la première priorité.

Elle demanda le chemin de son bureau et fut dirigée vers un étage supérieur. L'une des innombrables assistantes lui apprit que M. Silver était trop occupé pour la recevoir et les visites sans rendez-vous totalement inenvisageables. Lydia s'installa dans la salle d'attente, plutôt exiguë, mais confortable, et déclara à l'employée qu'elle patienterait.

Pour tuer le temps, elle consulta ses mails et joua à un jeu insipide sur son téléphone. À un moment donné, on lui apporta un verre d'eau glacée, parfumée au concombre et au citron, comme si le fait d'avoir pris place sur le canapé avait déclenché un protocole de politesse que le personnel en costume impeccable ne pouvait contourner. Lydia s'interrogeait sur le coût de la climatisation pour obtenir la température parfaite dont elle jouissait, lorsqu'une nouvelle assistante, ou peut-être une collaboratrice ou une greffière, franchit la pièce, la main tendue. Elle se présenta :

— Amanda Browning. Veuillez me suivre.

Lydia obtempéra et se retrouva dans une vaste pièce rectangulaire. Trois murs étaient lambrissés de boiseries couleur miel tandis qu'une baie vitrée occupait le quatrième. À l'extérieur, un balcon courait sur toute la longueur de la façade, où étaient placées quelques chaises basses rembourrées de style agressivement rétro moderne et une table basse ovale en verre, qui valait probablement plus cher que la voiture de Lydia.

Alejandro se tenait devant un bureau dans un angle de la pièce, une tasse de café à la main. Il la vida d'un trait avant de venir saluer Lydia qu'il embrassa sur les deux joues.

Quel honneur, dit-il en souriant de toutes ses dents. Que puis-je faire pour vous ?

L'incisive droite était légèrement de travers, ce qui lui donnait un air canaille. Il devait avoir une soixantaine d'années, mais sa peau mate était à peine marquée et il avait une crinière noire bien fournie, piquée d'argent sur les tempes et dans sa barbe bien taillée. Ce n'était pas sa silhouette sèche et étrangement attirante qui mettait Lydia mal à l'aise, mais la puissance qui émanait de lui. Rien à voir avec ce qu'elle avait ressenti chez Maria, le pouvoir de l'influence, de l'argent, de l'éducation et le verbe alerte, mais l'aura magique propre aux Silver, si intense qu'elle chancela.

Alejandro la rattrapa par le bras, une expression de sollicitude plaquée sur son beau visage.

— Ça ne va pas ?

— C'est à cause de la chaleur. Au-dehors. Ici, il ne fait pas chaud. Mais à l'extérieur...

Elle s'interrompit. Par chance, cette logorrhée verbale embarrassante s'était enfin tarie.

— Asseyez-vous, proposa-t-il. On va vous apporter une boisson fraîche. Et peut-être aussi quelque chose à manger ?

— Je vais très bien, protesta Lydia en s'installant sur l'un des sièges.

Elle s'efforçait de reprendre ses esprits. Alejandro était-il conscient de la puissance magique qui émanait de sa personne et de l'effet qu'il produisait ? Elle réprima un haut-le-cœur, tandis que la sueur dégoulinait le long de son échine. Elle allait se mettre à trembler et aurait probablement l'air d'avoir débarqué dans cet élégant bureau avec tous les symptômes de la grippe aviaire. Elle avait un goût de métal argenté dans la bouche. Le pouvoir qu'elle ressentait habituellement de façon diffuse, telle une image résiduelle, tournoyait autour d'Alejandro comme une fumée grise opaque qui semblait jaillir de chaque centimètre de sa peau. Elle ferma les yeux et se massa les tempes.

— Vous avez la migraine ?

Lydia ouvrit les yeux. Les volutes de fumée continuaient de monter en spirale. Elle serra les mâchoires et fit apparaître une pièce de monnaie qu'elle serra dans son poing jusqu'à ce que la fumée se résorbe en un mince filet. Elle fixa un point au milieu du front d'Alejandro pour calmer sa nausée.

— Je me demande si c'est à cause de ça ?

On entendit un déclic quand Alejandro pressa un pan de la boiserie. Une porte apparut qu'il ouvrit, révélant une vitrine éclairée de l'intérieur pour mettre en valeur son contenu. Un imposant trophée en argent reposait sur un socle. Il avait la forme d'une grande coupe décorée de fleurs et de vignes, dotée de deux poignées incurvées de chaque côté. Lydia comprit qu'il s'agissait d'un objet en argent sombre, une antiquité de belle facture, mais en même temps, elle entrevit une seconde couche de couleur. La surface de la coupe était faite du métal le plus brillant et le plus pur qu'elle ait jamais vu. C'était aveuglant.

Alejandro la gratifia d'un sourire éblouissant. Il avait l'air ravi de sa prestation et de l'effet qu'elle produisait sur Lydia, qui ne parvenait pas à dissimuler son malaise. Elle se mit à vomir, pliée en deux, secouée de spasmes et de hoquets.

Clignant des yeux pour refouler ses larmes, elle avisa la

traînée de bile qui maculait le tapis. Elle se redressa et s'aperçut que la porte avait disparu sur le panneau de bois.

— Je devrais sans doute vous présenter mes excuses, déclara Alejandro qui n'en fit rien.

Au moins, il était honnête. Lydia s'essuya la bouche d'un revers de main.

Alejandro s'empressa de lui tendre un mouchoir blanc immaculé.

Lydia s'en empara et s'essuya le visage. Elle contempla le sol souillé, partagée entre l'humiliation et la peur, tandis que des questions lui taraudaient l'esprit. Que représentait cette coupe ? Comment Alejandro pouvait-il être aussi puissant ? Charlie le savait-il ?

— Je crois que je couve une grippe, dit-elle. Une grippe intestinale.

Alejandro s'assit au bord de la chaise voisine, un peu trop près au goût de Lydia, comme s'il se préparait à se relever d'une seconde à l'autre.

— Quel dommage ! s'écria-t-il sans même essayer de dissimuler son plaisir et sa satisfaction. Souhaitez-vous le reporter ?

— Reporter quoi ?

— Ce rendez-vous urgent. J'ai cru comprendre que vous aviez d'importantes questions à me poser. Ma secrétaire m'a dit que vous aviez beaucoup insisté. Et, bien sûr, je sais que vous exercez le métier de détective privée à présent.

Il prononça le mot « détective » avec une pointe de sarcasme à peine sensible en haussant imperceptiblement les sourcils. D'une certaine façon, sa politesse ressemblait plus à une insulte que les railleries incessantes de Paul Fox.

— JRB, lâcha Lydia en repliant le mouchoir. Maria a refusé de me dire ni ce qu'ils font, ni qui ils sont ni pourquoi vous étiez si empressés de leur rendre service.

— Je vois.

— Et pourquoi en avaient-ils après Robert Sharp ?

Alejandro leva la main.

— Vous savez que nous sommes tenus à la confidentialité. C'est la pierre angulaire de notre profession. Tout comme vous, j'imagine.

— Bien joué ! Seulement moi, je ne représente pas des meurtriers.

— Vous accusez mon client ?

Lydia écarquilla les yeux.

— JRB ? Je ne saurais pas par où commencer.

— Le hic avec JRB, c'est qu'ils sont comme beaucoup de nos entreprises clientes, impossible de les accuser de meurtre étant donné qu'ils n'ont pas de véritable existence.

Lydia essayait de respirer par à-coups par le nez sans lâcher sa pièce dans son poing fermé.

— Je sais bien qu'une entreprise ne peut pas être déclarée coupable du délit d'homicide. Je ne suis pas stupide. Mais elle est composée de personnes qui peuvent être condamnées...

— JRB est un réseau aux activités multiples, pas une seule et unique entité. Du moins, pas dans un sens significatif. Et si j'agite les mains, poursuivit-il en joignant le geste à la parole, elle disparaîtra définitivement, comme une toile d'araignée.

— Il existe des archives. Les choses ne disparaissent pas comme ça. Pas à notre époque.

Comme par un fait exprès, l'image de Maddie lui revint à l'esprit. Sa cousine avait bel et bien disparu de la circulation sans laisser de traces.

— Notre famille a toujours produit des hommes de loi, vous le savez. Des avocats, bien sûr, et des juges. Des experts juridiques dans un sens ou un autre, depuis notre arrivée à Londres en provenance d'Amérique du Sud. Avant que la lecture et l'écriture ne soient largement répandues, ceux qui étaient capables d'écrire, de lire des signes sur le papier étaient considérés comme des magiciens. En même temps, l'aptitude à déchiffrer le langage écrit, l'art de la parole et d'engager une joute verbale contre notre adversaire étaient susceptibles de nous envoyer à la potence ou à la banque. Mais nous avons appris que la faculté de persuader, d'embobiner, d'argumenter ou de dénigrer pouvait se transformer en arme qui, entre de bonnes mains, était plus puissante que tout ce qui existait dans la capitale.

— Sauf peut-être le bout acéré d'un bâton, rétorqua Lydia. Ou un bec pointu. Ils sont passablement dangereux.

— Tout à fait, approuva Alejandro, qui avait compris l'allusion. Les Crow ont toujours été des alliés précieux. Les serres servent à capturer, les plumes à se cacher. Très utiles à leur façon.

Lydia savait qu'il essayait délibérément de l'asticoter, de la déstabiliser et, à son grand déplaisir, elle devait reconnaître que c'était le cas.

Alejandro se carra dans son siège, le regard tourné vers la baie vitrée.

— Je suis un peu ennuyé. J'entends des rumeurs. J'ai l'impression d'omettre quelque chose que je devrais faire. Quelque chose que nous avons tous oublié, précisa-t-il en la fixant de ses yeux clairs.

— Je ne vous suis pas...

Il sourit.

— Vous vous rappelez l'incendie qui a détruit le Parlement dans les années 1800 ? C'était nous. Bien sûr, ce n'est pas un Silver qui a jeté les bâtons de comptage dans le feu, ce ne sont pas nos mains qui ont scellé le destin du bâtiment. En fait, mon arrière-arrière-arrière-grand-père — peu importe si j'oublie une génération — avait persuadé les ouvriers qui alimentaient le four. Il leur avait expliqué qu'il serait beaucoup plus simple de jeter les bâtons d'un seul coup, que l'ordre de le faire petit à petit était une invention de leurs maîtres, ces gros pleins de soupe qui se prélassaient dans le confort et pouvaient se permettre de donner des directives, du moment que ce n'était pas à eux de travailler une bonne partie de la nuit pour les accomplir. Des centaines de bâtons de comptage, secs comme de l'amadou, et le tour était joué. Tout s'était embrasé en un rien de temps.

— Pourquoi ?

— Des contrats, expliqua Alejandro, comme s'il parlait à un enfant attardé. La Chambre des Lords avait besoin d'être reconstruite de fond en comble. Ces oriels, ces flèches gothiques, ces statues, ces plafonds à caisson, la maçonnerie, le savoir-faire et les matériaux, tout cela a créé des ressources pour les corps de métier.

— Et vous vous inspirez de vos ancêtres ? Vous chuchotez à l'oreille des entreprises afin d'obtenir des contrats juteux pour vos clients ?

Alejandro secoua la tête.

— Je n'ai pas dit ça. Mais c'est intéressant, non ? Le pouvoir des mots dans la bonne oreille...

— Et dans quelle oreille Robert Sharp chuchotait-il ? Dans son cas, les mauvais mots murmurés dans la mauvaise oreille pouvaient-ils le faire pendre ?

Alejandro écarta les mains.

— Absolument. Il en a toujours été ainsi.

Lydia se sentait patraque sur le trajet du retour et avait encore la nausée dans la chaleur du métro. Au restaurant, le nouveau serveur se tenait derrière le comptoir, tandis qu'Angel lisait, assise à une table. Quelques rares clients étaient attablés; c'était le moment le plus calme de la journée. Même si elle avait du mal à l'admettre, elle devait reconnaître qu'il était plutôt agréable d'échanger quelques mots avec Angel avant de monter à l'étage. On se sentait chez soi. Sans oublier le réconfort de savoir que quelqu'un le remarquerait si elle venait à s'absenter plus que de raison. Sa profession n'était pas sans risque, après tout. Vomir dans le bureau d'Alejandro s'était avéré un rappel salutaire.

— Je ne vous ai pas beaucoup vue, observa Angel. Vous étiez occupée ?

Lydia l'avait croisée ce matin-là, avant de se rendre chez Silver et Silver. Au temps pour sa théorie. Elle devrait s'efforcer de se rapprocher de la cuisinière à l'avenir.

— Je peux avoir un flan ?

— Si vous payez, vous pouvez obtenir tout ce que vous souhaitez.

Je n'ai pas de liquide. Je me suis dit que vous pourriez me dépanner.

Angel haussa les sourcils presque jusqu'à la racine de ses cheveux. Ses nattes se dressaient-elles sous l'effet de l'indignation ou rêvait-elle ? se demanda Lydia.

— Pas grave, dit-elle en battant en retraite.

Au fond, mieux valait contrarier Angel pour qu'elle se rappelle son existence que de crever quelque part dans l'indifférence générale. Elle se félicitait pour son cynisme affiché tout en s'inquiétant de laisser les cauchemars menacer sa santé mentale.

Lydia avait à peine eu le temps de se préparer un café que l'alarme lui annonça de la visite. Elle n'en crut pas ses yeux en reconnaissant la silhouette derrière la porte vitrée.

Emma mettait rarement les pieds à Camberwell, et encore moins dans le nouvel appartement de Lydia, qui déverrouilla la porte non sans nervosité. Était-elle venue lui faire une scène après leur quasi-dispute de l'autre soir ?

— Il faut que tu m'aides, commença Emma sans préambule.

Lydia s'effaça pour la laisser passer.

— Bien sûr.

Emma longea le couloir, entra dans le bureau et prit place sur une chaise.

— J'ai besoin de tes services sur un plan professionnel.

Lydia décida de jouer le jeu. Elle s'installa à son tour dans son fauteuil, les mains à plat sur le bureau.

— Qu'est-ce qui ne va pas ?

Emma était très calme. On voyait qu'elle avait pleuré. Elle avait les yeux rouges, mais secs.

— Je crois que Tom a une liaison.

Lydia sursauta.

— Non, c'est impossible.

Emma émit un petit rire.

— Pourquoi serions-nous différents des autres ? Tu as dit toi-même que tout le monde y passait. Les maris mentent à leurs femmes ou inversement, ils sont malheureux et cherchent un prétexte pour ficher le camp.

— Oui, mais c'est mon boulot, ça fausse les données. On ne vient pas voir un détective privé quand tout va bien. Ça ne veut pas dire que n'importe quelle relation est vouée à l'échec.

— La mienne si, rétorqua Emma d'une voix blanche, monocorde. Effrayante.

— Non, tu te trompes. Il t'aime. Archie et Maisie aussi.

Emma tressaillit en entendant les noms de ses enfants.

— Je suis désolée, ajouta Lydia misérablement.

— Je ne veux pas t'entendre me dire que tout va bien, qu'il m'aime et qu'il suffirait de se parler. Je n'ai pas besoin d'une amie en ce moment, mais d'un détective qui fasse son job. Je compte te payer.

— Tu veux rire !

— Non. Tu peux donner l'argent à une œuvre caritative si ça te chante, mais j'ai l'intention de rémunérer tes services au tarif habituel. C'est combien, au fait ? ajouta-t-elle après une hésitation, un éclair de normalité et un demi-sourire à peine perceptible.

— Tu es sûre ?

— Certaine.

Lydia attrapa un calepin vierge.

— D'accord. Commençons par la raison pour laquelle tu penses qu'il te trompe.

— Il n'est plus lui-même. Il n'est pas heureux. Je suis sûre qu'il cache quelque chose.

— Il n'a pas de liaison, affirma Lydia, submergée par le soulagement en levant une main pour empêcher Emma de l'interrompre. J'entends les gens parler de leur partenaire. Ils ne qualifient pas leur conjoint infidèle de malheureux. Jamais. Au contraire, ils sont plus attentifs que d'habitude. Plus drôles. Plus légers. Plus gais quoi.

— Peut-être qu'il est l'exception qui confirme la règle, rétorqua Emma partagée entre l'espoir et le chagrin.

Lydia sortit une pièce de monnaie qu'elle fit tournoyer sur la table, observant l'expression d'Emma qui la fixait du regard.

— Respire à fond, dit-elle. Encore.

Emma obéit.

— Tu cherches à m'hypnotiser ?

— Bien sûr que non, voyons, protesta Lydia que l'idée avait effleurée.

Comme la plupart des Crow, elle était capable d'influencer les émotions d'autrui. Emma était tellement bouleversée, déboussolée. Lydia souhaitait la réconforter Était-il moral d'influencer une amie pour son bien ? De bonnes intentions annulaient-elles l'épineuse question de la violation du libre arbitre ?

— Il a essayé de le cacher, de faire comme si de rien n'était, mais je sais que j'ai raison.

— Supposons que tu te trompes. Est-ce qu'il pourrait y avoir une autre raison ? Ça va comment dans son travail ? ajouta Lydia, s'avisant qu'elle ignorait la profession du mari de sa meilleure amie.

— Ça va bien pour autant que je le sache. Nous n'avons pas eu souvent l'occasion de bavarder dernièrement.

— Vous êtes tous les deux très occupés avec les enfants, vous êtes crevés. C'est normal que tu sentes une distance s'établir entre vous et que tu craignes que quelque chose n'aille pas, mais c'est simplement la phase dans laquelle vous vous trouvez en ce moment. Ça ira mieux quand Maisie aura grandi. Tu pourras mieux dormir et...

— Arrête !

— J'arrête quoi ?

— De me traiter comme si j'étais une idiote simplement parce que je suis maman. Je suis épuisée et émotive, mais ça ne veut pas dire que je délire. Je n'ai rien imaginé. Je connais mon mari et je te répète que quelque chose ne va pas.

— D'accord. Excuse-moi. Précise-moi son emploi du temps, ses activités professionnelles, la liste de ses amis, les lieux qu'il fréquente, sa salle de gym, tout.

Emma s'exécuta tandis que Lydia prenait des notes, comme pour n'importe quel autre client.

— Tu peux compter sur moi, promit-elle une fois qu'elles eurent terminé.

CHAPITRE QUATORZE

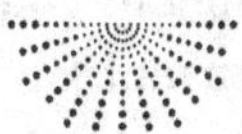

Lydia raccompagna Emma à la porte et la serra dans ses bras pour lui dire au revoir. Jason arpentait le couloir, attendant manifestement de lui parler. Elle aurait pu en rire, mais se sentait plus isolée que jamais. Emma ne pouvait pas voir son fantôme et cela ne faisait que renforcer leurs différences. Et dire que son amie exigeait qu'elle enquête sur son mari ; ce qui ne pouvait finir que de deux façons, aussi fâcheuse l'une que l'autre. Si Lydia découvrait des informations compromettantes concernant Tom, elle porterait un coup fatal au mariage de sa meilleure amie. Si, en revanche, elle prouvait que Tom ne trompait pas sa femme, elle risquait de décupler la culpabilité d'Emma. Celle-ci avouerait probablement à son mari qu'elle avait embauché Lydia, de sorte qu'il lui en garderait rancune. En outre, sa seule présence rappellerait constamment de mauvais souvenirs à son amie.

Lydia était en pleine déprime. Jason, lui, semblait d'humeur joyeuse.

— Qu'est-ce qu'il t'arrive ?

— Que veux-tu dire ?

— Les maths, ça va comme tu veux ?

— Je suis en pleine forme. D'autant que tu n'as rien à faire pour tes clients aujourd'hui.

— Euh... je ne te suis pas. En quoi est-ce une bonne nouvelle ?

— On pourrait essayer de tester ta magie. Tenter une ou deux expériences.

— Je ne crois pas. J'aimerais enquêter sur la femme qui a essayé de s'introduire chez moi.

Voir le visage de Jason se décomposer lui fit mal au cœur.

— Tu voudrais sortir ? suggéra-t-elle. J'aurais besoin de toi. On n'ira pas loin, juste derrière l'immeuble.

Les yeux de Jason s'illuminèrent.

— On va vraiment faire un test ?

Lydia ramassa l'enveloppe de Paul Fox.

— C'est ça.

La salle du rez-de-chaussée était bondée, On aurait dit une ruche bruissante. Lydia se faufila discrètement à la cuisine et personne ne posa de questions quand elle décrocha l'extincteur fixé au mur pour sortir par derrière.

Jason hésitait sur le pas de la porte.

— Je ne vais pas y arriver.

— Tu as essayé ?

— Je me sens bizarre.

— Il faut parfois forcer son talent, l'encouragea Lydia, soulagée que personne ne la vît parler toute seule.

Elle tendit le bras.

— Prends ma main. Ça pourra peut-être t'aider.

— J'ai changé d'avis.

Là-dessus, il disparut. Lydia plaça l'extincteur à côté des poubelles et réfléchit à ce qu'elle allait faire. Elle retourna à la cuisine et dénicha un grand bol mélangeur en inox. Au moins, cela inciterait Angel à faire plus attention.

Elle ressortit, referma la porte et posa le récipient sur le sol, à bonne distance des poubelles. Elle plaça l'enveloppe à l'intérieur et l'aspergea d'essence à briquet avant d'attraper son portable pour prendre la scène en vidéo. « Arrête de m'envoyer des courriers », commenta-t-elle à l'intention de Paul. Elle remit le téléphone dans la poche de sa veste, frotta une allumette et la lança dans le bol. Ç'aurait été plus simple si Jason avait tenu l'appareil, malgré tout elle parvint à le braquer sur la cible et à filmer l'enveloppe en train de se consumer allégrement. De la fumée noire s'éleva dans les airs et les flammes atteignirent une hauteur impressionnante. Lydia se félicita d'avoir eu la bonne idée de brûler la lettre à l'extérieur. Elle filma quelques secondes supplémentaires avant d'expédier la vidéo à Paul Fox.

La sonnerie du téléphone résonna presque aussitôt.

— Un millier de dollars de cocaïne partis en fumée.

— Tordant, répondit Lydia. Ne m'appelle plus jamais. C'est terminé entre nous.

Elle ne s'était pas sentie aussi heureuse depuis des jours. Après d'étranges dérapages de son pouvoir, comme vomir dans le bureau d'Alejandro, sans parler des cauchemars, des problèmes conjugaux d'Emma, le fait que Yas Bishop avait essayé de s'introduire chez elle, elle éprouvait une horrible sensation, proche de la panique. Seulement elle était Lydia Crow. Pas question de baisser les bras. « Je dois régler ça », dit-elle à voix haute. Elle se sentit mieux. Elle allait s'en sortir. Comme toujours.

Après avoir ôté ses vêtements qui empestaient la fumée, Lydia se changea et s'en fut à la recherche de Jason. Elle frappa plusieurs fois à la porte de sa chambre et tenta de l'amadouer pour l'en faire sortir, mais il ne répondit pas. Elle entrouvrit le battant et jeta un œil à l'intérieur, s'attendant à le trouver en train de griffonner sur le mur ou allongé sur son lit, mais il n'était pas là.

Au cas où il l'entendrait, elle haussa la voix, expliquant

où elle se rendait et l'heure à laquelle elle pensait revenir. Elle s'attarda sur le seuil, s'attendant à ce qu'il surgisse et pose des questions, voire lui reproche son imprudence. Un sentiment de grande solitude l'envahit. Elle s'en voulait. Elle avait vécu seule après avoir quitté le nid à 18 ans et elle ne comprenait pas pourquoi elle se sentait soudain si pitoyable.

Au rez-de-chaussée, Lydia slalomait parmi les tables du restaurant quand la lumière changea soudain. Visible à travers les baies vitrées, le ciel passa en un clin d'œil du bleu vif au gris acier. Les couleurs de la rue s'affichaient en haute définition, à croire qu'elles étaient éclairées par des lumières invisibles. Il y avait de l'électricité dans l'air, comme si le temps était sur le point de changer. Lydia songea à remonter chercher un parapluie avant de se rappeler qu'elle ne possédait pas ce genre d'engin. Ce serait pratique pour planquer et elle devrait peut-être s'en procurer un sur le chemin de Bayswater.

Elle avait décidé d'aller voir Yas Bishop, sa visiteuse importune. Histoire de lui rendre la monnaie de sa pièce et découvrir ce qu'elle voulait. La plupart des gens s'affoleraient d'être contactés par un détective privé, mais rares étaient ceux qui auraient commis une effraction. Elle découvrirait peut-être aussi pourquoi Yas avait fait parvenir une statuette de grand prix à Robert Sharp. Et si, en plus, elle pouvait glaner quelques informations sur le mystérieux JRB, ce serait la cerise sur le gâteau.

Au moment où elle émergea de la station Edgware Road, il pleuvait à grosses gouttes. Lydia se protégea avec le journal gratuit du métro tout en se hâtant dans l'artère animée d'Edgware Road, évitant les piétons qui brandissaient des parapluies ou couraient s'abriter de la pluie de plus en plus drue. Lydia dépassa une laverie de style rétro à l'angle de Star Street et se retrouva dans une rue tranquille, où des véhicules s'alignaient le long des trottoirs, au pied d'immeubles en brique marron jaune, typiques de Londres. Elles étaient fabriquées à la main – elle se rappelait l'avoir appris à l'école – ce qui leur conférait ce cachet particulier. Elles étaient très demandées pour les travaux de restauration. Précision intéressante, elles étaient de la même couleur et du même format que celles qui lestaient les poches de Robert Sharp. Ce détail serait pertinent s'il n'y avait pas eu des centaines de bâtiments semblables dans la capitale.

La maison de Yas Bishop se trouvait vers le milieu d'une rue en cul-de-sac, dont l'accès était bloqué par des bornes. Lydia se réjouit de ne pas avoir pris sa voiture, ce qui l'aurait probablement obligée à se garer à Kilburn. Pour la énième fois, elle regretta de ne pas être un flic et pouvoir stationner où bon lui semblait. Cela vaudrait presque la peine de s'entraîner pour la partie physique du concours d'entrée. Auquel cas, l'oncle Charlie la renierait et lui tournerait définitivement le dos.

Apparemment, Yas vivait seule. Les rideaux des fenêtres donnant sur la rue étaient tirés à l'étage. Celles du rez-de-chaussée étaient équipées de stores vénitiens à lames orientables entrouvertes. Lydia s'approcha de la porte peinte en vert sauge et sonna. Elle entendit le carillon résonner à l'intérieur, mais n'obtint pas de réponse. Après la troisième tentative, elle se pencha par-dessus la balustrade en fer forgé qui délimitait l'espace menant au sous-sol. Elle s'efforça de regarder par la fenêtre du rez-de-chaussée, située juste au-dessus, mais la distance et le voilage qui garnissait la vitre l'en empêchèrent. Elle mit ses mains en cornet autour de ses yeux dans l'espoir de distinguer un éventuel mouvement.

Il pleuvait à verse à présent et on entendait le tonnerre gronder au loin. Dommage que Yas ait acheté une maison mitoyenne. Il n'y avait pas moyen d'accéder à l'arrière avec une porte verrouillée au bout de la rue qui s'ouvrait probablement derrière la bâtisse. Un portillon était aménagé dans la clôture et une volée de marches descendaient au sous-sol. Lydia avisa quelques pots remplis de terre sans aucune plante visible, une caisse en plastique vert vif contenant des bouteilles et des bocaux vides, ainsi qu'une porte blanche munie de panneaux en verre dépoli. Elle ne vit pas de sonnette ni de numéro distinctif. Apparemment, Yas possédait la maison tout entière. Impressionnant. À moins qu'elle ne la sous-loue ni vu ni connu. Lydia cogna au battant et risqua un œil par la petite fenêtre donnant sur la véranda. Elle était équipée de barreaux de sécurité en métal blanc et complètement occultée par un store épais de même couleur.

Après un moment d'hésitation, elle appela Fleet. Karen aimait à dire qu'un bon enquêteur utilisait toutes les ressources disponibles et n'était jamais trop fier pour demander de l'aide. Elle n'avait pas ouvertement conseillé d'avoir des pensées lubriques à l'égard desdites ressources, mais allez savoir ! Lydia avait peut-être raté ce module en quittant Aberdeen pour ouvrir sa propre agence.

— Je peux te demander un service ?

— Tu peux toujours essayer.

Il y avait un bruit de fond. Des bips, des voix, quelque chose de mécanique qui suggérait des travaux de construction.

— Ça m'évitera de contrevenir à la loi.

— Tu es une petite amie agaçante, tu sais.

— Lydia avança un peu plus loin dans la rue, peu désireuse qu'un voisin soupçonneux appelle la police pour signaler qu'elle rôdait devant la villa de Yas. C'était peu probable dans une grande ville comme Londres, mais l'idée de commettre une effraction avait pour effet de la rendre paranoïaque.

— Je ne suis pas ta petite amie.

— Voilà la parfaite illustration de ce que je veux dire, commenta Fleet sur un ton difficile à déchiffrer. C'est officiel ?

— Oui. Officiellement, je ne suis pas ta petite amie.

— Et officieusement ?

— Je t'aime bien, avoua-t-elle, troublée comme une écolière énamourée.

— Moi aussi, Lyds. Raison pour laquelle je veux t'éviter de croupir en prison. Quel est le problème ?

Elle devina à sa voix qu'il souriait, mais pressentit qu'il allait vite déchanter.

— Tu te rappelles la femme qui a essayé de s'introduire chez moi l'autre jour ? Je suis venue lui rendre visite, mais personne ne répond.

— Et alors ?

— Il faut que j'entre chez elle. J'ai un mauvais pressentiment.

— Quel genre de pressentiment ?

— Celui des Crow. Le sixième sens.

Plus question de reculer... Oncle Charlie pouvait la prévenir tant qu'il voulait, elle avait besoin d'aide et Fleet ne l'avait encore jamais déçue. En outre, elle devait prouver qu'elle n'était pas Martin Blank.

Elle lui communiqua l'adresse.

— Bayswater ? Je ne suis pas très loin. J'arrive dans vingt minutes.

— Merci.

Lydia revint sur ses pas et acheta un café à emporter dans un bistrot. Le temps qu'elle retourne chez Yas, Fleet arrivait sur sa Honda Civic. Elle lui tendit le gobelet fumant. La pluie avait cessé aussi vite qu'elle était arrivée et une odeur de brique et d'asphalte mouillés rivalisait avec les relents des égouts et des gaz d'échappement omniprésents. Lydia les identifiait à travers l'arôme du café de Fleet. Les effluves caractéristiques de Londres.

L'inspecteur frappa à la porte, sonna à plusieurs reprises, puis jeta un regard à Lydia.

— Je n'ai aucune raison d'entrer. Et puis ce n'est pas mon secteur.

— Je sais. Et si j'étais un citoyen vigilant qui aurait vu quelqu'un appeler à l'aide depuis cette fenêtre ? dit-elle en indiquant la croisée de l'étage.

Fleet haussa un sourcil dubitatif.

— À travers les rideaux ?

— J'ai une très bonne vue.

— Si on signalait un danger immédiat et qu'il y avait urgence à agir, dans ce cas, oui, je pourrais en théorie pénétrer dans la maison sans mandat.

— Super !

Fleet examina la porte et recula de quelques pas. Il posa son gobelet sur une marche, tira de sa poche un jeu de crochets et un passe-partout et s'attaqua à la serrure.

— Pas de verrou, marmonna-t-il. Question sécurité, c'est zéro.

— Ça vaut quand même mieux que de défoncer cette jolie porte, commenta Lydia. Elle a dû coûter bonbon. Beau travail, au fait.

— YouTube, répondit laconiquement Fleet. Madame Bishop ! claironna-t-il en ouvrant la porte. Êtes-vous là ? Tout va bien ? Ne vous inquiétez pas. Je suis l'inspecteur Fleet. Je suis entré chez vous parce que je soupçonne... au cas où vous auriez besoin d'aide.

— Attends-moi ici, ajouta-t-il à l'intention de Lydia.

Sans tenir compte de cette injonction, elle le suivit à l'intérieur. Un instant plus tard, elle ressentit une vague nausée, comme dans le bureau d'Alejandro.

Fleet jeta un coup d'œil par-dessus son épaule.

— Ça ne va pas ? Tu devrais sortir un moment, tu as l'air patraque.

Il tira un mouchoir de la poche de sa veste et l'appliqua sur sa bouche et son nez. Lydia le dévisagea avec stupeur. Pouvait-il également sentir l'odeur métallique qui flottait dans la pièce ? Caractéristique de l'argent. Puis elle se rendit compte qu'il y avait autre chose, un relent de pourriture, de décomposition plus organique.

L'escalier faisait face à l'entrée et un couloir percé de portes s'enfonçait dans la maison. Fleet ouvrit la plus proche.

— On dirait un projet de rénovation, constata-t-il.

Le salon était vide, hormis une forme recouverte d'un drap blanc. Le parquet était en bois décapé, constitué de lattes de chêne d'origine constellées de nœuds sombres. Les murs étaient peints en blanc et des fils électriques pendaient de la rosace ornementée du plafond. La cuisine se trouvait au bout du couloir. C'était une horreur des années 1960 avec de la peinture bleue écaillée sur les murs, des placards et du linoléum orange à rayures sur le sol. Il y régnait une odeur de javel dominant le moisi des vieux placards et du sol. Par la fenêtre, Lydia distingua un jardin envahi par la végétation.

— Je monte à l'étage, annonça Fleet sur le seuil de la porte. Attends-moi ici et ne touche à rien.

Lydia acquiesça et lui emboîta le pas dès qu'il eut le dos tourné.

Les escaliers nus étaient éclaboussés de peinture et l'odeur de plus en plus forte. La maison déserte était pleine d'échos, mais Lydia sentait qu'on les guettait à l'étage. La porte de droite sur le palier était entrebâillée. La puanteur la saisit à la gorge. Fleet poussa le battant du coude et passa la tête à l'intérieur.

— Madame Bishop ? C'est la police. Vous m'entendez ?

Il parlait fort et se déplaçait rapidement. Lydia le suivit dans ce qui était probablement la chambre de Yas. Elle avisa le papier peint or et crème à larges rayures, la tête de lit rembourrée en velours et les meubles de style français. Elle détourna le regard de la silhouette allongée sur le sol entre le lit et les pieds graciles de la coiffeuse. Penché sur le corps, la mine grave, Fleet gardait le silence.

— Elle est morte depuis longtemps, constata Lydia, remarquant la rigidité cadavérique, le teint cireux, les yeux ouverts avec une paupière tombante.

— Je sais, dit Fleet, mais je dois vérifier. C'est la procédure.

Il s'accroupit et examina attentivement le corps et la pièce. Lydia ne disait mot, s'efforçant de l'imiter, de se concentrer sur les détails de la scène. Elle qui avait voulu changer de l'adultère, elle était servie. Là, c'était très différent. Le sang sombre qui imbibait le chemisier en soie de Yas Bishop. La flaque couleur bordeaux sous sa joue. Le sang coagulé, pareil à la peau d'une crème pâtissière. Et la paupière à moitié fermée. Si elle avait été vivante, on aurait dit un clin d'œil. Dans la mort, c'était obscène. Yas Bishop n'avait l'air ni surpris ni effrayé. En fait, elle n'avait plus rien d'humain. C'était le problème avec un cadavre. Ce n'était plus une personne, mais une copie de l'original.

Lydia avala sa salive avec difficulté et sortit son calepin. Elle devait consigner les détails. Noter ses impressions. Elle prit plusieurs photos avec son téléphone. Elle avait l'impression de jouer au détective. De suivre la procédure glanée à partir d'innombrables téléfilms et de romans, corroborée par les instructions apprises au cours de sa brève formation de détective. Elle n'avait jamais abordé un meurtre comme celui-ci, encore moins une scène de crime. Les directives se limitaient au conseil de ne toucher à rien et d'appeler les professionnels.

La voix de Fleet la fit tressaillir.

— Une blessure nette, commenta-t-il. Sans doute par derrière. Une lame bien aiguisée. On dirait qu'on lui a porté un seul coup. Il faut pas mal d'expérience pour ce faire. Donc, ce n'est probablement pas une première fois.

— Alors il ne s'agit pas d'un suicide ? demanda Lydia
d'une voix lointaine.

Fleet se redressa.

— J'en doute. Il y a des façons plus simples de mourir. À
moins qu'elle n'ait été perturbée. Dans sa tête. J'appelle, dit-
il en dégainant son téléphone. Essaie d'être discrète.

Lydia s'efforça de secouer l'étrange torpeur qui l'engour-
dissait.

— Tu n'as pas besoin de moi comme témoin ?

— Non. Je vais inventer une histoire. Que je passais par
là, par exemple. Ou que j'ai reçu un appel anonyme.

Lydia ouvrit la bouche pour dire quelque chose de spiri-
tuel à propos de contourner le règlement, puis se ravisa.
Fleet lui rendait service en lui évitant des démêlés avec la
justice. Elle prit encore quelques clichés du corps et de la
chambre. Maintenant qu'elle était libre de partir, elle se
sentait enracinée dans le sol, incapable de bouger. Comme
prise au piège dans une toile d'araignée.

— File, insista Fleet. Je suis sérieux. Elle est morte depuis
un bon moment, mais tu l'avais appelée il y a quelques jours,
n'est-ce pas ? Tu as donc un lien avec elle. Tu seras la
première sur la liste des suspects si c'est toi qui la trouves.

— D'accord.

Elle s'éloigna à contrecœur, curieusement peu disposée à
quitter le cadavre.

— Ne touche à rien en partant. Et laisse la porte d'entrée
ouverte.

Lydia recula de quelques pas, puis s'immobilisa.

— Qu'est-ce qu'il y a ? demanda Fleet, l'air sincèrement
inquiet.

Il se trouvait sur une scène de crime et son cerveau était
en pleine ébullition, devina-t-elle, sans parler du fait qu'il
était prêt à mentir, à risquer son poste pour la protéger de la
colère éventuelle de sa famille à elle, des gens peu recom-

mandables, et qu'il devait déployer ses facultés mentales pour se concentrer. À son sujet.

— Rien. Je me disais que je devais rester ici. J'expliquerai la raison de ma présence, mon activité. Tu pourrais préciser que je suis ton indic ou n'importe quoi pour te couvrir.

— Inutile. Je vais m'en tirer.

— Je prétendrai que je t'ai appelé parce que j'ai entendu du bruit et que je m'inquiétais pour Yas.

— Tu as pensé à ta famille ? Tu n'as pas vraiment envie que ton nom figure dans notre base de données, hein ?

— Je suis détective privée. Ce qui signifie que je connais la loi. Et je suis réglo.

Fleet secoua la tête, l'air sceptique.

— C'est vrai. Je ne ressemble pas à mon oncle.

— Je sais.

Puis cela se produisit. Distraite par sa conversation avec Fleet, Lydia s'était déconcentrée et avait quitté des yeux la malheureuse défunte, étendue sur le luxueux tapis. Le cerveau profond, qui gérait ses perceptions, était maintenant au premier plan. Hurlant dans sa tête. Une odeur d'argent. Un goût de métal sur sa langue. Pas pointu comme un bec, mais en kératine durcie et en chaleur organique, tranchant, propre et froid.

— Dans ce cas, c'est bon, dit Fleet. Lydia, tu m'entends ?

Elle tourna les talons pour s'esquiver.

— Désolée, mais je dois y aller.

Les nerfs à vif, elle trébucha dans l'escalier, fuyant les bribes d'énergie qui envahissaient tout l'espace. La signature d'un Silver, reconnaissable entre mille.

CHAPITRE QUINZE

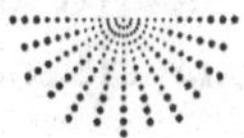

Lydia marchait au hasard dans la rue. Elle se
remémorait la scène, essayant vainement d'oublier le
cadavre ensanglanté de Yas Bishop. Ses souvenirs étaient
confus ; l'odeur âcre du sang se mêlait à la saveur vive de
l'argent. Elle était incapable de se défaire du sentiment
d'horreur qui la submergeait. La pluie s'intensifia et elle en
apprécia la fraîcheur purificatrice, s'imaginant qu'elle la
débarrasserait des scories métalliques accumulées chez Yas.

Plus tard, après une violente averse qui cessa aussi vite
qu'elle s'était déchaînée, Lydia se sentit assez calme pour
rentrer chez elle. Ses pieds étaient douloureux et une légère
vapeur s'élevait des trottoirs, tandis qu'elle parcourait le
trajet entre la station de métro et le restaurant. Ayant
surmonté le choc de la mort tragique de Yas Bishop, elle
s'efforçait de reconstituer les pièces du puzzle, déçue de ne
pas avoir reçu une convocation de la police. Elle savait
pourtant que mieux valait se tenir à carreau et était reconnaissante à Fleet de lui éviter de se retrouver mêlée à cette
histoire, mais elle aurait préféré être au cœur de l'action et
obtenir le plus d'informations possibles.

À présent que son cerveau s'était remis en état de

marche, elle s'avisa qu'elle avait du pain sur la planche. Yas Bishop ne devait pas lui faire oublier qu'elle avait toujours une affaire sur les bras : le Dr Lee, qui payait en espèces sonnantes et trébuchantes. Elle consulta sa montre pour la énième fois. Fleet n'avait sans doute pas terminé sa journée de travail et comme il était encore trop tôt pour avoir des nouvelles concernant le meurtre de Yas, elle décida de se changer les idées en reprenant le cours de son enquête.

L'immeuble où s'était rendue Mme Lee semblait plus lugubre que le jour où Lydia l'avait vu sous un soleil éclatant. Le ciel d'un blanc sale était caché derrière des nuages et le temps menaçait de tourner à la pluie. Une journée d'été typiquement anglaise.

Elle vérifia son téléphone tout en marchant, comme si elle cherchait à se repérer. Arrivée devant la porte, elle pressa la sonnette indiquant « Nails » et patienta. Un instant plus tard, l'interphone grésilla.

Lydia s'approcha de l'interphone.

— J'aimerais un rendez-vous, commença-t-elle.

Elle allait expliquer qu'elle n'avait pas téléphoné à l'avance, quand l'interphone s'éteignit et elle entendit le déclic de la porte qui s'ouvrait. « Nails » étant la première des quatre plaques nominatives, Lydia supposa que l'appartement se trouvait au rez-de-chaussée. Elle frappa à la première porte. La petite femme qui lui ouvrit portait une blouse vert pastel impeccable et un pantalon assorti. Ses cheveux noirs étaient noués en queue de cheval et son eyeliner appliqué avec un savoir-faire expert. Lydia ne s'attendait pas à voir quelqu'un d'aussi professionnel et rayonnant de santé. On aurait dit l'employée d'un institut de beauté haut de gamme. Si tant est qu'elle ait une grande expérience dans ce domaine.

— Vous désirez un soin des ongles ?

— Euh...

Se faire les ongles n'était pas vraiment sa priorité.

— Une séance d'acupuncture ?

Encore pire.

— Je ne suis pas...

— Dans ce cas, il doit s'agir de la thérapie énergétique, conclut la femme. Entrez donc, enchaîna-t-elle. C'est vingt-cinq livres la première séance, tarif spécial, et ensuite nous aviserons. En général, les soins s'étalent sur six semaines, mais cela dépendra de la façon dont vos chakras réagiront à la thérapie. La première séance comprend un bilan de santé et de bien-être qui n'est pas remboursé. Souffrez-vous d'allergies ?

Lydia, qui suivait la femme tout en examinant les lieux, mit du temps à comprendre qu'elle lui avait posé une question.

— Pas que je sache, répondit-elle.

Elles longeaient un couloir. Lydia aperçut une cuisine où un petit garçon, grimpé sur une chaise, versait du lait dans un bol de céréales. Une télévision était allumée quelque part dans l'appartement. Le flot de paroles ne tarissait pas, pendant que la femme guidait Lydia vers une petite pièce meublée d'une table de massage et d'un étroit bureau blanc encombré de flacons de vernis à ongles « pierres précieuses ». Le papier peint était couleur bordeaux et crème, et la fenêtre équipée d'un store de même nuance. La table était recouverte de serviettes cramoisies à la connotation sacrificielle du plus mauvais goût.

La femme s'empara d'un porte-bloc à pince muni d'une feuille de papier et d'un stylo qu'elle tendit à Lydia.

— Veuillez remplir ce questionnaire.

Lydia s'exécuta et signa du nom de Lydia Brown. Le document avait un aspect professionnel rassurant, même si la clause stipulant que « la thérapeute, Kirsty Thomas, décline toute responsabilité relativement aux conditions, symptômes ou effets résultant du traitement reçu » ne laissait pas d'être inquiétante.

Pendant ce temps, Kirsty s'activait dans la pièce, baissant le store et allumant une grande lampe à sel qui émit une chaude lueur rose. Une musique douce et cristalline résonna. Kirsty se frictionna énergiquement les mains avec un gel désinfectant, comme si elle se préparait à l'assaut.

— Enlevez vos chaussures et les vêtements qui pourraient vous gêner et allongez-vous.

Lydia prit son temps pour retirer ses Dr. Martens™ tout en s'efforçant d'engager la conversation.

— Vous êtes thérapeute depuis longtemps ?

— Il est important de boire beaucoup d'eau et de se ménager après une séance. Il faudra vous reposer.

— Entendu. Je vais annuler mon marathon.

Kirsty dévisagea Lydia.

— Avez-vous déjà suivi une thérapie énergétique ?

— C'est la première fois, imaginez-vous !

Kirsty parut se détendre.

— Êtes-vous préoccupée ? Avez-vous des douleurs ? Des malaises ? Vous sentez-vous léthargique ou épuisée ? Comment se passe votre digestion ?

« Occupez-vous de vos oignons », faillit rétorquer Lydia.

— Je suis effectivement fatiguée, admit-elle.

Kirsty acquiesça.

— Je vais commencer par un examen corporel. Essayez de ne pas bouger.

Lydia se demanda comment elle pourrait obtenir des renseignements sur les autres patientes, l'air de rien.

Kirsty exécutait des mouvements fluides avec ses mains à quelques centimètres au-dessus du buste de Lydia, la mine si concentrée que cette dernière avait le plus grand mal à garder son sérieux. Elle ferma les yeux.

— Ça marche vraiment ! s'exclama-t-elle, feignant la surprise.

— L'examen est totalement indolore, rétorqua Kirsty. Vous ressentirez une impression de chaleur quand je commencerai le travail sur les chakras.

— Très bien, concéda Lydia. Je voulais simplement dire que j'étais contente d'être venue. Une de mes amies m'a recommandée à vous. À l'en croire, vous avez accompli des miracles.

La femme se radoucit.

— Il ne s'agit pas de miracles, mais de thérapie énergétique. Vos épaules et vos cervicales sont contractées, les os de votre crâne et de votre visage mal alignés. C'est peu de chose, mais cela provoque des tensions et de la fatigue. Avez-vous des maux de tête ?

Lydia décida de jouer le jeu.

— Oui. Des migraines épouvantables.

— Ça ira mieux dans six semaines. Veillez à boire huit verres d'eau par jour.

Lydia fit une nouvelle tentative.

— Mon amie Jane m'a tellement parlé de vos pratiques que je voulais absolument essayer à mon tour.

La femme la manipulait à présent, exerçant une légère pression sur sa cheville, puis le long de son mollet avant de saisir délicatement son genou, puis plus haut. Lydia banda ses muscles pour s'empêcher de bondir hors de la table. Ou de cogner sur quelque chose.

— Respirez à fond, ordonna Kirsty d'un ton un peu agacé. Inspirez puis expirez pendant quatre secondes. Comptez. Vous allez sentir l'énergie vous réchauffer.

Lydia respira consciencieusement avec bruit, comme preuve de sa bonne volonté. Une curieuse idée lui traversa l'esprit : et si la thérapeute pouvait vraiment sentir l'énergie à travers ses mains ? Qu'allait-elle penser du pouvoir des Crow ?

— Craignez-vous les chatouilles ? s'enquit Kirsty d'un ton brusque, accusateur.

Lydia afficha un sourire détendu.

— Jane est vraiment chatouilleuse, commença-t-elle, je parie qu'elle vous a donné du fil à retordre...

— Vous n'avez pas besoin de parler. Concentrez-vous sur l'énergie qui circule et détendez-vous.

Lydia passa les vingt minutes suivantes à écouter de la musique new age en respirant un parfum d'ylang-ylang et de lavande. Elle s'efforçait de ne pas réagir ni d'éclater de rire pendant que Kirsty effectuait de légers mouvements, tapotements ou pressions un peu partout sur son corps. La thérapeute finit par s'écarter et on entendit le son d'un carillon. Lydia ouvrit les yeux, s'attendant à la voir brandir un petit gong et un maillet, mais il devait s'agir d'un enregistrement sur son téléphone.

— C'était merveilleux, merci, dit-elle en se redressant avant de balancer les jambes d'un côté de la table.

— Prenez votre temps. Vous risquez d'avoir un léger vertige.

Lydia constata avec stupeur que c'était vrai. Le pouvoir de la suggestion ?

— Votre champ d'énergie est très puissant, poursuivit Kirsty. Vous avez de la chance, cela vous maintiendra en bonne santé. C'était un peu... Comment va Jane ? enchaîna-t-elle d'une voix incertaine.

Lydia, qui allait répondre machinalement : « Elle va très bien » se ressaisit à temps.

— Il y a des bons et des mauvais jours, vous savez.

— C'est terrible quand l'énergie de votre corps se retourne contre vous de cette façon.

Lydia émit un petit bruit qui n'engageait à rien et prépara vingt-cinq livres. Elle ne voulait pas paraître trop enthousiaste et risquer de clore le sujet. Kirsty paraissait du genre à aimer contrôler conversation.

Kirsty vérifia les billets qu'elle glissa dans une poche de sa blouse.

— Je l'avais prévenue.

— À quel sujet ?

— De la chimiothérapie. C'est du poison, vous savez. Littéralement.

— Jane est une vraie tête de mule. Impossible de la faire changer d'avis une fois sa décision prise.

Kirsty approuva et la raccompagna à la porte.

— J'ai eu cette impression moi aussi. Et j'ai d'ailleurs pu le constater dans son champ d'énergie. Son aura est très dense.

— Je lui dirai que vous avez demandé de ses nouvelles, dit Lydia. Et encore merci pour vos disponibilités.

— Voulez-vous fixer le prochain rendez-vous dès maintenant ? Il faudra six séances de trente minutes. Vous pouvez payer en une fois si vous le souhaitez. Vous économiserez cinq livres.

— Je serai en congé la semaine prochaine. Je verrai à mon retour.

— Ne tardez pas trop. Il ne faut pas prendre de risque avec sa santé.

Lydia retournait au restaurant quand un bip lui annonça un message. Elle consulta son portable avant de faire un détour. Le mélange familier de houblon, de sueur, de parfum rance et de sciure lui monta aux narines quand elle poussa la porte du Hare. Elle sentit tout son corps se détendre en traversant la salle pour commander un verre au bar. Pour apaiser son anxiété, les soins énergétiques de Kirsty n'arrivaient pas à la cheville de son pub favori.

Une fois installée à sa table attitrée, elle envoya un SMS à Fleet pour l'informer qu'elle était arrivée et l'attendait. Au bout de quelques minutes, la porte s'ouvrit sur le grand et séduisant inspecteur. Elle le regarda échanger une plaisanterie avec le barman, qu'il connaissait de longue date, demander une bière brune, puis se frayer un chemin parmi les tables.

Lydia renversa la tête en arrière pour mieux le voir. Il se pencha pour capturer ses lèvres et l'embrassa avec une nonchalance exquise qui lui coupa le souffle.

— Je ne pensais pas que tu pourrais t'échapper ce soir. Tu ne devais pas travailler tard ?

— Je ne suis pas sur cette affaire.

— Même si c'est toi qui as trouvé la victime ?

— Ce n'est pas mon secteur. Et puis je n'étais pas de service. Le rapport indique que j'étais le premier sur les lieux, mais à titre officieux. J'ignore la suite des événements et l'officier chargé de l'enquête également. On verra demain. La hiérarchie aura sûrement un avis sur la question.

Fleet porta son verre à ses lèvres et avala une gorgée de bière.

— As-tu eu le temps d'inspecter la chambre ?

— Aucun signe de lutte, répondit Lydia. Il y avait des bijoux en or dans une coupe sur la coiffeuse. Authentiques, pas de la pacotille.

— Ce n'est donc pas un cambriolage.

Lydia secoua la tête et ingurgita une grande rasade d'eau gazeuse parfumée au citron vert. Elle tâchait de réduire sa consommation d'alcool pour rester lucide. De plus, garder la tête froide et réprimer ses inhibitions n'était pas une mauvaise idée. Elle avait beau avoir l'esprit occupé par ce meurtre tout récent, Fleet lui procurait un dérivatif distrayant. D'autant que, une fois de plus, il avait accepté de l'aider sans la moindre hésitation. Et puis il avait menti à sa bien-aimée Met pour lui éviter une enquête officielle. Soucieuse de couper court à ses réflexions qui l'entraînaient sur un terrain glissant, elle songea à la scène de crime chez Yas Bishop et ferma les yeux pour mieux se souvenir. Des instantanés. Des détails plus faciles à se remémorer que le tableau d'ensemble.

— La victime portait un jean moulant et un haut en soie vert émeraude, exposa-t-elle. Sauf si JRB tolère les tenues décontractées, elle n'était pas habillée pour partir travailler. En outre, elle était pieds nus, les talons et les orteils à vif à cause de chaussures neuves ou très inconfortables. Elle portait une seule boucle d'oreille en or et perles, l'autre était tombée ou dissimulée par l'angle de sa tête.

Quand elle ouvrit les yeux, elle remarqua la façon dont Fleet la fixait.

— Le rapport du labo sera disponible demain, signala-t-il. L'autopsie aussi, avec un peu de chance.

Lydia acquiesça et reprit une gorgée d'eau. Elle mourait d'envie d'un whisky.

— Je te tiendrai au courant.

— Merci.

— De rien.

Le silence retomba. Lydia se demanda si l'alcool l'aiderait ou l'handicaperait. Peut-être lui permettrait-il d'oublier les événements dramatiques de la journée ? Et l'aider à sortir Fleet de son esprit.

— Je suis désolée de m'être sauvée tout à l'heure. Tu risques d'avoir des ennuis ?

— Non. Je te répète que je ne suis pas inquiet.

— Moi si. Je ne voudrais pas compromettre ta carrière.

— On va chez moi ? Ce n'est pas très loin.

Lydia cilla, déconcertée par le brusque changement de sujet.

— Non, merci, répliqua-t-elle, ignorant la bouffée de chaleur qui montait au creux de son estomac et migrait dangereusement plus bas.

— Tu dois te coucher tôt ?

Lydia leva son verre en guise de réponse.

— Je prends les bonnes décisions.

Fleet se pencha tout près de son visage.

— Pas moi.

Lydia retint son souffle et ne bougea pas. Elle brûlait de combler la distance qui les séparait.

Il ne la quittait pas des yeux, la lumière allumait des reflets dans le brun doré de ses iris. Elle avait beau faire, elle ne pouvait s'empêcher de se griser de son odeur, les puissantes phéromones de l'inspecteur Fleet. Et cette lueur. Ce mystérieux éclat qu'elle ne parvenait pas à identifier. Elle n'avait jamais été confrontée à ce problème auparavant. L'idée la frappa comme un jet d'eau glacée : Ignatius Fleet était-il la raison de ses dysfonctionnements ? Sa kryptonite ?

Il s'écarta sous un masque impassible.

Lydia éprouva un mélange de déception, de soulagement et de crainte.

— Pardonne-moi, mais je ne peux pas.

— Pas grave, dit-il avec un sourire amical, un peu forcé. Une autre fois, peut-être.

Dans la rue, le trottoir débordait de monde buvant un coup après le travail, chemises ouvertes. Les glaçons s'entrechoquaient dans les verres. Lydia prit une grande inspiration, puis une seconde. Quitter Fleet était une bonne réaction. Elle n'avait aucune idée de la signification de cette lueur. Il était flic et elle, une Crow. Elle essayait de monter son agence et devait être partout à la fois pour réussir. Mais il y avait des ratés. Au fond, elle n'était peut-être pas le maillon faible du clan Crow. Le hic était qu'elle ignorait ce que cela signifiait, ni comment s'informer sans alerter les mauvaises personnes, dont d'ailleurs elle ignorait tout. Elle rentra chez elle en pilotage automatique, les pensées se bousculant dans sa tête. Le restaurant était fermé et, curieusement, il n'y avait pas trace d'Angel. Lydia fut étonnée de ressentir une certaine déception ; elle aurait apprécié échanger quelques mots avec elle. À cette prise de conscience succéda la peur. Elle commençait à se sentir bien ici, comme chez elle.

Elle gagna la cuisine et ouvrit le congélateur. D'une main, elle attrapa un sac de petits pois surgelés qu'elle appliqua sur sa nuque pendant que de l'autre, elle fouillait dans le tas. Elle repéra un bac de glace à la vanille. Un sorbet à la framboise. Un énorme gâteau au fromage blanc et au citron. Des croissants, des pains au chocolat prêts à cuire et, tout au fond, de la crème glacée à la menthe et aux pépites de chocolat. Gagné !

Elle remit les petits pois à leur place et le pot de glace sous le bras, elle traversa la salle obscure. Des coups frappés à la porte la firent sursauter. La haute silhouette qui se profilait derrière la porte vitrée la fit hésiter un instant et elle mit la chaîne de sécurité avant d'ouvrir. Elle était presque sûre qu'il s'agissait de Fleet, mais préférait ne prendre aucun risque. Pas après le spectacle d'une femme baignant dans son sang.

Fleet baissa légèrement la tête et lui tendit un petit paquet.

— J'ai oublié de te donner ceci tout à l'heure.

Lydia s'effaça pour le laisser entrer.

— Un prétexte bidon. Qu'est-ce que c'est ?

— Des gants. En prévision de la prochaine fois où tu te trouveras illégalement sur une scène de crime.

— Tu m'encourages sur la mauvaise voie.

Fleet encadra son visage de ses mains et la regarda bien en face.

— J'essaie de te protéger, expliqua-t-il avant de s'écarter pour fermer la porte.

— Tu veux de la glace ?

— Tu cherches à faire diversion ?

Lydia posa le pot sur la table la plus proche.

— De ta mission de sauvetage ? Possible.

— Il y a un meilleur moyen.

Lydia s'empourpra.

— Tu veux de la glace, oui ou non ?

— D'accord, dit Fleet en souriant.

Il avait beau être un flic nimbé d'une étrange aura et elle une Crow, Lydia ne put s'empêcher de lui rendre son sourire.

— Je vais chercher une cuillère, dit-elle en contournant le comptoir où étaient rangés les couverts.

— On monte ?

Elle secoua la tête.

— Trop dangereux.

Fleet s'installa sur l'une des banquettes devant la fenêtre.

Lydia ramassa le pot et se dirigea vers l'escalier.

— Oh et puis tant pis ! Tu viens ?

Les rideaux étaient ouverts, et la lumière provenant des lampadaires conjuguée au crépuscule d'été éclairait le salon.

— On s'installe dehors ? proposa Fleet. Il fait encore très chaud.

Sa chambre donnait sur la terrasse, mais, à mi-chemin, Lydia se dégonfla. Elle ouvrit la porte pour rafraîchir la pièce et s'assit, les jambes croisées, sur son lit défait.

Fleet prit la cuillère qu'elle lui tendait.

— Je ne m'en plains pas, mais pourquoi évites-tu la terrasse ?

Lydia avala une bouchée de crème glacée.

— Merci pour ton aide aujourd'hui, dit-elle, éludant la question.

Fleet se figea, la cuillère à mi-chemin de ses lèvres.

— Je t'en prie.

D'un geste circulaire, Lydia désigna les cartons intacts dans un coin de la chambre, la porte qu'elle n'osait pas franchir, l'étrangeté de son existence.

— Ce n'est pas ce que tu aimerais.

— Qu'est-ce que tu en sais ?

— Eh bien… elle s'interrompit, incertaine. C'est logique.

Fleet avala une cuillerée de glace.

— Par conséquent irréfutable.

Lydia piocha dans le pot avec sa cuillère pour éviter de croiser son regard.

— Et tu n'es pas curieuse ? reprit Fleet.

— À quel propos ?

Sa cuillère entre les doigts, il l'observait avec un mélange d'agacement et de désir.

— De savoir ce je pense.

— Je devine. Que ce serait divertissant. Extraordinaire, même. Mais ensuite, on reviendrait à la case départ, ce qui serait périlleux et compliquerait les choses. Je dois me concentrer sur mon travail et ma famille, et je ne peux pas te donner ce dont tu as envie.

— C'est reparti pour un tour ! Admettons que tu saches ce dont j'ai envie, pourquoi ne peux-tu pas me le donner ?

Lydia poussa un soupir.

— Tu souhaites avoir une existence normale. Avec une femme normale. À moins que tu ne préfères le sexe occasionnel sans complication. Ou semi-régulier. Sans attaches ni émotions. Mais j'en suis incapable. Pas avec toi, en tout cas. J'aimerais pouvoir, mais c'est impossible. Dommage.

Fleet entassa deux oreillers contre la tête de lit et s'y adossa, les jambes allongées. Lydia l'imita et, serrés l'un contre l'autre, ils se passèrent le pot de glace sans se regarder. Au bout de quelques minutes, Fleet posa le pot ainsi que sa cuillère sur la table de nuit. Lydia sentit son regard peser sur elle, mais s'abstint de tourner la tête.

— Qu'est-ce qui devrait changer ? demanda-t-il.

— Ma vie. Ma famille. Ton travail.

— Et si tu me faisais confiance ? Tu crois que ça marcherait ?

Lydia étreignit le manche de sa cuillère dans son poing serré et s'obligea à le regarder.

— Je sais que tu prends mon intérêt à cœur et que tu es quelqu'un de bien. Tu ne m'as jamais laissé tomber.

— Pourtant tu ne me fais pas confiance ?

Lydia contempla ses mains.

— Je ne crois pas que je te plairais encore si tu me connaissais mieux.

— À cause de ta part d'ombre ? Ton côté terrifiant ?

Lydia se força à sourire.

— Peut-être.

— N'importe quoi ! Arrête de dissimuler ta phobie de l'intimité sous des niaiseries de super-héros.

— Tu aimes mes histoires de super-héros.

— J'aime tout chez toi.

Il n'avait pas dit « Je t'aime », mais c'était tout comme. Cela renforçait le sentiment d'inadéquation qu'elle ressentait. Cet homme était courageux et lui donnait envie de lui ressembler. Elle se mordit les lèvres.

— Moi aussi, j'aime tout chez toi. Jusqu'à présent.

— Et si on arrêtait de se prendre la tête ?

Ne sachant trop quoi dire, Lydia se pencha et l'embrassa.

Elle sentit les grandes mains de Fleet sur son corps, son cou, ses cheveux, ses épaules, partout à la fois. À son tour, elle laissa ses doigts errer, jouer avec les boucles de ses cheveux, les muscles de son torse et de ses bras. On aurait dit que l'aura qui l'entourait brillait avec plus d'intensité. Elle sentit son propre sang bouillir dans ses veines à l'unisson et sa peau luire d'un même éclat.

Ses lèvres fermes sur les siennes paraissaient la chose la plus naturelle au monde. Lydia refusait de penser à rien d'autre, ni d'avoir peur. C'était Fleet qu'elle désirait. Elle voulait être normale pour lui. Ou feindre de l'être.

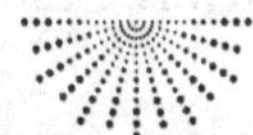

CHAPITRE SEIZE

Fleet partit travailler de bonne heure. Il embrassa Lydia qui feignait de dormir pour éviter la gêne du lendemain matin. Une fois la porte refermée, elle se leva, prit une douche, puis se prépara un café en se demandant comment occuper sa journée.

Elle sirota le breuvage réconfortant devant la porte grande ouverte de la terrasse. L'air caressait ses bras nus et elle se prit à regretter de ne pas pouvoir s'installer dehors pour travailler. Elle renversa un peu de liquide quand Jason surgit soudain derrière elle.

— Excuse-moi, dit-il, ce n'était pas intentionnel.

— Qu'est-ce qui n'était pas intentionnel ? questionna Lydia en léchant les quelques gouttes répandues sur sa main.

Jason regarda par la porte.

— Il fait beau, constata-t-il. Disparaître comme ça !

Lydia mit un certain temps avant de comprendre.

— Ce sont tes apparitions soudaines qui sont déroutantes. Si tout le monde pouvait te voir, ce serait une technique d'interrogatoire très efficace.

— Je pourrais aussi crier « bouh », suggéra-t-il avec un petit rire.

— Où vas-tu comme ça ?

Jason se frotta les yeux, comme un enfant fatigué. Lydia réprima l'envie de le serrer dans ses bras.

— Aucune idée. Le plus souvent, j'ai l'impression de n'avoir été nulle part. Mais vu que, au bout d'un certain temps, je ne me retrouve pas au même endroit, j'en conclus que je me suis déplacé. Parfois, c'est...

— Quoi ?

— Comme un cauchemar. Ça n'a aucun sens et je suis incapable de le décrire de façon cohérente. C'est effrayant.

— Je compatis.

Jason sourit plus franchement. Il tendit la main comme pour effleurer la joue de Lydia avant de laisser retomber son bras.

— Merci.

Le portable de Lydia sonna. C'était son oncle Charlie. Elle décrocha et n'eut pas le temps de le saluer qu'il l'interrompit.

— Viens me voir. Tout de suite.

Être convoquée de façon aussi péremptoire par le chef de la famille Crow aurait dû lui inspirer une peur bleue. Au lieu de quoi, elle redevint l'adolescente qu'elle avait été et dut se faire violence pour ne pas se défiler. Elle n'était pourtant pas idiote. Charlie avait le don de révéler sa nature profonde ; son instinct primaire était de foncer, pas de se défiler. Fleet aurait probablement eu un petit sourire narquois en l'entendant parler de « nature profonde », ajoutant qu'elle n'avait pas changé d'un iota. Elle se sentit devenir toute molle en pensant à lui. Elle le chassa de son esprit, tandis qu'elle empruntait l'allée menant à la villa de son oncle. *Ce n'est vraiment pas le moment, Lydia.*

La porte ouverte lui fit comprendre qu'elle devait entrer et la refermer derrière elle. Elle se dirigea vers le salon, certaine que Charlie avait choisi une pièce plus formelle en accord avec son humeur. Debout devant la cheminée vide, les bras ballants, il affichait l'expression la plus froide et la plus impénétrable qu'elle ait jamais vue. Elle n'aurait jamais imaginé entrevoir la face cachée de Charlie dans toute sa noirceur.

— Je peux t'expliquer..., commença-t-elle.

Les mots lui avaient échappé avant qu'elle n'ait pu les retenir et elle referma aussitôt la bouche.

Ils se défièrent du regard en silence. Les tatouages ondulaient sur les bras de Charlie et Lydia prit soin de détourner les yeux. Sa main gauche était crispée autour de sa pièce de monnaie, la droite tendue vers le sol. L'air avait un goût de plumes et elle dut faire appel à toute sa volonté pour ne pas battre en retraite et fuir le plus loin possible. Elle sentit au bout des doigts des picotements qui remontèrent jusqu'à ses épaules. Elle faillit écarter les bras, comme des ailes, et les maintint serrés contre elle au prix d'un immense effort. Maddie apparut soudain et elle l'entendit lui murmurer à l'oreille : « Tu peux voler. »

L'oncle et la nièce continuaient à se mesurer du regard.

— Prends ton temps, articula Charlie d'une voix basse et calme.

Lydia vit ses yeux s'agrandir et comprit qu'il n'avait pas eu l'intention de parler. Sa panique s'estompa. La créature qui se tenait devant elle redevenait peu à peu familière. L'oncle Charlie qu'elle connaissait reprenait figure humaine, abandonnant la posture autoritaire et menaçante du chef de famille.

— Qu'est-ce qu'il t'a pris de t'introduire chez Alejandro Silver de cette façon ? finit-il par demander.

— Je croyais que nous étions alliés.

— Il y a alliés et alliés. Ceux avec qui on affronte les Pearl et ces satanés Fox, et ceux chez qui on peut débarquer à l'improviste et poser des questions sur leurs clients.

Bon sang, Lydia, je pensais que tu étais plus maligne que ça.

Lydia se faisait toujours violence pour ne pas lever les bras.

— Je suis détective, parvint-elle à énoncer d'une voix posée. Je faisais mon travail.

— N'importe quoi ! Tu l'as questionné au sujet de Robert Sharp. Tu n'avais pas à le faire. Il n'est même pas ton client.

— Évidemment, puisqu'il est mort.

Charlie secoua la tête.

— Lyds, sois raisonnable. Je sais que tu n'aimes pas te l'entendre dire, mais tu es une Crow. Cela signifie que tu ne peux pas entreprendre un bras de fer avec les Silver. C'est impensable.

— Même si je suis sûre qu'ils ont quelque chose à se reprocher ?

Charlie poussa un soupir exaspéré.

— C'est évident. Mais ce Sharp n'a rien à voir avec nous.

— Il n'est pas des nôtres, c'est ça ?

Charlie haussa les épaules.

— Je me borne à dire qu'on ne va pas déclarer la guerre pour ce type. J'ai lu dans la presse qu'il s'agirait d'un meurtre commandité. En d'autres termes, il était impliqué dans une affaire louche qui a attiré l'attention sur lui. On ne reçoit pas la visite d'un tueur par hasard.

— Tu sais parfaitement que ce n'est pas vrai ! s'exclama Lydia avec une colère contenue.

Soulagée, elle constata que les tatouages étaient inertes. Charlie semblait avoir retrouvé son calme. Elle n'avait aucune envie d'assombrir son humeur et n'avait aucune envie de lui révéler plus que le strict nécessaire. Seulement, il était le seul capable de répondre à ses questions.

— Il y a autre chose...

Charlie se pétrifia.

— J'ai aperçu une coupe dans le bureau d'Alejandro.

— Une coupe ?

Oui. Un genre de saladier. Imposante, en argent, ornée de fleurs, de sculptures et de gravures. Je n'ai pas pu l'examiner de près.

Charlie traversa la pièce à grandes enjambées pour la rejoindre. Il la transperça du regard, comme pour la mettre à nu.

— C'est impossible.

— Qu'est-ce que c'est ?

— La peau olivâtre de Charlie parut pâlir à la lumière du soleil.

— C'est insensé. Ça ne peut pas...

Lydia rongeait son frein.

— Ça ressemble à la coupe des Silver, expliqua Charlie. C'est impensable parce qu'elle devrait se trouver au British Museum.

Lydia savait que la trêve impliquait que les familles fassent don de leurs trésors au British Museum. C'était un gage d'unité et d'ouverture. Un geste symbolique pour démontrer que les anciennes méthodes appartenaient au passé, des artefacts culturels dignes d'un cabinet de curiosités et rien de plus. Les Fox avaient manifesté leur désaccord, bien entendu. Ils avaient sorti leurs griffes perfides et haussé les épaules, affirmant qu'ils ne possédaient rien qui ne soit digne d'un musée. Les Pearl avaient fait don d'un manteau royal et d'un lourd collier d'or incrusté de perles jaune crème, grosses comme des pois.

— Donc Alejandro l'aurait récupérée ? Ça se pourrait ?

Charlie sortit son téléphone de sa poche, il le consulta d'un air absent avant de le poser sur la table.

— Ce n'est pas ça... Bonté divine. Je n'arrive pas à y croire... C'est peut-être une imitation ?

— Qu'est-ce que ça peut faire ?

— La coupe a été volée au musée, il y a quarante ans. Elle

ne lui a pas été remise par les conservateurs. Je devine qu'il a retrouvé le voleur et l'a récupérée.

— Ah bon ?

Charlie se passa une main sur le visage, le regard dans le vague, les sourcils froncés,

Lydia ne savait comment poser la question suivante sans alerter Charlie sur l'information qu'elle voulait garder secrète. Elle avait l'impression qu'un immense panneau lumineux suspendu au-dessus de sa tête affichait ses pensées intimes.

— Cette coupe a-t-elle seulement une valeur symbolique ?

— Comment ça ?

— Je mesure son importance pour les Silver. Il s'agit d'un symbole familial. Leur héritage. Je me demandais si elle signifiait autre chose.

Charlie haussa les épaules.

— Tu connais les histoires de famille.

— Pas vraiment. Papa ne parlait pas beaucoup des Silver.

— Que t'a dit Alejandro ?

— Rien, je n'ai pas posé de questions.

Charlie jeta un regard circulaire, comme pour vérifier qu'ils étaient bien seuls.

— Petite futée ! Tu sais que les Silver ont un remarquable talent d'élocution ?

Lydia acquiesça.

— Et qu'à l'époque, ils pouvaient être très persuasifs.

— Un Silver était capable de vous faire croire que le noir était blanc, la nuit le jour, le haut le bas ou la gauche la droite.

— Ou que si vous tombiez d'un gratte-ciel, vous planeriez vers le sol et atterririez sur vos pieds comme une fleur.

Lydia frémit. L'idée que l'on puisse annihiler sa volonté était proprement terrifiante. La manipulation mentale par le pouvoir de la persuasion l'ébranlait au plus profond de son être.

— D'autres rumeurs circulaient à leur propos. On disait qu'ils avaient une affinité avec l'argent. Qu'ils pouvaient imprégner le métal de..., je ne sais pas, une sorte de capacité ou d'effet. L'enchanter, je crois que c'est la meilleure manière de le décrire.

De l'argent enchanté. Bien sûr. Lydia résista à l'envie de lever les yeux au ciel. Elle se rappelait les nausées qui l'avaient secouée. Et sa traque du chevalier d'argent.

— En théorie, si un objet était enchanté, pourrait-il modifier le comportement ou la personnalité d'un individu ? questionna-t-elle.

— Probablement. Et d'ailleurs, même si un objet n'est pas enchanté, mais qu'on le pense doté d'un certain pouvoir, cela peut suffire à altérer le comportement de quelqu'un.

Comme les Crow et les autres Familles. Peu importait que leur pouvoir soit de l'histoire ancienne, on y croyait encore suffisamment pour leur témoigner du respect. Ou les éviter comme la peste.

— Quelle est la position des Crow vis-à-vis de l'argent ?

— De la famille Silver, tu veux dire ? Nous sommes alliés depuis longtemps, comme tu le sais.

— Je veux parler du métal.

— Tu as ressenti quelque chose ?

— Non, mentit Lydia. Je me suis simplement trouvée en présence d'un Silver.

Charlie fronça les sourcils. Lydia crut qu'il avait deviné qu'elle bluffait avant de s'apercevoir que ce n'était pas le cas.

— Au fait, dit-il, j'aimerais te présenter quelqu'un ce soir, après la fermeture du restaurant.

— Tu as besoin d'aide ?

— Pas trop tard. Vers 23 heures.

Lydia n'avait pas l'intention d'être pieds et poings liés à la disposition de son oncle ni que cela devienne une habitude.

Mais il s'agissait de Charlie Crow. Et c'était sans doute pour cette raison qu'il s'était maîtrisé en apprenant sa visite à Alejandro.

— Tu vas peut-être devoir changer tes plans pour la soirée, poursuivit Charlie. À moins que tu n'aies du travail ? Surveiller un mari infidèle, peut-être ?

— Pas ce soir.

— Ce ne sera pas long.

— Tant mieux.

— Tu avais autre chose à me dire ?

Lydia ne tomba pas dans le piège.

— Comme quoi, par exemple ?

Charlie sourit avec tendresse.

— C'est la vie, Lyds.

L'air s'était rafraîchi après l'orage. Lydia s'habilla pour courir. Elle fit quelques tours du parc en petites foulées tout en réfléchissant aux différentes enquêtes qu'elle menait. Robert Sharp avait reçu une statuette en argent de la part d'une société appelée JRB par l'intermédiaire de Yas Bishop, qui y était employée et avait été assassinée dans l'intervalle. Lydia avait cherché à se renseigner sur JRB, mais s'était heurtée à un mur. Elle s'étirait en appui sur un banc quand elle s'avisa qu'elle n'y parviendrait jamais par ses propres moyens et que pour obtenir l'aide de Fleet, elle devrait commencer par être honnête avec lui. Avant de changer d'avis, elle s'empressa de composer son numéro.

— Tu connais la statuette du chevalier ?

— Curieuse façon de dire bonjour, observa Fleet. L'anti-quité ? Tu crois toujours qu'elle a de l'importance ?

Lydia respira à fond.

— Elle a quelque chose d'étrange, je trouve. Et puis l'endroit où Yas Bishop l'a achetée a disparu.

— Disparu ?

— La boutique est fermée. À croire qu'elle n'a jamais existé.

— Elle est vide ou elle s'est volatilisée ?

— Tu te fiches de moi ?

— Non. J'essaie d'y voir plus clair.

— Tu veux savoir si je suis folle ?

— Je n'ai pas dit ça.

— Je voudrais pouvoir examiner cette statuette. À défaut d'autre chose, c'est le dénominateur commun aux deux victimes. *J'aimerais la tenir dans mes mains pour voir si je ressens quelque chose d'anormal dans son énergie. Comme une vibration propre aux Silver.*

— Sa famille a peut-être eu l'autorisation d'emballer ses affaires. Ou l'équipe de nettoyage. Je demanderai à Ian.

Il raccrocha et Lydia reprit ses étirements. Elle tergiversait pour savoir si elle allait se remettre à courir en attendant qu'il la rappelle quand il la prit de vitesse.

— Pas trace de statue, annonça-t-il.

— Curieuse façon de dire bonjour.

— Très drôle, dit Fleet avec un sourire dans la voix. Sharp n'ayant pas de famille qui aurait pu vider son appartement, ils ont payé une entreprise qui s'en est chargée et a dressé l'inventaire de ses biens. Je suis en train de le consulter en te parlant et il n'y a aucune mention d'une statuette.

— Quelqu'un a fait le ménage. J'aurais dû l'emporter quand j'en avais l'occasion.

— Certainement pas. Interdiction absolue de voler un objet de valeur au domicile de la victime. Je n'arrive pas à croire que j'aie besoin te le dire.

Lydia, qui marchait d'un bon pas, s'immobilisa.

— Résultat, nous ne savons pas où elle se trouve maintenant. *Et je ne peux pas la tester.*

— Et que comptes-tu découvrir en l'examinant ? Tu as déjà obtenu une estimation de l'antiquaire.

Lydia hésita avant de se lancer.

— Tu sais que Sharp a changé de comportement avant sa mort ?

— Ah oui ?

Et Yas a paniqué quand je l'ai appelée. Ensuite, elle a essayé de s'introduire chez moi. Certes, nous ne savons pas grand-chose de sa personnalité, mais ça me paraît plutôt incohérent. Et si c'était la statuette qui avait altéré leur jugement à tous les deux ?

— Donc, si je comprends bien, tu voudrais examiner la statue pour vérifier si elle a des propriétés qui font perdre la raison.

— Exactement. Je l'aurais ensuite apportée à mon oncle Charlie pour en avoir le cœur net.

— Mais ça aurait pu vous intoxiquer, Charlie et toi.

Lydia haussa les épaules, les yeux fixés sur un groupe d'adolescents encapuchonnés qui traversaient le parc.

— J'aurais été prudente.

— Admettons.

Elle perçut une réelle inquiétude dans la voix de l'inspecteur.

— Attends un peu. Tu t'angoisses pour une statue magique ? *Mince ! Le mot lui avait échappé !*

— Si tu t'inquiètes, alors moi aussi. On n'est pas policier à Camberwell depuis aussi longtemps sans avoir constaté certaines choses. Des événements que l'on ne peut pas toujours expliquer et dont il vaut mieux se méfier.

— On fait quoi maintenant ?

Silence à l'autre bout du fil.

— Je dois prévenir Ian, déclara Fleet presque sur un ton d'excuse. Et trouver un moyen de ne pas t'impliquer. Je vais me débrouiller...

— Tu devrais lui conseiller de parler à Alejandro Silver.

— Parce que la statuette est en argent ?

— Oui, mais surtout parce que son client, JRB, avait

Sharp dans le collimateur et que Yas Bishop travaillait chez JRB.

— C'est bon à savoir.

Nouveau silence.

— Il y a un « mais » ? demanda Lydia.

— Sans preuve solide, la Criminelle ne pourra jamais interroger le patron de l'un des cabinets d'avocats les plus prestigieux de la ville. D'autant que ce type joue au golf avec le commissaire adjoint. C'est hors de question.

CHARLIE SE PRÉSENTA AU RESTAURANT À 10 h 45. COMME convenu, il n'était pas seul. La femme qui l'accompagnait avait les cheveux tressés, curieusement colorés en orange clair, et portait un survêtement Adidas gris rétro-cool ou tout simplement très usé. Elle n'avait pas l'air ravie d'être là et dissimulait mal sa peur derrière un masque d'indifférence.

— Je te présente Candy, déclara Charlie. Ce n'est pas son vrai nom.

— Bonjour, Candy, dit Lydia. Voulez-vous un café ?

En guise de réponse, Candy cracha son chewing-gum sur le sol.

— Alors ? soupira Charlie en se tournant vers Lydia.

— Je n'ai rien fait. C'est foutrement scandaleux. Vous n'avez pas le droit.

Candy s'exprimait par phrases décousues, émaillées de plus d'insultes que Lydia n'en proférait en un an. Pourtant elle n'était pas peu fière de son imagination en la matière.

— Maintenant ? s'étonna Lydia, surprise qu'il ne mette pas ses capacités en doute.

Elle préleva sur une table voisine une serviette en papier dont elle se servit pour ramasser le chewing-gum.

— On ne rajeunit pas, déclara Charlie.

— En échange, je te demanderai un petit service,

enchaîna Lydia en haussant la voix pour couvrir le bavardage incessant de Candy.

Charlie attrapa la jeune femme par le bras – on aurait dit une brindille dans son énorme paume. S'il voulait lui extirper la vérité, Lydia ne doutait pas qu'il avait les moyens de l'obtenir. D'un autre côté, il était possible que Candy ignore sa vraie nature. Elle pouvait dire la vérité tout en mentant sans vergogne. Lydia emballa soigneusement le chewing-gum qu'elle remit à son oncle.

Charlie prit le petit paquet qu'il fourra dans la poche de survêtement de Candy sans lui accorder un regard, ses yeux noirs rivés sur Lydia.

— Quel genre de service ?

— Un nom. Et une lettre de recommandation.

— D'accord.

Charlie portait une veste de couleur foncée, mais Lydia pouvait presque sentir les tatouages ondoyer en dessous. Candy parut en avoir conscience elle aussi, car elle s'écarta et ralentit son flot de paroles, qui se mua en murmure quasi inaudible.

— Non... Putain... C'est vrai.

Lydia se ménagea une pause.

— Alors ? insista Charlie. Allez, fissa ! On a conclu un marché.

— Qu'est-ce qu'elle a fait ?

Charlie sourit et Lydia sentit un frisson glacé lui parcourir la nuque.

— Tu veux t'en mêler ?

— Non. Elle n'a aucun pouvoir, ajouta-t-elle après une hésitation. Pas de lien familial.

— Rien du tout ?

— Absolument rien.

— Cette fille-là est une putain de menteuse, affirma Candy d'une voix paniquée. Je suis une Pearl. Ma mère était une Pearl. J'en suis une moi aussi. Je le jure devant Dieu.

— Les Pearl jurent sur la mer, intervint Charlie. Tout le monde le sait.

Il entraîna Candy vers la sortie. Il s'apprêtait à quitter *The Fork* et Lydia n'en entendrait plus parler. Ce n'était pas son problème. Exactement ce qu'elle voulait.

Oh et puis zut !

Elle s'avança et saisit son oncle par le bras.

Il lui lança un regard de défi, mêlée d'excitation et d'avidité.

— Ne lui fais pas de mal !

D'une manière ou d'une autre, elle était un jouet entre ses mains, mais comment faire autrement ? C'était le problème avec sa famille. Le seul moyen de garder ses distances était de couper complètement les ponts. À Aberdeen, voire sur la lune. Dans le cas contraire, ils vous attiraient comme un aimant.

— Qu'est-ce que ça peut te faire ? rétorqua Charlie. Tu n'es plus dans le coup. Henry y a veillé.

Lydia désigna Candy.

— Tu m'as entraînée dans tout ça. Et puis j'ai ma propre agence maintenant. En toute légalité. Je ne peux pas être compromise dans des activités criminelles.

— C'est insultant ce que tu dis, mais d'accord. Tu as ma parole. Candy, ici présente, sera conduite en toute sécurité devant sa porte. Pour vivre sa vie comme elle l'entend.

Candy demeurait coite. Elle regardait alternativement l'oncle et la nièce avec de grands yeux effrayés.

Charlie la gratifia d'un large sourire cruel.

— Quand je parlais de porte, je voulais dire le trottoir où je t'ai ramassée.

— Elle est sans-abri ? questionna Lydia.

— Non, c'est son lieu de travail. Mais plus maintenant, n'est-ce pas, Candy chérie ? Plus de gâteries pour les petits chéris.

Candy ouvrit la bouche, mais aucun son n'en sortit et elle se borna à hocher la tête.

— Bonne petite, approuva Charlie. On reste en contact, lança-t-il à Lydia.

— Je t'appellerai demain au sujet du service en question.

Charlie exécuta un simulacre de révérence.

— Tes désirs sont des ordres.

Lydia ferma la porte et monta l'escalier menant à l'étage. Elle ne frappa pas à la porte de Jason et, sans prendre la peine de se doucher, elle s'écroula sur son lit et s'endormit instantanément.

Elle se trouvait sur la terrasse. Oh non, pas encore, pensa-t-elle. Pas ce soir. Elle se dirigea vers le bord, ignorant sa peur. *Finissons-en. Je vais me remettre à rêver de chatons en skateboard ou de sables mouvants.*

— Tout le monde pense que je suis la méchante, claironna Maddie.

Lydia se retourna, même si elle ne pouvait pas la voir. C'était simplement une voix qui chuchotait à son oreille tandis qu'on la poussait par derrière ou pendant la chute qui s'ensuivait.

Maddie se tenait à côté d'elle sur la terrasse. Elle avait la même apparence que le jour où Lydia l'avait vue pour la dernière fois, le jour où sa cousine avait essayé de la tuer. Elle portait les mêmes vêtements et ses cheveux tombaient sur son visage exactement de la même façon. Elle avait toujours des sourcils magnifiques et le trait d'eye-liner le plus parfait que Lydia ait jamais vu. Elle leva les mains et sourit.

— Surprise !

— Qu'est-ce que tu veux ?

Maddie esquissa une moue déçue.

— Oh, ne sois pas comme ça !

Si Lydia n'avait pas su que sa cousine était une dangereuse psychopathe, elle se serait sentie mal à l'aise.

— C'est évident, non ?

Lydia s'écarta, lasse de jouer à ce petit jeu. Rêve ou pas. Elle s'agrippa à la balustrade et se pencha. Le trottoir semblait plus proche qu'il ne l'était en réalité. À moins que, dans son rêve, sa vision ne soit curieusement aiguisée. Elle pouvait distinguer chaque détail des dalles de béton. Les taches, les crevasses, la petite flaque qui devait être de l'urine.

— Tu vas sauter ? s'enquit Maddie avec curiosité.

Lydia ne quittait pas le trottoir des yeux.

— Pourquoi pas ? C'est un cauchemar. Je ne peux pas mourir. Et je veux me réveiller.

— À ta guise. Mais ne viens pas te plaindre ensuite. Tu ne pourras pas dire que je ne t'avais pas prévenue.

CHAPITRE DIX-SEPT

Le lendemain matin, Lydia but son café tout en mettant Jason au parfum avant d'appeler Charlie.

— Je n'aime pas ça, dit Jason. Je croyais que tu n'étais pas comme les autres Crow et que nous conservions notre indépendance.

— C'est le cas, mais Charlie a son utilité. Et il n'y a pas tellement de monde dans mon entourage à avoir des contacts avec le crime organisé. Et puis je ne peux pas demander à un parfait inconnu s'il connaît quelqu'un capable de commanditer un meurtre. Je suis à peu près sûre que ce serait une mauvaise idée.

— Ce serait une très mauvaise idée, en effet.

— Où est passé celui qui affirmait que j'avais besoin d'aide, que je ne pouvais pas m'en sortir toute seule ?

— Ce n'est pas ce que j'ai voulu dire. Au fait, je n'ai plus de stylos.

— Compris, dit Lydia, parlant dans le vide, Jason ayant déjà réintégré sa chambre.

Le soleil s'était levé et brillait à travers les stores. Elle pressa le bouton d'appel de son portable et se crispa en entendant la voix de son oncle.

Elle déambulait dans l'appartement, le téléphone coincé contre l'oreille, ayant besoin de bouger pour libérer l'énergie refoulée qui bouillonnait dans ses veines. Trop de caféine. Une pensée qui lui traversait l'esprit environ trois cents fois par jour.

— Quel plaisir d'avoir de tes nouvelles ! dit Charlie.

Lydia coupa court aux formalités.

— J'ai besoin d'un nom.

— Quel nom ?

Lydia répondit en pesant ses mots. On n'était jamais trop prudent au téléphone. Elle retourna dans sa chambre et se dirigea vers la porte ouvrant sur la terrasse inondée de soleil.

— Puis-je te demander pourquoi ? demanda son oncle. Ou te prévenir de ne pas frayer avec ces gens-là ?

— Ni l'un ni l'autre.

Un gros pigeon londonien se posa sur la terrasse où il se mit à déambuler en se dandinant.

— Au risque de me répéter, ces individus ne sont pas recommandables.

Lydia ne répondit pas. Le pigeon n'allait pas faire long feu. Elle était peut-être un maillon faible du clan, mais elle était quand même une Crow. Et tout l'immeuble appartenait à la famille. Comme prévu, un corbeau plongea et atterrit à quelques centimètres de l'oiseau gris et dodu.

— Entendu, dit Charlie, mais sois sur tes gardes.

— Tu pourrais m'organiser un rendez-vous ? C'est possible ?

Comme elle s'y attendait, formuler la demande de cette manière flatta l'orgueil de Charlie.

— Bien sûr.

Le corbeau s'approcha du pigeon qui, effrayé, s'envola dans un grand battement d'ailes, abandonnant quelques plumes poussiéreuses sur le sol.

— Aujourd'hui, ce serait parfait.

— Je n'en doute pas. Je vais voir ce que je peux faire.

— À propos d'hier soir....

— Notre amie commune va très bien.

— Tant mieux, commenta Lydia, comme si l'éventualité que Charlie ait jeté Candy dans la Tamise ne lui était jamais venue à l'esprit. Tu peux m'expliquer de quoi il s'agit ?

— Elle vendait à la sauvette et était à la tête d'un réseau organisé.

Lydia avait du mal à imaginer Candy en tant que baron de la drogue.

— Et elle a affirmé qu'elle était une Pearl ?

— Oui. Ce qui aurait entraîné bien des complications.

— Compris.

— Fais bien attention. Ces gens-là ne sont pas de notre monde.

LYDIA REÇUT UN MESSAGE DE CHARLIE EN FIN D'APRÈS-MIDI indiquant l'heure et le lieu. Elle consulta Google Maps et découvrit un quartier d'entrepôts au nord de Londres près de Seven Sisters Road. L'endroit idéal pour commettre un meurtre. Jason n'était pas très chaud lui non plus.

— J'aimerais pouvoir t'accompagner et je t'assure que je ne cherche pas à discuter.

— Moi aussi, j'aimerais bien que tu viennes, affirma Lydia avec sincérité.

Les constats d'adultère lui semblaient soudain palpitants. Mais elle n'allait pas flancher. Elle était une Crow. Le sort réservé à Robert Sharp et Yas Bishop était tout simplement affreux.

Elle avait calculé large pour traverser la ville dans sa Volvo. Ce n'était pas la voiture idéale pour ce genre de job, mais elle devrait renflouer ses finances avant de pouvoir en changer. Arrivée en avance, Lydia passa le temps à imaginer le véhicule idéal pour un détective privé. Spacieux et confortable, mais pas trop ostentatoire. Du genre passe-partout.

Le lieu de rendez-vous était situé dans une petite rue tranquille derrière trois grands hangars. Une flotte de camionnettes stationnait derrière le premier bâtiment, tandis que les deux autres avaient l'air à l'abandon. Des parkings déserts, des vitres brisées. On ne se sentait pas en sécurité. Lydia chercha des caméras de surveillance, tout en devinant que les gens qu'elle devait rencontrer les auraient désactivées le cas échéant. Ce n'étaient pas des amateurs.

Elle laissa le moteur tourner au ralenti et, tâchant de ne pas paniquer, elle entendit le véhicule arriver avant de le voir apparaître. Un SUV noir. Le soleil se reflétait sur la carrosserie et le pare-brise, de sorte qu'il était impossible de distinguer quoi que ce soit à l'intérieur. La voiture s'engagea en trombe dans la rue, le moteur rugissant. Une tactique d'intimidation ? Ou une manière d'inspecter le voisinage ? Quand elle s'immobilisa enfin au bord du trottoir, Lydia croisa le regard du conducteur, un jeune homme au crâne rasé et à la nuque tatouée. Elle baissa sa vitre. Celle du SUV était ouverte.

— Dhruv ?

L'autre sourit, dévoilant des dents blanches et régulières. On aurait dit une star de cinéma.

— Mademoiselle Crow.

Deux hommes de type caucasien, genre armoires à glace, occupaient la banquette arrière, engoncés dans des vestes volumineuses malgré la chaleur. Ils avaient l'air coincés et regardaient droit devant eux, comme s'ils étaient en mode veille. Lydia n'avait pas vraiment envie de les voir s'animer.

— Belle journée, dit Dhruv d'une voix étonnamment douce et agréable.

Lydia referma les doigts autour de son louis d'or qu'elle serra si fort que la tranche s'enfonça dans sa paume.

— Je voudrais vous parler de Robert Sharp, commença-t-elle.

— À quel propos ?

— Je pense que c'était un travail de pro et je me demande si vous connaissez les tueurs.

Dhruv pencha la tête.

— Et pour quelle raison je vous le dirais, même si je savais quelque chose ?

Il prononça les mots « quelque chose » avec un accent pakistanais prononcé.

— Je n'ai rien contre ces gens-là, hasarda Lydia d'un ton léger, rassurant et professionnel, sans savoir si c'était ou non la bonne méthode. Je sais qu'on les a payés pour ça.

— Ah oui ? fit Dhruv avec un simulacre de sourire.

— Mais je veux la personne responsable. Celui qui l'a commandité. J'espère que vous avez entendu parler de quelque chose, ajouta-t-elle, ignorant si elle l'insultait ou le complimentait et priant pour la seconde hypothèse.

— Je n'ai pas grand-chose à voir avec Camberwell, mais je connais votre oncle. J'ai une dette envers lui et je suis là pour répondre à une seule question. Vous n'enregistrerez pas notre entretien et rien de ce que je vous dirai ne se retournera contre mes hommes ou moi-même.

— Compris.

— Vous n'avez pas d'autre question, vous êtes sûre ?

Lydia faillit répondre par l'affirmative, puis se ravisa flairant le piège. Avait-elle bien formulé sa question ? Dhruv allait-il feindre d'y répondre pour s'acquitter de sa dette et s'en tirer à bon compte ? Il la dévisageait d'un air de défi. Les deux costauds à l'arrière fixaient toujours un point devant eux, les yeux dans le vague, comme s'ils regardaient des dessins animés pour se distraire ou se trouvaient sous tranquillisants. Lydia n'était pas dupe. Pourquoi lui donnait-il cette chance ? Il aurait pu répondre à la première question, un point c'est tout. Elle se repassa mentalement leur conversation, étreignant sa pièce pour ne pas perdre les pédales à cause de la panique. Si la situation tournait mal, les trois hommes n'hésiteraient pas à la supprimer. Ils étaient certainement armés et elle était liquéfiée de peur à l'idée d'être de nouveau la cible d'une arme à feu. Elle avait demandé à Dhruv s'il connaissait les hommes de main responsables du meurtre. Il aurait pu répondre par « oui » ou par « non » et en rester là. Il ne cherchait manifestement pas une échappatoire. Ce qui signifiait qu'il ne craignait pas de s'accuser lui-même ou d'incriminer ses hommes. Et qu'il ne se souciait pas non plus de protéger la personne que Lydia recherchait.

— Prenez votre temps, dit-il, je n'ai que ça à faire.

— Qui vous a engagés pour buter Robert Sharp ?

Dhruv sourit comme si elle avait réussi un test.

LYDIA RÊVAIT. ELLE EN ÉTAIT PRESQUE SÛRE.

Elle se trouvait sur la terrasse et sentait l'air frais sur sa peau. La bouche pâteuse sous l'effet de la peur, elle sentit la présence de l'inconnu qui s'apprêtait à pointer son arme dans le creux de ses reins. Des éclairs zébrèrent le ciel sombre comme l'aile d'un corbeau et illuminèrent la terrasse d'une lumière incandescente. *Ça ne s'est pas passé comme ça,* pensa-t-elle. *Je suis en train de rêver, c'est certain.*

— Avancez, ordonna l'homme.

Lydia avait deviné ses paroles à défaut de les entendre. L'instant d'après, elle était parvenue à l'extrême bord, la balustrade lui comprimant l'estomac, avec le béton gris en contrebas. Maddie se tenait à côté d'elle et elle se rappelait que c'était le moment précis où elle allait basculer. Elle tombait dans le vide en hurlant et s'efforça de se réveiller plus vite que d'habitude. Elle voulait reprendre conscience avant de toucher le sol et éviter ces terrifiantes secondes. *Réveille-toi, maintenant.* Elle essaya de prononcer les mots, mais aucun son ne sortit de sa gorge.

Une main posée sur son épaule et l'autre passée autour de sa taille, Maddie l'entraînait par-dessus la balustrade avec une force peu commune.

— Non. S'il te plaît. Ne...

— Vole ! s'égosilla sa cousine.

Lydia se réveilla.

Trempée de sueur et encore secouée par l'adrénaline, elle contempla l'obscurité de sa chambre. La lumière orange des lampadaires s'infiltrait par les rideaux et la rumeur de la ville étouffait peu à peu les battements affolés de son cœur et la voix sèche de Maddie qui résonnait encore dans sa tête. Elle avait laissé la fenêtre ouverte, privilégiant l'air frais au silence, et les grattements d'un renard ou d'un rongeur fouillant dans les poubelles s'immisçaient dans la chambre. Un cri de femme étrange, semblable à celui de Maddie dans son rêve, éclaircit le mystère. C'était décidément un renard.

Lydia en avait assez. Elle se leva et enfila un bas de pyjama en coton avec un chemisier. Elle allait en finir une bonne fois pour toutes. Elle chaussa ses Dr. Martens™ sans prendre la peine de les lacer, déverrouilla la porte de la terrasse, franchit vaillamment le seuil et sortit dans la nuit. Elle fourra machinalement la main dans sa poche et serra sa pièce fétiche entre ses doigts pour se donner du courage.

La lune, pleine et basse dans le ciel, traversait des lambeaux de nuages. Les toits étaient demeurés tels que dans son souvenir, de même que les pots en terre cuite éparpillés tout autour. Excepté celui dont Jason s'était servi pour la défendre contre le tueur. L'air était encore doux à cette heure de la nuit. La canicule refusait de lâcher prise, même dans l'obscurité. Pourtant, Lydia avait la chair de poule, les mâchoires serrées pour empêcher ses dents de claquer. C'était à cause de l'angoisse et non pas du froid ; elle en avait assez. Elle était une Crow et les Crow ne craignaient pas leurs ombres. La fille d'Henry Crow ne serait pas prisonnière d'un pénible souvenir.

Elle s'avança d'un pas décidé jusqu'au bord, agrippa la balustrade, se pencha et hurla « Dégage ! » le plus fort qu'elle put.

Quand elle se redressa, elle se sentait un peu ridicule, mais ses craintes s'étaient évanouies. C'était un endroit comme un autre, après tout. Il n'y avait aucune raison d'avoir peur. Un battement d'ailes lui fit lever les yeux, à temps pour voir un oiseau plonger sur le toit. Il atterrit à un mètre d'elle et la fixa d'un regard perçant. Lydia sentit un frisson la parcourir. C'était un corbeau. Tout ce qu'il y avait de plus normal. Il avait des orbites vides à la place des yeux. Ce n'était pas Madeleine Crow, ni une horreur mythique, mais un simple corbeau. Un magnifique et majestueux spécimen.

— Bonjour, dit Lydia en ployant légèrement la nuque en signe de respect. J'espère que tu passes une belle nuit.

À peine eut-elle prononcé ces mots qu'elle se sentit stupide.

Le corbeau pencha la tête, comme s'il écoutait. Puis il s'approcha en sautillant. L'absurdité de la situation disparut. L'oiseau la fixait intensément et Lydia eut l'impression qu'il attendait qu'elle parle. Elle s'éclaircit la voix.

— C'est oncle Charlie qui t'envoie ?

L'oiseau ne broncha pas.

— Maddie ?

Le corbeau ébouriffa ses plumes noires.

— Qu'est-ce que tu veux ? hasarda Lydia, frustrée par son incapacité à communiquer.

L'air vibrait et chacune de ses terminaisons nerveuses s'électrisait. C'était important, elle le savait. Trois corbeaux, silhouettes noires se découpant dans le bleu d'encre du ciel nocturne, survolèrent la terrasse en croassant.

Le corbeau poussa un cri rauque et s'envola.

— Reviens ! pria Lydia, consternée à l'idée qu'elle venait de passer à côté de quelque chose de vital.

Elle attendit un moment, les bras enroulés autour de son corps contre le froid soudain, espérant que le corbeau reviendrait. Les trois autres tournoyaient dans le ciel, telle une patrouille, mais elle ne vit aucun signe de l'oiseau.

Savoir que quelque chose ne tournait pas rond sans pouvoir le prouver ne servait à rien. Charlie n'aurait pas été d'accord, bien entendu. Il possédait mille et une façons d'obtenir justice, aucune ne ressemblant de près ou de loin à une procédure régulière, mais Lydia n'était pas comme son oncle. Elle ne savait pas si c'était le désir de le démontrer ou son obstination légendaire, mais elle était déterminée à respecter la loi. Son nouveau petit ami y croyait et avait consacré sa vie à la défendre.

Le rapport du labo et de l'autopsie étaient enfin disponibles. Fleet n'était pas censé être au courant et encore moins en informer Lydia, mais son ami Ian semblait désireux d'avoir son opinion sur ce sujet.

— On a retrouvé un couteau sur les lieux. Il s'agit bien de l'arme du crime.

— Le suicide est donc définitivement écarté ?

Fleet opina.

— On dirait qu'elle a été frappée à l'improviste. Il n'y a pas de blessure sur ses bras ni sur ses mains.

— Le tueur a dû agir par surprise et précipitamment.

— Elle ne devait pas s'y attendre. Il ne l'a pas attaquée par derrière. Selon la police scientifique, il s'agirait d'un mouvement circulaire, effectué par quelqu'un probablement plus grand que la victime. Or, elle n'était pas de petite taille pour une femme, donc son agresseur est probablement un homme. En outre, les statistiques sur les crimes violents penchent en faveur de cette probabilité.

— Ou alors une femme portant de hauts talons, suggéra Lydia. Yas était pieds nus, mais sans doute pas son agresseur.

Fleet mastiqua un moment, le regard dans le vague.

— C'est vrai.

— La maison n'a pas été cambriolée, n'est-ce pas ? poursuivit Lydia, écartant définitivement de son esprit l'idée de mener l'enquête par des voies officieuses, tel la bande de Dhruv, par exemple.

Fleet fourragea dans sa barquette de poulet Kung Pao et Lydia s'efforça de ne pas se laisser distraire par son habileté à manier les baguettes.

— Donc, soit Mme Bishop connaissait son agresseur, soit on lui a donné une raison suffisante pour ouvrir la porte en toute confiance. Cela dépend de sa prise de conscience du danger. Ce devait être une personne qui s'est fait passer pour un technicien du gaz ou un spécialiste intervenant pour installer la fibre à son domicile, par exemple.

Lydia harponna un ravioli.

— Elle ne vivait pas seule. C'est peu probable.

— Très juste, approuva Fleet. Quelqu'un l'a entraînée à l'étage de son plein gré. Aucun signe de lutte, donc il avait assez de force pour la maîtriser sans laisser de traces, à moins qu'elle-même ne l'ait invité à monter dans sa chambre.

Lydia avala une gorgée de Coca-Cola pour faire passer le ravioli.

— À moins qu'elle n'ait obéi sous la menace, intervint-elle, songeant à sa rencontre avec le tueur sur sa terrasse. Tu penses à une histoire d'amour ?

Fleet haussa les épaules.

— Ça vaut la peine qu'on s'y attarde. Aucune relation à signaler pour l'instant, elle paraissait être mariée à son travail, mais sait-on jamais. On pourrait envisager une fréquentation récente ou un fantasme.

— Un fantasme ?

— Une prestation de services. Ou une rencontre occasionnelle en ligne.

— Ça m'a l'air plutôt tiré par les cheveux. Qu'en pense Ian ?

Fleet haussa les épaules.

— Qu'il pourrait s'agir d'une dépression. Un comportement irrationnel. Sa famille ne l'avait pas vue depuis des semaines. Ils vivent dans le Norfolk, donc ce n'est pas vraiment inhabituel, mais sa sœur a déclaré qu'elle ne l'avait pas appelée sur FaceTime le dimanche, contrairement à d'habitude.

— J'avais donc raison à propos d'un changement de personnalité. Une modification de comportement, comme Robert Sharp.

Fleet hocha la tête

— Il semblerait que oui. Au fait, j'ai parlé à Ian de ta mystérieuse statuette.

— Ce n'est pas la mienne.

— Yas Bishop possédait plusieurs clichés de l'objet sur son téléphone portable. Pas de simples photos comme celles que l'on prendrait pour montrer l'objet à des amis, mais des scènes bizarres et des selfies. Sur l'une d'entre elles, elle caressait la statue dans le plus simple appareil.

— Ça ressemble à un comportement altéré. À moins qu'elle n'ait été fétichiste de la statuaire.

— Tu ne veux pas savoir où était dirigée l'épée ?

— Des nouvelles de son bureau ? La police a-t-elle eu plus de chance avec l'insaisissable JRB ?

Fleet fit la grimace.

— Pas grand-chose. Les directeurs prétendent ne rien savoir, objectant que c'est le travail des RH, les cadres moyens n'ayant pas de grandes responsabilités en dehors de gérer les comptes des clients.

— Ils prétendent ne pas la connaître alors qu'elle était l'une de leurs employées ? Et les RH ? Les dossiers ? Ils doivent être au courant.

— Le numéro des RH est toujours sur répondeur.

— C'est louche.

— Un max. Mais c'est aussi un obstacle. Si nous n'avons pas assez d'informations ou un nom, nous ne pouvons pas obtenir de mandat. Or sans mandat, impossible de recueillir d'autres renseignements. Et on ne pourra pas non plus solliciter les Silver, comme tu sais. La hiérarchie ne serait pas d'accord. Pas sans preuves tangibles, en tout cas.

Lydia attendit, espérant que la division d'enquêtes criminelles aurait trouvé d'autres indices et qu'elle n'aurait pas à révéler ce qu'elle savait pour les orienter dans la bonne direction, mais rien ne vint.

— Tu sais en qui Yas aurait eu confiance ?

— En qui ?

— Son avocate.

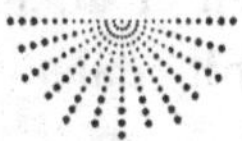

CHAPITRE DIX-HUIT

Lydia décida de se rendre au domicile de son client. Ce n'était pas le genre de conversation qu'elle pouvait avoir au téléphone et elle ne voulait pas non plus la remettre à plus tard. Elle l'avait appelé au préalable pour s'assurer qu'il était disponible. « Pas vraiment », avait objecté le Dr Lee, mais Lydia avait insisté, prétextant que c'était important.

L'appartement en rez-de-jardin du Dr et Mme Lee, situé à Denmark Hill, était décoré avec goût et comportait une immense extension moderne à l'arrière avec une cuisine et une salle à manger ouvertes et lumineuses. Suivant la tendance actuelle, le mur du fond entièrement vitré ouvrait sur le jardin impeccablement entretenu et doté d'un coin salon couvert aménagé tout au fond. Le soleil brillait dans la cuisine, ce qui décuplait sa température et la rendait inconfortable. Dans dix ans, quand la mode serait passée, les classes moyennes aisées obstrueraient-elles les cloisons vitrées avec des murs de briques ? se demanda Lydia. Le Dr Lee lui offrit du thé. Elle accepta et, tandis qu'il était occupé à le préparer, elle en profita pour examiner les lieux.

Dans le coin salle à manger, un téléphone fixe trônait sur

une console, surmontée d'un petit panneau où étaient punaisés des menus de plats à emporter, des cartes de visite et une liste de numéros d'urgence. Et alors que la bouilloire sifflait à l'autre extrémité de pièce, elle se mit à fureter parmi les prospectus sans trop savoir ce qu'elle cherchait. Jusqu'à ce qu'elle finisse par trouver.

— Désirez-vous du lait et du sucre ? s'enquit le Dr Lee quand Lydia le rejoignit dans la cuisine inondée de lumière.

— Pourquoi ne m'avez-vous pas dit que votre femme était malade ? dit-elle en brandissant la lettre de convocation de l'hôpital, qu'elle avait dénichée à moitié ensevelie sous la couche de papiers punaisés au mur. Je peux mettre toutes les chances de mon côté à condition de disposer des informations nécessaires.

Le rendez-vous émanait du service d'oncologie et la date était fixée au mois suivant. Lydia était gênée d'admettre son soulagement de ne pas avoir à annoncer la maladie de sa femme au docteur.

Lee considéra la lettre, les sourcils froncés.

— Elle va beaucoup mieux. Je veux dire qu'elle n'allait pas bien. Cancer du sein. Mais il a été détecté à temps et traité avec succès. Elle a besoin d'un suivi médical, ce que vous voyez là, seulement une fois par an. Elle est hors de danger depuis six ans.

— C'est une bonne nouvelle.

— Pourquoi pensiez-vous qu'elle était souffrante ? L'avez-vous vue se rendre à l'hôpital ?

— Non, pas du tout, rétorqua Lydia en agitant le papier. J'ai trouvé ceci, c'est tout.

Le Dr Lee s'affaissa contre le comptoir.

— Dieu merci !

Lydia ne savait trop quoi faire quand, fort heureusement, le Dr Lee reprit ses esprits et s'affaira à disposer la théière et les tasses sur un plateau. Lydia n'osa lui dire qu'elle n'avait pas l'intention de s'attarder, car mieux valait occuper le docteur à autre chose, histoire de le distraire.

— Je suis désolée, dit-elle. Je ne voulais pas vous affoler.

— Ce n'est pas grave, affirma le docteur en jetant un sachet de thé usagé dans le bac à compost. De quoi vouliez-vous me parler ? Qu'avez-vous découvert ?

Et voilà. Lydia avait un devoir envers son client, l'homme brisé occupé à éponger un peu de thé répandu sur le comptoir, mais elle ne voyait aucune raison d'aggraver la situation du couple. « Ne pas nuire », n'était pas la seule devise des médecins. Karen, son ancienne patronne, répétait à l'envi que, la moitié du temps, les compétences d'un détective consistaient à faire preuve de psychologie. Lydia n'aimait guère cet aspect de sa profession, mais le désarroi du Dr Lee la convainquit qu'elle ne pouvait pas faire preuve de légèreté ou d'insouciance. Le métier qu'elle avait choisi consistait à pénétrer la vie des gens, le secret de leurs relations les plus intimes. Elle devait trouver le moyen d'y parvenir sans que cela l'empêche de dormir la nuit.

— Je n'ai rien trouvé qui puisse suggérer que votre femme entretient une relation amoureuse ou sexuelle, affirma-t-elle.

— Y a-t-il un « mais » à la fin de votre phrase ? demanda le docteur.

— Non. Je peux vous envoyer un rapport complet, mais j'apprécierais que vous me fassiez entièrement confiance.

— Que voulez-vous dire ?

— Le jour où votre femme vous demandera si vous avez confiance en elle, vous pourrez la regarder en face et lui répondre par l'affirmative.

Devant l'air incertain du docteur, Lydia se demanda s'il pensait qu'elle cherchait un prétexte pour se défiler et ne pas rédiger un rapport détaillé ou s'il doutait qu'elle avait réellement effectué la mission qu'elle s'apprêtait à lui facturer.

— Pour l'instant, vous avez le choix, reprit-elle. Vous

avez déjà trahi la confiance de votre épouse en m'engageant. Mais c'est moi qui ai interféré dans son existence, qui l'ai suivie et surveillée à son insu. C'est mon job. Quant à vous, en tant qu'époux, vous pouvez choisir de ne pas envahir sa vie privée de cette manière. Je ne suis pas mariée et je n'ai jamais eu de relation à long terme, mais j'ai acquis une certaine expérience dans le cadre de mon travail et j'ai appris ceci : dans un couple, il y a une frontière à ne pas franchir au risque de le détruire. Vous l'avez peut-être déjà transgressée, mais si ce n'est pas encore le cas, vous avez encore une chance de l'éviter, ne croyez-vous pas ?

Le Dr Lee avait l'air si désemparé que Lydia ne savait trop s'il allait lui reprocher de l'avoir chapitré ou éclater en sanglots.

— Combien vous dois-je ? finit-il par demander.

— Je vous enverrai ma facture prochainement, répondit-elle en se dirigeant vers la porte.

LYDIA DÉNICHA UNE PLACE OÙ GARER SA VIEILLE VOLVO QUI ressemblait à un char d'assaut et dont elle n'avait aucune envie de se séparer, sauf en cas de nécessité absolue. Après quoi, elle retourna dans Church Street et attendit dans un café que Mme Lee termine sa journée de travail. Cette dernière sortit de son bureau à l'heure prévue et se dirigea vers sa voiture. Lydia l'intercepta, une main sur la portière du conducteur.

— J'aimerais vous parler une minute. Je suis détective, ajouta-t-elle en lui tendant sa carte.

— De quoi s'agit-il ?

Lydia indiqua le bistrot qu'elle venait de quitter.

— Puis-je vous offrir un thé ? Ou un café ? Ce ne sera pas long, mais je préfère ne pas rester plantée au milieu de la rue.

Mme Lee secoua la tête et ouvrit la portière. Elle monta

en vitesse et Lydia s'écarta, s'attendant à ce qu'elle démarre. Au lieu de quoi, Mme Lee fixa le pare-brise sans bouger pendant une minute avant de baisser la vitre.

— Montez.

Lydia obéit et fit le tour du côté passager.

— Cinq minutes, dit Mme Lee. Je sais pour quelle raison vous êtes ici.

Lydia se pencha vers elle.

— Pourquoi ?

— À cause de Gérald.

— Gérald ?

— Gérald Horner. Mon patron. Je travaille chez Horner Insurance, précisa-t-elle devant le regard perplexe de sa passagère. Vous en avez après Gérald ?

Lydia secoua la tête.

— Qu'est-ce qui vous fait penser cela ?

— Pour rien. Ce type a quelque chose de louche. En tout cas, c'est l'impression qu'il donne. Vous voyez le style. Et il a rencontré récemment de drôles de bonshommes. Je me suis dit qu'il devait avoir des ennuis. Il fréquente les casinos, ce genre d'endroit, conclut-elle avec une moue dégoûtée.

— Non, il ne s'agit pas de Gérald. En réalité, je ne devrais même pas être ici. J'effectue une enquête sur les thérapies alternatives et je crois que vous avez consulté Kirsty Thomas sur Tindal Street.

Mme Lee écarquilla les yeux.

— Comment le savez-vous ?

— Secret professionnel. Vous n'avez pas à vous inquiéter. Je ne m'intéresse pas à Kirsty en particulier. Nous menons une enquête de grande envergure où elle joue un rôle marginal. Je collabore avec un journaliste qui prépare un papier sur les soins de santé alternatifs, tels que l'acupuncture, l'aromathérapie, la guérison énergique.

Lydia improvisait au gré de son inspiration, mais Mme Lee avait l'air de la croire sur parole.

Il nous serait très utile d'avoir le point de vue d'un adepte de ces médecines et mon job consiste à trouver des pistes, des patients disposés à partager leur expérience. Cela vous a-t-il aidée ? Que pensez-vous du processus ? Seriez-vous intéressée par une réglementation en la matière ? Bref, ce genre de choses.

— Mon nom apparaîtra-t-il dans l'article ?

— Non, sauf si vous le souhaitez. Et bien sûr, vous serez dédommagée pour votre temps.

— Je ne veux causer d'ennuis à personne. Kirsty a été merveilleuse.

Lydia ouvrit son calepin.

— Puis-je vous demander pour quelle raison vous vous êtes adressée à elle ? J'essaie d'interroger un panel représentatif de patients. Ne vous sentez pas obligée de répondre si c'est trop personnel. Ou trop douloureux. Si vous préférez ne pas dire...

— J'ai été malade, il y a quelques années. Cancer du sein.

— Vous m'en voyez désolée.

— Six ans de rémission. Pourtant je ne suis pas rassurée. La maladie vous change la vie. Et pas de la manière dont on en parle à la télévision. Il ne s'agit pas toujours de la liste des choses qu'on aimerait faire ou de profiter du moment présent. Il est parfois impossible de surmonter la peur. Quand j'ai mal au dos, par exemple, je pense aussitôt à une tumeur de la colonne vertébrale.

Lydia acquiesça avec sympathie.

— C'est pour cela que vous voyez Kirsty ? Surmonter votre anxiété ?

Mme Lee regarda ailleurs, mal à l'aise.

— En quelque sorte.

— C'est tout à fait compréhensible. Après ce que vous avez traversé...

Mme Lee respira bruyamment.

— J'avais besoin d'aide face au cancer.

Lydia gribouilla sur son carnet sans regarder Mme Lee de peur d'interrompre ses confidences.

— Quand j'étais malade, mon mari a été formidable. Comme tout le monde d'ailleurs. Et maintenant que je suis guérie... ça me manque un peu. Je sais que ça peut paraître choquant. Je devrais me réjouir de m'en être sortie, aller de l'avant. Comme s'il ne s'était rien passé.

— En avez-vous discuté avec votre mari ?

Mme Lee secoua la tête, les yeux fixés droit devant elle.

— Je refuse que mon nom figure dans cet article. Mon mari ne se doute pas que je consulte Kirsty. Il ne comprendrait pas. Je lui suis reconnaissante. Vraiment. Je sais que j'ai de la chance d'être encore là.

— Et si vous vous trompiez ? Qui vous dit qu'il ne comprendrait pas ?

— Non. Il est médecin. Il a les thérapies alternatives en horreur. Il pense que ce sont tous des charlatans et des escrocs. En plus, j'aurais l'air de bafouer son choix de carrière, tout ce en quoi il croit. Il me taxerait d'ingrate envers les vrais médecins qui m'ont sauvé la vie. Et il ne s'expliquerait pas pourquoi je fais semblant d'être encore malade une heure par semaine... Je veux dire... c'est incompréhensible. Insensé.

— Vous en avez tout simplement besoin. Ça ne me concerne pas, mais je crois que vous devriez lui en parler.

Mme Lee se redressa.

— Quand aurai-je des nouvelles du journaliste ? demanda-t-elle, revenant au sujet de la conversation. Comment s'appelle-t-il d'ailleurs ?

— Demain, si vous êtes sélectionnée pour l'interview.

— Et mon nom n'apparaîtra pas ? Vous êtes sûre ?

— Absolument.

Mme Lee se mordit les lèvres. Lydia croyait voir ses petites cellules grises se remettre à fonctionner et son instinct de conservation reprendre le dessus, une fois la surprise passée.

— Je ne communiquerai pas votre nom si cela vous tracasse. Rien ne vous oblige non plus à participer. C'est à vous de voir.

— Peut-être pas, en effet. Ça ne vous ennuie pas ? Je ne suis pas sûre de vouloir...

— Aucun problème, répondit Lydia. Merci de m'avoir accordé un peu de votre temps. Puis-je vous donner un conseil ? ajouta-t-elle alors qu'elle s'apprêtait à descendre.

Mme Lee avait déjà démarré le moteur et actionné le clignotant.

— N'invitez pas des inconnus à monter dans votre voiture, reprit Lydia. C'est une très mauvaise idée en termes de sécurité, ajouta-t-elle en souriant pour adoucir ses propos, mais Mme Lee se contenta de lui lancer un regard vide, comme si elle ne l'écoutait pas vraiment. Et parlez-en à votre mari. Croyez-moi, mieux vaut que cela vienne de vous.

Mme Lee interrompit sa manœuvre.

— Attendez ! Que voulez-vous dire ?

Mais Lydia était déjà loin.

CHAPITRE DIX-NEUF

Lydia rêvait. Le soleil brillait sur la terrasse et le ciel était d'un bleu intense, comme dans ses souvenirs d'enfance. Elle ressentait une pression au creux des reins. Cette fois, ce n'était pas un pistolet pressé dans son dos, mais la main de son père qui la guidait vers un groupe de silhouettes familières, installées sur des chaises de jardin en plastique blanc.

Assise à côté de Jason, Maddy fumait une cigarette dans une posture glamour évoquant une starlette des années 1950. Jason s'était matérialisé et paraissait bien vivant. Il fumait lui aussi et des volutes commençaient à envahir la terrasse. Environné d'un nuage de fumée gris-bleu, il sourit et se leva en apercevant Lydia.

— Tu connais tout le monde ?

Lydia se détendit.

— Rien ne sera plus pareil désormais, ajouta-t-il.

Une partie du cerveau de Lydia prit conscience que son rêve s'était modifié. On ne la balançait pas du haut de la terrasse, ce qui était un grand progrès. Maddie se tenait tranquille, même si elle évitait soigneusement de croiser le regard de sa cousine. Jason bavardait gaiement à tort et à travers.

Lydia tourna la tête pour observer son père. D'instinct, elle devinait qu'il serait jeune et en pleine forme. Comme dans ses souvenirs. Elle s'apprêtait à lui parler, mais son attention fut attirée par une troisième personne.

Elle reconnut l'homme qui s'entraînait dans la salle de sport et dégageait une énergie impressionnante qu'elle n'avait pas réussi à identifier. Maddie dessinait d'extravagants ronds de fumée, le dissimulant à sa vue. Puis elle exhala une longue bouffée de fumée qui s'étira, tel un corbeau en vol qui semblait plus vrai que nature. Il plana à travers l'un des anneaux de fumée en train de se dissiper. Lydia sentit ses yeux la piquer douloureusement. Elle battit des paupières, au bord des larmes, et se réveilla.

Le lendemain, elle prépara la facture destinée au Dr Lee et l'envoya par e-mail. À présent que l'enquête était terminée, elle ressentait un soulagement mêlé de tristesse. Mme Lee trompait son mari en quelque sorte ; elle mentait sur le lieu où elle se rendait après le travail, cachant le fait qu'il ne lui offrait pas ce dont elle avait besoin. Pourquoi les gens étaient-ils incapables de communiquer ? Ce serait beaucoup moins cher et tellement plus simple que de l'engager elle, Lydia. Seulement, bien sûr, elle se retrouverait au chômage. Alors...

Lydia retrouva Fleet à The Hare. Il avait ôté sa veste et desserré sa cravate après sa journée de travail. Il sirotait une boisson de couleur sombre et se leva en la voyant arriver. Lydia déclina le verre qu'il lui proposait.

— Je ne peux pas rester, s'excusa-t-elle.

Fleet se rassit.

— Tu voulais me parler ?

Elle prit une profonde inspiration.

— Je crois que la famille Silver a engagé une équipe de tueurs pour assassiner Robert Sharp.

Fleet porta la chope à ses lèvres et la reposa sans y toucher.

— Qu'est-ce qui te fait croire ça ?

Lydia songea qu'il était temps de lui faire confiance et lui raconta son entrevue avec Dhruv.

Fleet avala une gorgée de bière.

— Et il a avoué que Maria Silver voulait l'embaucher pour tuer Robert Sharp ? Il y a plus fiable comme témoignage, tu ne crois pas ?

— Il a refusé. Il ignore qui s'en est chargé, mais il a sa petite idée.

— Une bande rivale, je parie ?

— Non. Il pense à un réseau criminel. Rien de personnel. Je n'ai pas demandé le nom.

— Pourquoi ?

— Je n'avais le droit de poser qu'une seule question.

Fleet prit le temps de la réflexion.

— Nous n'avons que ta parole. Je présume que ton contact niera en bloc si nous l'interrogeons ?

— Tu n'as pas ma parole non plus. Je ne peux pas être impliquée. Pas officiellement, en tout cas. Si j'attaquais Maria Silver, cela risquerait de rompre la trêve entre les familles. C'est hors de question.

Fleet hocha la tête.

— Tu n'en tireras aucun avantage. Je croyais que tu voulais mener cette enquête pour te faire connaître, obtenir des affaires criminelles plutôt que des histoires d'adultère ?

Lydia haussa les épaules.

— Je suis pieds et poings liés. Tu peux transmettre ces informations à Ian, mais la Criminelle doit ignorer que tu es la source. Maintenant que nous sortons ensemble, on pourrait croire que j'ai trempé là-dedans.

Un sourire canaille releva les coins de la bouche de Fleet.

— Parce qu'on sort ensemble, maintenant ?

— Ne t'emballe pas.

Fleet s'apprêtait à prendre une nouvelle rasade de bière, mais Lydia fut plus rapide. Elle subtilisa son verre et avala deux gorgées de mousse avant de le lui rendre.

— Donc, si je comprends bien, tu penses que c'est Maria qui a fait le coup ? Yas Bishop l'a laissée entrer parce qu'elle savait qu'elle était l'avocate de JRB ? Sur quels arguments te fondes-tu ?

— J'ai senti l'odeur des Silver chez elle, avoua Lydia.

Elle crut déceler l'incrédulité, voire la peur dans le regard de l'inspecteur qui se borna à acquiescer.

— Mais pourquoi Maria Silver aurait-elle souhaité la mort de Robert Sharp ? Et d'une manière aussi ostentatoire en plus ? À qui ce message était-il destiné ?

— Je ne sais pas. Au mystérieux JRB ? Le cabinet Silver les représentait. Si Sharp les arnaquait d'une manière ou d'une autre, JRB espérait peut-être que leurs illustres avocats prendraient des mesures dissuasives.

— Ce n'est pas vraiment l'endroit le plus logique.

— Si les Silver avaient ressemblé aux Crow, JRB n'aurait pas eu besoin de leur demander d'intervenir.

— Que veux-tu dire ?

— Supposons que Sharp ait arnaqué leur client. Cela aurait donné une mauvaise image de leur réputation et de leur prestige. Alejandro Silver n'aurait pas hésité à en faire un exemple. Question de fierté.

Fleet inclina la tête.

— Je comprends. Mais si Maria a commandité l'assassinat de Sharp, qu'est-ce qui te fait penser qu'elle se serait sali les mains avec Yas Bishop ? Il y a un grand pas entre commanditer un meurtre et l'exécuter.

— J'y ai pensé. Et si Maria ne voulait pas que son père découvre l'existence de Yas ? Peut-être avait-elle fait une erreur avec cette statuette et essayait-elle de brouiller les pistes.

— Donc, JRB avait Sharp dans le collimateur. Puis il a commis une bourde et ils ont voulu se débarrasser de lui. Les Silver lui ont réglé son compte, mais il se trouve que la raison pour laquelle il a dérapé est une statue enchantée qui rend fou et qui n'aurait pas dû se trouver en circulation. Quel est le rapport avec Maria ? Je ne vois pas.

— Moi non plus, admit Lydia, découragée. Et je ne peux même pas interroger Guillaume Chartes, l'antiquaire qui a vendu la statuette, vu que la boutique a disparu.

— Tu me l'as dit, en effet. Tu y es retournée depuis ?

— C'est à croire qu'elle n'a jamais existé. Sa voisine n'a jamais entendu parler de Guillaume et elle m'a affirmé que l'endroit était inoccupé depuis des mois.

— Il est possible qu'elle t'ait raconté des craques ou qu'elle se soit moquée de toi.

— C'est vrai.

Elle se sentait stupide. À l'évidence, cette femme avait menti. Mais Lydia était tellement ébranlée qu'elle n'avait pas cherché plus loin. Dire qu'elle avait cru naïvement qu'une boutique pouvait s'évanouir dans la nature, être rayée du monde. Cela en disait long sur sa santé psychique. Voilà l'inconvénient d'appartenir à la famille Crow. Elle était habituée à côtoyer le fantastique. Elle allait devoir corriger ce défaut si elle voulait progresser dans sa profession.

Fleet avait ouvert son carnet et prenait des notes.

— Le chevalier en argent est parvenu à Sharp par l'intermédiaire de Yas Bishop. Nous pensons qu'il a modifié son comportement pendant la courte période où elle l'a détenu en sa possession. Et elle a contaminé Sharp davantage encore, puisqu'il l'a conservé plus longtemps.

— Tu crois vraiment à cette théorie ? s'exclama Lydia,

constatant avec soulagement que Fleet partageait son point de vue.

— Tu n'es pas folle. Ça ne t'ennuie pas si je t'accompagne sur le terrain ? Une seconde visite chez les antiquaires s'impose. Et peut-être aussi une petite virée au siège de JRB ? Une confrontation directe sera plus difficile à esquiver, tu ne crois pas ?

— Tu ne risques pas de t'attirer des ennuis ?

— Et toi ?

— Probablement.

— Ravie qu'il ne la prenne pas pour une hallucinée, Lydia se pencha par-dessus la table pour l'embrasser.

Old Bailey, le Palais de Justice, était érigé sur le site de la tristement célèbre prison de Newgate ; certaines des briques de la construction médiévale avaient été utilisées dans le bâtiment actuel. Rien ne se perd, rien ne se crée, tout se transforme, même dans les plus beaux édifices de la ville. Sa façade grandiose en pierre de Portland, surmontée d'un grand dôme rappelant celui de la cathédrale Saint-Paul voisine, était conçue pour inspirer le respect. Et l'obéissance. Un rayon de soleil éclaira la *Justice*, la statue dorée qui surmontait le tribunal, tenant une balance dans une main et un glaive pointé vers le ciel dans l'autre. Contrairement à la plupart des représentations de la justice, la statue qui veillait sur l'Old Bailey n'avait pas les yeux bandés. Lydia pensait que l'explication résidait dans le fait qu'aucun Londonien sain d'esprit ne se promènerait les yeux fermés.

Maria sortit en trombe de l'ancienne cour de justice, toujours affublée de sa perruque en crin de cheval et de sa toge noire, les bras chargés de dossiers et d'un gobelet de café en guise de balance et d'épée. Lydia la rattrapa au coin de la rue.

— Puis-je vous dire un mot ?

L'avocate ne ralentit pas, ses talons claquant bruyamment sur le trottoir. Elle jeta un bref coup d'œil dans la direction de Lydia.

— N'êtes-vous pas censée être tenue en laisse ?

Lydia lui emboîta le pas.

— Ce n'est pas vraiment mon genre. Il faut que je vous parle de Yas Bishop.

Maria pinça les lèvres.

— Regardez-vous ! En train de courir partout en jouant les détectives. Ce serait adorable chez une gamine de 10 ans. Un peu comme dans la série *Harriet l'espionne*. Mais chez une presque trentenaire, c'est plutôt embarrassant. Pauvre Charlie ! conclut Maria en secouant la tête. Quelle déception ! Je sais qu'il nourrissait de grands espoirs...

Elle s'interrompit pour regarder des deux côtés de la rue et laissa passer un taxi qui roulait en trombe avant de traverser. Lydia se demanda comment elle pouvait marcher aussi vite, perchée sur des talons hauts de dix centimètres. Elle avait probablement les mollets en béton.

— Vous-même savez ce que c'est que de décevoir la famille, contra Lydia. Je suppose qu'Alejandro n'admet pas l'échec. Les gens de votre espèce sont programmés pour réussir, n'est-ce pas ? Les meilleures notes à l'école, les prix d'excellence, ce genre de bêtises.

On croirait entendre la dernière de la classe.

Aussi amusant que cela puisse paraître, je m'intéresse plutôt à votre emploi du temps du 3 de ce mois. Je sais comment vous fonctionnez, vous les avocats. Vous devez l'avoir noté quelque part dans votre agenda puisque vous facturez à l'heure.

— À la minute, ma chère, répliqua Maria. Je devine pourquoi vous posez cette question. C'est la date à laquelle Mme Yas Bishop a été retrouvée sans vie à son domicile. On soupçonne un meurtre, je crois.

— Pourtant, sa mort n'a pas l'air de vous affecter. Malgré

le fait que Yas Bishop était employée par l'un de vos plus gros clients. Il y a un lien entre vous. Yas a laissé son meurtrier entrer chez elle, preuve qu'elle le connaissait. À votre place, je me ferais du souci. À moins que votre famille ne pratique l'endogamie ? C'est tragique de voir les capacités mentales se dégrader de la sorte.

Le ton sarcastique de Lydia fit son effet car Maria perdit un peu de sa superbe. Elle marqua un temps d'arrêt.

— Ça ne me regarde pas parce que j'avais un rendez-vous à l'hôpital le 3 au matin. Et je crois que c'est ce jour-là qui intéresse la police.

— Comment le savez-vous ?

— Les rumeurs circulent. Ça dépend de qui vous connaissez et du renvoi d'ascenseur. Tout le monde recherche mon amitié, ajouta-t-elle avec un petit sourire suffisant. À condition d'être doté d'un minimum de jugeote.

— Vous avez votre utilité, je vous l'accorde. Mais pourquoi courez-vous si vite ? Il y a urgence ? Vous vous entraînez pour les Jeux olympiques ?

Maria s'immobilisa et se tourna vers Lydia.

— Qu'est-ce que vous me voulez à la fin ? Il me suffit d'en toucher un mot à mon père et ce sera l'enfer. Une Crow qui harcèle une Silver ? Ce n'est pas très malin.

Un homme en toge et costume noirs, des dossiers sous le bras, pesta en les évitant de justesse sur le trottoir. Une foule de juristes allaient et venaient entre Old Bailey, la Cour royale de justice et les tribunaux, abrités derrière de hauts murs, où se déroulaient les procès. Ceux qui possédaient le savoir et l'expérience, le jargon juridique et la formation, les costumes et les diplômes, tous avaient leur place en ce lieu. Depuis des siècles, les avocats, les notaires et leurs clercs circulaient à travers les veines et les artères du système juridique londonien. C'était l'univers de Maria, elle en portait l'armure et le savait.

Elle ignorait, en revanche, qu'elle était nimbée d'une aura

argentée, parfaitement visible aux yeux de Lydia. Par-delà la toge, le collet blanc à deux bandes et la perruque, Lydia se concentra sur l'énergie dissimulée derrière les vêtements, tâchant de ne pas éveiller la curiosité de Maria. Elle n'était pas aussi puissante que celle d'Alejandro. Lydia se demanda si Maria était consciente du pouvoir de son père et au courant de l'existence de la coupe des Silver.

Elle s'humecta les lèvres.

— Recherchez-vous un autre trophée ? Je sais à quel point vous aimez les objets brillants. Vous courez souvent les antiquaires ?

Maria affichait toujours son masque et son sourire suffisant, mais Lydia décela comme une oscillation dans l'énergie des Silver. Une pointe de mécontentement.

— C'était difficile de tuer Yas ? poursuivit-elle. Il doit y avoir une sacrée différence entre un meurtre sur le papier et dans la réalité. Y a-t-il eu plus d'hémoglobine que prévu ?

Le sourire de Maria avait retrouvé tout son éclat. Elle tourna les talons et se dirigea vers l'entrée de l'une des cours de justice. Lydia pressentait qu'il ne lui restait plus beaucoup de temps. Une fois qu'elles y seraient parvenues, Maria franchirait l'arche et la sèmerait dans le dédale des couloirs.

— Pourquoi JRB voulait-il la mort de Robert Sharp ? insista Lydia. Je sais que vous avez commandité son assassinat, mais j'ignore la raison. Qu'avait-il fait pour contrarier vos clients à ce point ? Ce service est-il inclus dans vos prestations ?

— Vos accusations sont très graves, répliqua Maria d'une voix calme et assurée.

Lydia avait envie de hurler. Elle savait que cette femme avait condamné un homme à mort et que même sur l'ordre d'un tiers, cela n'amoindrissait pas son forfait. Ensuite, elle avait égorgé de sang-froid une femme dont le seul crime avait été de manipuler un objet magique, qui n'aurait pas dû se trouver en sa possession. Selon toute vraisemblance,

Maria n'avait pas vraiment cherché une autre solution. Ce qui suggérait qu'elle s'estimait au-dessus des lois, des principes moraux du commun des mortels.

— Vous faites ce travail depuis trop longtemps, assena-t-elle. Vous vous croyez invincible.

— Je suis intouchable. Ce qui revient au même. J'ai trop de valeur et je suis extrêmement compétente dans mon domaine. Personne n'aimerait me voir de l'autre côté de la loi car je suis trop utile là où je suis.

Lydia changea brusquement de tactique.

— Vous avez raison. Je ne voudrais pas que vous importuniez Alejandro à cause de moi et je n'ai pas l'intention non plus de contrarier mon oncle Charlie. Nos relations sont assez tendues comme cela. Et je ne veux pas créer de problèmes entre les Silver et les Crow.

Elles étaient presque arrivées à la hauteur de l'arcade. Lydia s'efforça d'afficher une grande frustration. Ce qui n'était pas très difficile.

— J'aimerais vraiment savoir si je suis sur la bonne voie, poursuivit-elle. Je n'arrive pas à comprendre pourquoi vous souhaitiez la mort de Yas. C'était une personne anonyme sans importance, pour autant que je sache.

— Les anonymes, comme vous dites, peuvent parler. Et s'ils commencent à se conduire de manière irrationnelle, ils deviennent rapidement des boulets. Il faut savoir anticiper le comportement des gens, c'est ce qui fait la différence entre la moyenne des individus et les autres. Si vous êtes capable de deviner leurs réactions, vous pourrez manœuvrer en conséquence.

— Yas représentait-elle une telle menace pour justifier une condamnation à mort ?

Maria s'immobilisa et se pencha vers Lydia. Une bouffée de son parfum coûteux lui monta aux narines. Des effluves capiteux d'agrumes, de cèdre et de clou de girofle, impuissants à chasser le goût de l'argent au fond de sa gorge, emplirent ses sens d'une fraîche sensation métallique. Les yeux de Maria s'illuminèrent et Lydia se demanda si c'était en réaction à un sentiment de supériorité naturelle ou si, d'une manière ou d'une autre, elle était consciente de l'effet qu'elle produisait sur son interlocutrice.

— Je n'ai rien dit de tel, rétorqua-t-elle. Et même si j'admettais avoir joué un rôle dans la mort de Mme Bishop, vous ne pourriez absolument rien contre moi. C'est l'occasion rêvée d'apprendre à connaître vos limites.

CHAPITRE VINGT

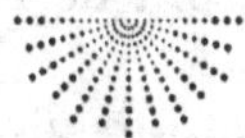

En tant que premier arrivé sur les lieux, même en dehors de ses heures de service, Fleet avait accès à l'enquête sur le meurtre de Yas Bishop. Malgré la règlementation sur la circulation et la gestion des informations, les flics restaient des flics. Ils bavardaient entre eux.

— Il n'existe malheureusement pas de vidéosurveillance, rapporta-t-il à Lydia. Pas de suspects, ni d'empreintes sur les lieux.

— Et Maria Silver ?

Fleet fit la grimace.

— Un tuyau anonyme sans information ni preuve à l'appui est catalogué comme « improbable ». Ils vérifieront, mais compte tenu de ses compétences juridiques et de l'influence de sa famille, son nom sera directement relégué au bas de la liste. La hiérarchie exigera un argument en béton pour l'impliquer. Tu es sûre que c'était elle ?

— À quatre-vingt-dix-neuf pour cent. Je te répète que j'ai senti la présence d'un Silver chez Yas Bishop.

— Et si c'était un autre membre de la famille ? Maria aura probablement payé quelqu'un pour faire le sale boulot, non ?

— Quand je suis allée la voir, elle a pratiquement admis qu'elle était coupable.

— Tu as été voir une femme que tu soupçonnes de meurtre ? Seule ?

— C'était en plein jour, dans un lieu public. Je ne suis pas complètement idiote.

Lydia croyait voir l'esprit de Fleet fonctionner à plein régime.

— Voyons le côté positif, dit-il. Tu l'auras peut-être effrayée et poussée à accomplir quelque chose de stupide. À supposer qu'elle soit la meurtrière. Ce que j'imagine mal...

— Je parie qu'elle s'en est chargée elle-même, insista Lydia. Elle n'aurait pas pu demander à un autre membre de la famille, ni à l'un de ses contacts professionnels. Elle n'aurait pas voulu risquer que son père l'apprenne. La peur est un puissant moteur, crois-moi. Maria a dû penser que faire cavalier seul serait plus sûr. Pas de collaboration, donc pas de risque d'être dénoncée ou larguée.

Fleet fit la moue.

— Tu parles pour toi, là.

Lydia ignora le sarcasme.

— On finira par trouver des preuves. Elle a sûrement sali ses habits avec le sang de sa victime. Pas moyen de l'éviter.

Elle va peut-être paniquer, maintenant qu'elle sait que tu la soupçonnes. En admettant qu'elle ait caché ses vêtements souillés quelque part, elle s'en débarrassera sûrement au plus vite.

Lydia enrageait.

— Brillante déduction, mais Maria Silver se fiche pas mal de ce que je sais ou si je la soupçonne. Tu aurais dû la voir. Elle se croit intouchable.

— Et comme elle a plaidé des affaires criminelles toute sa vie, elle doit en connaître un bout sur la question. Or la théorie est une chose, la réalité en est une autre.

Lydia acquiesça distraitement. Quelque chose lui échappait, seulement elle n'arrivait pas à mettre le doigt dessus. Elle posa son ordinateur sur ses genoux et rouvrit l'historique des sites consultés en effectuant des recherches sur la carrière de Maria Silver.

Fleet loucha par-dessus son épaule.

Je vais préparer du café.

Lydia passa l'heure suivante à consulter tous les dossiers traités par Maria qu'elle put trouver, suivant les liens renvoyant à des articles de presse et d'autres contenus. La plupart concernaient le droit des sociétés et étaient si abscons qu'elle n'y comprenait goutte.

— Ça n'a aucun sens, s'exclama-t-elle, l'esprit en déroute.

Fleet qui s'était pris au jeu se frotta le visage.

— C'est pour cela que ces gens-là gagnent des fortunes. En plus, c'est d'un ennui ! Tu as du nouveau ?

— Maria ne défend pas vraiment des meurtriers. Du moins, pas ouvertement. Ses clients sont louches à d'autres égards. Tiens, regarde celui-là, enchaîna-t-elle en faisant pivoter l'écran vers Fleet. Aden Naser était accusé d'appartenir à un cartel et Maria lui a miraculeusement obtenu quatre-vingts heures de travaux d'intérêt général.

— C'est exactement ce qu'il nous faut ! s'exclama Fleet avec enthousiasme.

— Comment ça ?

— Il doit y avoir d'autres facteurs que les seules compétences juridiques de Maria. Il a pu passer un accord. À moins que les preuves n'aient été jugées irrecevables au cours du procès. Ce sont des choses qui arrivent. Mais s'il y a eu négociation, il a dû accorder d'importantes concessions. Attends une minute.

Fleet se leva et fit les cent pas pendant qu'il passait un coup de fil. Lydia l'entendit demander un dossier et plaisanter avec son interlocuteur.

— D'accord, mon vieux. Je sais. On va dire qu'on est quittes.

— C'est un renvoi d'ascenseur ? demanda Lydia.

— Il le faut bien. De nos jours, on ne peut pas mettre le nez dans des documents sans raison valable. Tout est enregistré. C'est une vraie plaie.

— Quel service lui as-tu rendu ?

— Je l'ai aidé à déménager.

Lydia le dévisagea, interloquée.

— C'est une blague ?

— Évidemment.

— Et tu ne veux pas me dire la vérité ?

— Pas question de ternir ma réputation de flic intègre.

— D'accord, concéda Lydia sans se démonter.

Le téléphone de Fleet sonna au même moment.

Il tapota sur son clavier et lui montra le dossier qu'il venait d'ouvrir.

— Naser a conclu un marché avec le CPS, les Procureurs de la Couronne. Il a témoigné dans un autre procès. Une affaire de meurtre. Attends... un certain John Owen. Tueur à gages pendant plus de trente ans et condamné à perpétuité l'année dernière pour avoir éliminé un chef de gang à Liverpool. Il est actuellement détenu à Belmarsh.

Naser a témoigné à son procès ?

Oui, il a probablement été son client à un moment donné, à moins qu'il ne l'ait connu à titre professionnel, mais les circonstances exigeaient que... Le CPS a dû estimer que le marché en valait la peine. Tu n'imagines pas le nombre d'affaires qui ne sont pas jugées car n'étant pas considérées comme assez solides.

Lydia se mit à chercher John Owen sur Google. Elle survola les articles de presse, ravie de savoir que John Owen était derrière les barreaux. Marché douteux ou pas, un dangereux personnage était hors d'état de nuire et purgeait une peine pour ses crimes odieux. Une phrase attira l'attention de Lydia, qui remonta au paragraphe précédent pour l'approfondir.

— Sais-tu comment John Owen a échappé aux poursuites pendant toutes ces années ? demanda-t-elle à Fleet après l'avoir lue et relue.

— La peur, le professionnalisme et une bonne dose de chance, répondit-il, absorbé dans l'écran de son téléphone.

— C'est ça, oui. En plus, il a détruit des preuves compromettantes, y compris quelques restes humains, en les jetant dans les déchets médicaux de l'hôpital de Liverpool.

Fleet leva la tête.

— Et ça a fini dans l'incinérateur ?

— Oui, à l'époque, les hôpitaux géraient les déchets qu'ils produisaient. De nos jours, ce sont des sociétés privées sous contrat qui s'en chargent. L'alibi de Maria était un rendez-vous à l'hôpital ce matin-là. Et si elle avait triché d'une heure ou deux dans son emploi du temps ?

— Je ne te suis pas...

— Si elle s'était inspirée d'Owen ?

LE LENDEMAIN APRÈS-MIDI, LYDIA SE MASSAIT LES TEMPES pour essayer de soulager une migraine lancinante. Elle ne pouvait plus rejeter la responsabilité sur la météo et n'avait aucune affaire urgente. Elle brûlait de se précipiter dans le bureau de Maria Silver pour lui dire ses quatre vérités, mais elle savait que cela ne servirait à rien. Fleet lui avait promis de transmettre son hypothèse à la Criminelle et de s'employer à ce qu'on l'examine sérieusement.

April Westcott avait adressé une réponse laconique au rapport que lui avait envoyé Lydia par e-mail. Cette dernière n'en prit pas ombrage. C'était le lot des porteurs de mauvaises nouvelles. Pas facile. Elle se connecta à son compte professionnel et constata qu'April avait viré le solde de la facture. Une affaire classée. De l'argent encore gagné au prix de relations humaines sens dessus dessous. Un beau gâchis ! Le regard dans le vide, Lydia s'efforça de comprendre si elle déprimait à cause de l'affaire Westcott ou pour une autre raison. Elle finit par trouver. Emma.

C'était étrange de voir Tom. Lydia ne se rappelait pas la dernière fois où ils s'étaient parlé, et c'était encore plus bizarre de le rencontrer sans Emma.

— Merci de m'accorder un peu de ton temps, dit-elle tandis que Tom prenait place en face d'elle.

Ils s'étaient donné rendez-vous dans un petit restaurant italien situé non loin du bureau de Tom, à mi-chemin de la station de métro qu'il prenait pour rentrer en banlieue, où il habitait avec sa femme et ses enfants.

Après le fiasco de l'affaire Lee, Lydia avait compris qu'elle possédait une troisième option concernant la demande d'Emma. Refuser d'enquêter sur Tom et avoir une conversation amicale avec lui. Elle avait l'estomac en vrille, mais elle savait que c'était le bon choix. Du moins l'espérait-elle. Elle ne voulait pas aggraver les choses, ni trahir la confiance d'Emma, mais au moins, si elle échouait, ce serait en tant qu'amie, et non comme une détective profession-nelle ayant une énième affaire à résoudre.

Le Hongrois souriant, qui lui avait servi un café corsé, reparut. Tom commanda de l'eau chaude avec une rondelle de citron.

Lydia lui lança un regard étonné.

— J'ai réduit ma consommation de caféine, expliqua Tom en posant sa sacoche sur la chaise vide à côté de lui. Je sais de quoi il s'agit, enchaîna-t-il en croisant les bras sur la table.

— Ah oui ?

— D'après Emma, tu penses que je ne t'aime pas beaucoup.

Au moins, c'était direct.

— D'accord.

— Je ne vais pas te mentir. Ça ne me plaît pas trop qu'elle soit associée à ta vie. À ton travail. J'ai l'impression que c'est un peu... dangereux. Mais je sais que tu ne lui feras jamais courir aucun risque. Ne va pas croire que...

— Il ne s'agit pas de ça, l'interrompit Lydia.

L'eau chaude de Tom arriva, servie dans un verre posé sur une soucoupe.

— C'est difficile, reprit Lydia quand le serveur se fut éloigné. Je ne me mêle jamais de ces choses-là, sauf dans un cadre professionnel. Ça ne me regarde pas, mais Emma et toi êtes mes amis et j'aimerais vous aider. Emma se fait un sang d'encre pour toi et imagine toutes sortes de scénarios plus dingues les uns que les autres. Je lui ai conseillé de ne pas s'inquiéter, mais je voulais te mettre au courant afin que tu puisses la rassurer.

Lydia espérait que Tom rétorquerait : « C'est vrai, j'ai été un peu stressé au travail » ou « J'ignore de quoi tu parles, tout va bien ». Une réponse simple. De sorte qu'elle puisse se tirer d'affaire sans coup férir. Au lieu de quoi, Tom s'effondra. Il se pencha sur son verre et la vapeur d'eau embua ses lunettes, qu'il ôta pour les essuyer.

Lydia patienta. Il reprit la parole d'une voix rauque et dut s'éclaircir la gorge.

— Je pensais que j'avais bien caché mon jeu et qu'elle n'avait rien remarqué. Nous sommes très occupés, elle et moi. On ne passe pas beaucoup de temps ensemble.

— Telle que tu la connais, ne t'étonne pas si elle a deviné que quelque chose clochait.

— Je ne voulais pas qu'elle s'inquiète. Elle en a assez avec les enfants et le reste. Inutile d'en rajouter.

— J'ai été longtemps absente et je suis la dernière à pouvoir donner des conseils sur une relation de couple, mais vous avez toujours formé une équipe. Cela signifie que vous pouvez compter l'un sur l'autre. Qu'y a-t-il de si grave pour que tu refuses de le lui dire ?

— J'ai passé des examens. Les médecins suspectaient un cancer du côlon.

Lydia se rencogna dans sa chaise.

— L'angoisse !

Tom hocha la tête.

— En fait, ce n'est pas ça. Le cancer, je veux dire. Ils pensent plutôt à une colite ulcéreuse et je retourne à l'hôpital la semaine prochaine pour confirmation. J'allais le dire à Ems, mais j'attendais d'abord le diagnostic définitif, le résultat des tests et tout ça. Je ne voulais pas l'effrayer pour rien. Et puis je n'avais pas vraiment envie d'en parler.

— Te confier à Emma t'aurait facilité les choses, objecta Lydia.

Tom la dévisagea. Il ne pleurait pas, mais ses yeux étaient humides. Son visage trahissait un indicible soulagement.

— Exactement.

— Mais pourquoi ne pas le lui dire maintenant ? Je ne connais rien à ta maladie.

— C'est une pathologie chronique. Il faut prendre des médicaments à vie, mais les symptômes ne devraient pas être trop désagréables s'ils sont maîtrisés. Au cas où mon état s'aggraverait ou que le traitement ne fonctionnerait pas, il faudra opérer pour retirer une partie du côlon et il y a un risque légèrement accru de tumeur de l'intestin. Je pourrais me retrouver avec un sac de stomie. Super sexy, conclut-il avec une grimace.

— Tu ne devrais pas te battre seul. À quoi pensais-tu ?

— Ce n'est pas un billet de loterie et ça pourrait être pire. J'ai de la chance.

On aurait dit qu'il répétait cette phrase comme un mantra pour l'aider à affronter un diagnostic qui allait bouleverser sa vie.

— C'est de la merde, Tom. Je suis vraiment désolée.

— Comme tu dis.

— Tu vois ? Tu as privé Emma de tes blagues pipi-caca. Elle va t'en vouloir à mort.

Il se rembrunit.

— Tu crois ?

— Non, imbécile. Elle sera soulagée que tu lui aies parlé. Tu as informé ton bureau ?

Il hocha la tête.

— Oui, parce que j'avais besoin de temps pour mes rendez-vous médicaux, etc. Et je devais expliquer mes pauses toilettes plus longues que d'habitude. Je ne voulais pas risquer de me faire virer pour cause de paresse.

Je suis vraiment navrée que tu traverses cette épreuve. Je peux faire quelque chose pour t'aider ?

Il secoua la tête.

— Je vais parler à Emma ce soir. Qu'est-ce qu'elle doit penser ?

Lydia décida de ne pas mentionner les soupçons d'infidélité ni les clubs de strip-tease.

— Elle se fait du souci et elle se doute que tu lui caches quelque chose, ce qui l'inquiète encore plus. Elle imagine le pire.

— Ce n'est pas juste. Elle a déjà tellement de choses à faire, s'occuper des enfants, travailler et j'en passe. Elle n'a vraiment pas besoin de ça.

— Oui, mais tu dois quand même la mettre au courant. C'est ta femme, elle a le droit de savoir. Elle se sentira mieux ensuite. Et toi aussi. Vous devez l'affronter ensemble. Le contrat du mariage est fait pour ça, non ?

Sur le trajet du retour, Fleet lui envoya un message pour l'avertir qu'il terminerait tard, mais voulait la voir.

— Viens chez moi quand tu auras fini, répondit Lydia en slalomant à travers la foule qui envahissait les trottoirs.

La réponse arriva au bout de quelques secondes.

— Tu n'as toujours pas visité mon appartement. J'ai une table basse.

— Frimeur, va ! répondit Lydia en souriant.

Après quoi, soucieuse de lui prouver qu'elle n'était pas une sauvage, elle acheta un pain de bonne qualité, du fromage et du vin rouge au Tesco Metro du coin.

The Fork était fermé pour la journée. Les poils de sa nuque se hérissèrent alors qu'elle déverrouillait la porte pour entrer. Elle avait la sensation très distincte d'être observée. Elle jeta un regard circulaire, mais la rue était déserte.

Fleet arriva peu après, les bras encombrés d'un pack de six bières et d'une pizza.

— Je me suis dit que tu n'aurais rien à manger.

Lydia décida de ne pas se formaliser afin de ne pas risquer d'être privée de pizzas à l'avenir. Après avoir mangé en discutant de leurs journées respectives, Lydia jeta la boîte dans le bac de recyclage et se lava les mains dans l'évier. Elle avait délibérément omis de parler à Fleet de l'histoire d'Emma et de Tom, c'était d'ordre privé, mais elle avait fait allusion à la résolution d'une affaire, avouant combien elle était soulagée d'avoir imaginé une solution qui ne lui avait pas donné envie de s'étriller à l'eau de Javel.

— Je commençais à penser que je n'étais pas faite pour ce job, alors c'est super d'avoir trouvé ma méthode person-nelle. Je compte appliquer mon propre code et, si je m'y tiens, je pourrai gérer mon entreprise et dormir sur mes deux oreilles.

Tu offres un service aux gens, avait répliqué Fleet. Si tu ne le faisais pas, quelqu'un d'autre s'en chargerait. Mieux vaut qu'ils s'adressent à toi plutôt qu'à un professionnel dénué de scrupules.

Lydia s'essuya les mains dans un torchon et retourna au

salon. Le sujet qu'ils avaient soigneusement évité au cours du dîner l'obsédait.

Comme souvent, les premiers mots de Fleet lui firent comprendre qu'ils étaient en phase.

— Tu ne veux pas que ton nom figure dans le rapport sur Yas Bishop, tu es sûre ? Je trouve injuste que tu ne t'en attribues pas le mérite.

— Pas grave. L'essentiel est que tu sois au courant.

Fleet haussa un sourcil interrogateur.

— Avoue que tu es déçue.

— Un peu. J'adorerais regarder Maria Silver en face et lui jeter à la figure que je l'ai démasquée.

Fleet était allongé sur le canapé, une bouteille de bière pressée contre sa poitrine. La journée avait été particulièrement longue pour lui aussi, et il avait des poches sous les yeux. Lydia était à bout de nerfs. Fleet lui avait expliqué que la Criminelle avait pris l'information suffisamment au sérieux pour enquêter sur le rendez-vous de Maria Silver à l'hôpital et qu'ils allaient visionner les images de vidéosurveillance du service. Lydia avait craint qu'ils refusent de s'attaquer à un personnage aussi puissant et respecté que l'avocate, mais son soulagement était teinté d'une pointe de déception.

Elle déboucha une bouteille de bière blonde glacée.

— Explique-moi comment tu t'es débrouillé pour convaincre Ian.

— Tu es insatiable, dit Fleet avec un sourire affectueux.

Il plongea la main dans sa poche et en sortit son portable qui vibrait. Il se leva et se mit à déambuler dans la pièce tout en parlant. Lydia ne se donna pas la peine de feindre la discrétion. Les réponses de Fleet étaient brèves et ne révélaient rien.

— Merci, mon vieux, lança-t-il en raccrochant.

Il se tourna vers Lydia avec le plus grand sourire qu'elle lui ait jamais vu.

— On l'a eue !

— Raconte, pria Lydia, incapable de rester immobile, une véritable boule d'énergie.

— La société de gestion des déchets de Bayswater est First Hygiene. Ils sont venus cet après-midi et ont localisé un sac contenant un chemisier et une jupe couverts de sang. D'après les analyses du labo effectuées en urgence, il s'agit bien du sang de Yas Bishop. Il n'y a aucun doute.

Lydia ressentit une poussée d'adrénaline mêlée de soulagement. Elle réfréna l'envie de crier, gesticuler, serrer Fleet dans ses bras.

Il paraissait aussi secoué qu'elle.

— Maria a dû prévoir une autre tenue sur la scène du crime et se changer avant de quitter le domicile de Yas, expliqua-t-il. Les vêtements ensanglantés se trouvaient dans un sac en plastique provenant d'une boutique de prêt-à-porter. Les caméras de surveillance la montrent ensuite en train de se rendre à un examen gynécologique dans son hôpital privé, l'air détendu. En entrant, elle était chargée de plusieurs sacs de courses, sans doute pour dissimuler le fait que l'un d'entre eux contenait du sang.

Dans l'établissement, elle a trouvé un collecteur de déchets médicaux et y a jeté les vêtements qu'elle portait un peu plus tôt. Probablement lors de la consultation avec le médecin, car les poubelles ne se trouvent que dans les salles de soins ou les services.

Donc la police aurait fini par la retrouver grâce à la vidéosurveillance, raisonna Lydia.

Peut-être, mais pas avant longtemps, voire jamais. Dans l'intervalle, les vêtements auraient été incinérés depuis belle lurette. Tu ne dois pas minimiser ta victoire.

D'accord, concéda Lydia avec un sourire jusqu'aux oreilles.

C'était un moment agréable. Elle éprouvait une grande fierté et, pour la première fois depuis des mois, elle avait l'impression de respirer librement. Elle tenait une bière bien fraîche à la main et un homme outrageusement sexy était allongé sur son canapé... Lequel homme avait soudain l'air très tendu. Fleet posa lentement sa bouteille et se redressa, les yeux rivés sur un point à gauche de Lydia.

— Qu'y a-t-il ?

Fleet ne répondit pas, le regard fixe. Lydia pivota pour mieux voir. Immobile, l'air paniqué, Jason se tenait dans un coin de la pièce, vêtu de son costume gris pâle des années 1980 ; on aurait dit un figurant dans un clip de Wham.

— Hum ! fit Lydia, histoire de dire quelque chose.

Les sourcils froncés, Fleet secoua la tête et se tourna vers elle.

— Pardon, s'excusa-t-il. J'ai cru voir quelque chose. La lumière doit me jouer des tours.

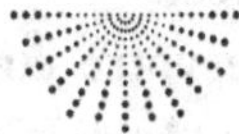

CHAPITRE VINGT-ET-UN

Lydia entraîna Fleet vers la porte.

— Tu es crevé. Tu devrais rentrer et te reposer un peu.

— Je préférerais passer une nuit blanche ici, glissa-t-il en étouffant un bâillement, le regard éteint.

— Tu vois ? Va dormir. À demain.

Jason émergea de sa chambre dès que la porte se fut refermée sur Fleet.

— C'était quoi, ça ?

— Aucune idée. As-tu fait quelque chose de différent ?

— Comme quoi ? Produire des étincelles ? Crier ? Sourire ?

Interdite, Lydia tâchait de ne rien montrer, car cela la rendait irascible, elle le savait.

Elle suivit Jason dans sa chambre. Le fantôme ramassa un feutre bleu sur sa table de chevet et se mit à écrire sur le mur avec des mouvements rapides et saccadés. Son écriture devenait plus petite et plus serrée à mesure que sa motricité fine se développait. Des chiffres, des lettres et des symboles recouvraient presque tout l'espace. Lydia songea qu'elle devrait repeindre par-dessus ses anciens gribouillis pour lui ménager de la place. Ou le décider à utiliser du papier. Quand il se retourna, elle comprit qu'il avait établi une courte liste de probabilités.

— Je suis devenu plus fort et donc plus visible, résuma-t-il. Plus visible aux yeux de tous, je veux dire. À moins que quelque chose ne cloche chez ton Fleet.

— Ce n'est pas mon Fleet.

— Il ne s'agit pas de votre curieuse relation, mais de savoir s'il peut voir des fantômes. Concentre-toi.

— Je sais. Il n'y parvenait pas auparavant. Par conséquent, quelque chose a changé.

Jason se tapota les lèvres avec le bout de son marqueur.

— C'est logique. À condition que notre théorie soit correcte, si tu es une batterie qui libère une énergie latente. Comme, par exemple, l'état de ton père qui empire en ta présence, ou mon énergie qui s'en trouve décuplée. Si Fleet a une quelconque aptitude ou du potentiel, il devient plus fort à mesure qu'il passe du temps avec toi.

— Avec des « si », on refait le monde. D'autre part, les pouvoirs magiques ne sont pas monnaie courante, raison pour laquelle ils sont tellement convoités par les Familles. Et puis Fleet n'est pas un Pearl, un Silver, un Crow ou un Fox. Ça se saurait. Au fait, qu'est-ce que tu as voulu dire par notre « curieuse relation » ?

— On aurait dit que l'atmosphère vibrait d'émotion tout à l'heure. Vous avez avancé dans l'affaire Maria Silver, c'est ça ?

Lydia acquiesça, une lueur de fierté au fond des yeux.

— Est-ce qu'on pourra l'incriminer pour Robert Sharp aussi ?

La flamme s'éteignit aussitôt.

— Ça m'étonnerait. Personne ne parlera, ce qui signifie qu'il n'y a aucune preuve qu'elle ait commandité son assassinat. Les tueurs professionnels sont rarement poursuivis en justice.

— Mais pourquoi JRB aurait-il voulu l'éliminer ? Il était leur employé, non ?

Lydia haussa les épaules, consciente de l'insuffisance de ses connaissances, pareilles à des blessures mal cicatrisées.

— Il était un atout précieux pour JRB jusqu'au jour où il a cessé de l'être. Il aurait commis une erreur, exercé un chantage ou tenté de se retirer des affaires. Toutes les hypothèses sont permises. Quoi qu'il en soit, il a eu le malheur de les contrarier.

— Ça me paraît un peu exagéré, surtout s'il s'agit d'une simple bourde.

— JRB voulait envoyer un message. En faire un exemple pour tous ceux qui sont à leur solde. Il s'agit d'affirmer leur pouvoir.

Jason médita un moment.

— Maria a commandité ce meurtre au nom de JRB parce qu'ils sont représentés par Silver et Silver ?

— Bingo !

Plongé dans ses pensées, Jason ne réagit pas.

— Qu'y a-t-il ?

— Je ne veux pas que tu mènes une enquête sur moi.

Lydia acquiesça, déconcertée par le changement de sujet, comme de la mine effrayée et coupable qu'il affichait.

— Je t'ai parlé de ma femme ?

Jason était mort le jour de son mariage. Lydia savait que le drame s'était produit au cours du petit déjeuner, qui avait eu lieu à The Fork, raison pour laquelle Jason s'était retrouvé coincé dans le restaurant.

— Bien sûr, elle s'appelait Amy.

— Oui, confirma Jason sans la regarder. Son nom de jeune fille était Silver.

Lydia était installée à la cafétéria de l'immeuble de bureaux voisin en attendant que Milo Easen quitte son poste chez Silver and Silver, où il était chargé de l'accueil. Elle sirota son soda au citron vert en se félicitant de la mode des grandes baies vitrées qui lui permettaient de surveiller le hall d'entrée de la société, sur le trottoir d'en face. Si Milo sortait par une autre issue, elle risquait de le rater et devrait recommencer le lendemain. La plus grande partie de son travail consistait à attendre, surveiller et espérer. La profession de détective n'exigeait aucun talent particulier, sinon pouvoir s'armer de patience.

Une demi-heure plus tard, alors qu'elle aspirait le fond de son verre à l'aide d'une paille, Milo émergea de l'entrée principale, un sac à dos en toile sur l'épaule et son veston à la main.

Lydia le suivit le long de Fetter Lane en direction de Fleet Street. Au carrefour, elle parvint à sa hauteur et lui tapa sur l'épaule.

— Auriez-vous cinq minutes à m'accorder, Milo ?

Il pâlit, puis rougit.

— Je n'ai pas le droit de vous parler.

— Bien sûr que si. Beau temps pour une petite promenade, vous ne pensez pas ?

Milo loucha par-dessus l'épaule de Lydia, affolé. Elle savait qu'il scrutait la rue de peur de croiser quelques-uns de ses collègues. Elle s'attendait à une réaction de sa part, mais pas à celle-ci.

— Retrouvez-moi à *The Hare*, à Camberwell.

— Pourquoi devrais-je...

Lydia s'avança d'un pas.

— Dans une heure, sinon, je reviendrai demain, après-demain et ainsi de suite. La prochaine fois, j'attendrai à la réception.

Lydia était ravie de se retrouver en terrain connu. Confortablement installée devant un jus d'orange, elle consulta son téléphone pour tuer le temps. Le bar était bondé, mais elle avait réussi à occuper sa place favorite, une table d'angle d'où elle avait une vue parfaite sur le pub. Elle repéra Milo quand il entra. Les épaules voûtées, il arborait une expression traquée en jetant des regards circulaires autour de lui. Lydia leva la main pour lui signaler sa présence et il se hâta de traverser la salle pour la rejoindre.

— Que désirez-vous boire ?

— Je n'ai aucune envie d'être ici.

— D'accord. Finissons-en. Je veux des renseignements sur la relation entre Maria Silver et Yas Bishop.

— Que voulez-vous dire ?

— Donc vous admettez qu'elles se connaissaient ?

— C'est... commença Milo, déconcerté. JRB est l'un de nos clients.

— Yas assistait-elle à des réunions ? Si oui, à quel rythme ?

Milo fronça les sourcils.

— À aucune. JRB ne s'est jamais présenté dans nos bureaux.

— Cessez de me parler de l'entreprise. Je veux des noms.

— Je n'en ai pas. Je vous assure que c'est vrai, martela-t-il, remarquant son expression. Mme Bishop était notre seul contact. Et je ne me souviens pas qu'elle ait jamais eu un rendez-vous avec Maria. Si je vous montrais son agenda, vous pourriez le constater par vous-même.

— Nous savons tous les deux que ça ne veut rien dire.

— Vous ne connaissez pas l'emploi du temps de Mme Silver. Si le rendez-vous n'est pas noté dans son agenda, c'est qu'il n'existe pas.

Lydia songea que Milo devait avoir un caractère bien trempé pour être l'assistant de Maria.

— Avez-vous reçu la visite de la police ?

Milo s'agita sur son siège.

— Oui. Y aura-t-il d'autres interrogatoires ?

— Probablement. Je sais que vous ne parlerez pas. Vous ne le pouvez pas et je le comprends. Les Silver mènent leur monde à la baguette.

Milo esquissa un geste agacé.

— Alors à quoi ça rime ? Pourquoi me harcelez-vous ?

— Pour ma propre satisfaction. Je n'ai pas l'intention de vous attirer des ennuis et la police n'a pas besoin d'autres tuyaux, elle a un dossier assez solide avec les vêtements ensanglantés de Maria. Cela dit, il me manque certains détails. Je ne comprends pas le rôle qu'a joué Yas dans cette affaire et j'ai besoin de le savoir.

— Pourquoi ?

— Ça me trotte dans la tête.

— Ce n'est pas mon problème.

Voyant que Milo faisait mine de se lever, Lydia lança sa pièce en l'air, la retourna et la plaqua sur le dos de sa main gauche.

— Pile ou face ?

Milo se pétrifia et se laissa tomber sur sa chaise, comme ensorcelé.

— J'ai une théorie, dit Lydia sans lâcher la pièce. Arrêtez-moi si je me trompe. Je pense que Yas Bishop a été chargée par JRB de garder Robert Sharp à l'œil. J'ignore s'il les aidait ou s'il les faisait chanter. Cela n'a d'ailleurs aucune importance. JRB souhaitait dédommager Sharp pour services rendus. Les paiements n'étaient pas effectués par virements bancaires ; la police n'a rien trouvé dans les dossiers de Sharp. À mon avis, on lui a offert des cadeaux et accordé certains avantages Yas l'a sans doute aidé à trouver l'appartement de Canary Wharf. C'est également elle qui s'est chargée de l'aménager. Une horreur, si vous voulez mon avis. On dirait qu'elle avait un faible pour la décoration intérieure. Mais je crois qu'elle a dû également lui offrir des cadeaux de grande valeur.

Milo hocha imperceptiblement la tête.

— Et la raison pour laquelle vous n'avez pas l'air étonné outre mesure est que votre patronne, Maria Silver, a eu une brillante idée. Elle a suggéré une boutique où Yas Bishop pouvait acheter des articles destinés à Robert par l'entremise de JRB. Je me demande si c'était l'unique fonction de Yas, sa seule raison d'émarger sur la liste de paie du mystérieux JRB. Quoi qu'il en soit, elle a accepté sans discuter et s'est rendue chez les antiquaires. Je m'en sors bien ?

Milo ne lâchait pas les mains de Lydia du regard.

— Mme Silver m'a prié en effet d'appeler Mme Bishop pour lui communiquer le nom et l'adresse d'un antiquaire. Elle a précisé qu'il s'agissait d'un cadeau de baptême.

— Maria a dû penser que c'était une solution pratique. Un moyen simple de se rendre mutuellement service, d'obtenir un soutien qui pourrait s'avérer utile par la suite.

— Il n'y a pas de mal à recommander un magasin à quelqu'un. Ce n'est pas un crime.

— Certes. Je voulais simplement vérifier si j'avais raison. Je vous répète que mon seul but est de satisfaire ma curiosité. Puis-je vous poser une dernière question ? Maria avait-elle recommandé à Mme Bishop d'acquérir une certaine statuette représentant un chevalier d'argent ?

Milo fronça les sourcils.

— Pas que je sache. En tout cas, je ne les ai pas entendues en parler. Qu'est-ce que c'est ?

— Pardon ?

Milo désigna les mains de Lydia.

— Pile ou face ?

— Ni l'une ni l'autre.

Lydia dévoila la pièce d'or, ignorant quelle image y figurerait. On y voyait souvent le profil d'un corbeau au repos, mais parfois elle était lisse et vierge, ou simplement frappée d'une branche d'arbre stylisée. Tous deux se penchèrent pour mieux voir. L'image d'un corbeau en vol, les ailes déployées, était gravée sur le recto.

CHAPITRE VINGT-DEUX

Sur le chemin du restaurant, Lydia se demanda à quel moment Maria avait compris son erreur. Comment aurait-elle pu savoir que Guillaume Chartes vendrait à Yas une figurine dotée de pouvoirs surnaturels ? Et pourquoi n'avait-elle pas sollicité Alejandro pour réparer les dégâts ? Parce qu'elle craignait de s'attirer les foudres de son père ou pour ne pas divulguer l'existence du chevalier d'argent magique ?

À mesure que Lydia approfondissait la question, elle avait envie d'aller plus loin. Elle avait les tripes nouées, ce qui, somme toute, était rassurant. Les affaires d'adultère qui se succédaient ad nauseam et la frustration qui en découlait lui avaient fait craindre de ne pas avoir trouvé sa véritable vocation. À présent, elle savait qu'elle était motivée par le désir de dénouer les fils, de percer les ténèbres pour découvrir la vérité, d'apprendre, sinon de comprendre autant de détails que possible. Et elle goûtait cette satisfaction que procurait la connaissance.

De retour chez elle, elle lava sa tasse *Sherlock Holmes* et alluma la bouilloire. En attendant que l'eau chauffe, elle fit apparaître sa pièce. Elle affichait toujours la même image : le corbeau en vol. Lydia la posa sur le plan de travail et, pour la première fois de sa vie, elle essaya d'en produire une autre. Rien ne se passa. Elle effectua un nouvel essai, se concentrant sur la sensation entre ses doigts et s'efforçant de se rappeler ce qu'elle éprouvait quand cela fonctionnait. Elle se sentait ridicule. Elle n'avait pas menti lorsqu'elle l'avait expliqué à Jason. Elle ne faisait pas surgir la pièce ni ne la créait, elle était là. Une partie d'elle-même.

Le fantôme apparut à la porte de la cuisine.

— Qu'est-ce que tu fabriques ?

Lydia ramassa la pièce sur le comptoir.

— Une expérience.

— Avec ta magie ?

Le sourire du fantôme était contagieux et Lydia se surprit à sourire à son tour.

— Si l'on peut dire. Je vais tâcher de parler à mon père. Voir si je peux obtenir d'autres précisions.

Jason s'approcha, l'attira vers lui et l'enlaça. Lydia lui rendit son étreinte, savourant l'énergie froide qu'il dégageait. Elle avait l'impression qu'il se matérialisait entre ses doigts. Elle effleura l'étoffe de sa veste. Il recula sans la lâcher et ils se dévisagèrent longuement. Jason avait l'air plus vivant que jamais. Ses joues avaient retrouvé quelques couleurs et une étincelle brillait dans ses yeux. Elle pouvait distinguer chaque détail de ses traits avec une netteté remarquable, ces cils humides, chaque pore de sa peau. Jason enfouit son visage dans ses mains quand ils se séparèrent.

— Ça va ? demanda Lydia, croyant qu'il pleurait. Je t'ai fait de la peine ?

— Pas du tout. J'éprouve... des sensations, comme si j'avais été drogué ou qu'on m'avait administré un sédatif et que tu venais de me réveiller.

— Maintenant ?

— Plutôt progressivement. Mais, oui. J'ai ressenti quelque chose. Et toi ?

Lydia réprima l'envie de plaisanter ou de le prendre à la légère.

— Oui, confirma-t-elle en le regardant bien en face.

Depuis les derniers orages, la température était redevenue celle d'un été londonien classique : doux, humide et exhalant des relents d'égout. Lydia se tenait sur la terrasse, les mains posées sur la balustrade. Elle était bien réveillée et n'éprouvait aucune crainte. Elle se retourna et songea à acheter des meubles d'extérieur et peut-être installer une ou deux lampes.

L'inspecteur Fleet devait passer ce soir-là et Jason s'occupait dans sa chambre avec un nouveau paquet de feutres. Pour l'heure, elle était libre comme l'air et avait tout son temps. Elle alla chercher une bière avant de s'installer à son bureau. Elle pouvait s'occuper de la paperasserie, se plonger dans un livre ou regarder la télévision. Elle n'avait rien de particulièrement urgent à faire, pas de factures en souffrance et, par bonheur, oncle Charlie gardait ses distances.

Il restait toutefois méfiant, bien sûr. Il n'était pas stupide et soupçonnait Lydia d'avoir joué un rôle dans l'arrestation de Maria Silver. Mais tant qu'il n'existait pas de preuves ni de rumeurs à ce sujet, il semblait disposé à laisser tomber. Quand il s'adressait à elle, ses yeux brillaient d'un nouvel éclat. Un mélange de méfiance et de respect qu'elle ne lui avait jamais vu auparavant. Elle devait admettre que cela n'était pas désagréable.

Détendue, elle parcourut les nouvelles concernant l'arrestation de Maria Silver. Il y avait eu des fuites dans la presse, car on voyait un cliché de l'avocate quittant son bureau avant d'être placée en garde à vue. Au-dessous, il y avait son portrait sur papier glacé figurant sur le site web de la société et un autre dans un paradis tropical en des temps plus heureux. Elle avait été formellement accusée de meurtre et se trouvait en détention provisoire dans l'attente de son procès. Malgré sa bonne réputation et son casier vierge, la demande de libération conditionnelle avait été rejetée en raison de la gravité des accusations et d'un risque de fuite. Son père avait interjeté l'appel, déposé plusieurs recours et engagé une action civile contre le Met pour harcèlement. L'affaire était loin d'être close, mais Lydia se réjouissait de voir que le ministère public poursuivait même une personnalité riche et célèbre telle que Maria Silver. L'Angleterre disposait vraiment d'un système judiciaire efficace.

Lydia souriait encore lorsqu'on frappa à sa porte. L'alarme anti-intrusion n'avait pas sonné. Elle enfila le couloir, les sens en alerte. Elle rasa le mur, sa bombe lacrymogène à la main, et enclencha le loquet de sécurité avant d'ouvrir la porte. Avant de distinguer quoi que ce soit par l'entrebâillement, elle ressentit la violence du choc, la sensation physique d'un coup au plexus qui la projeta contre la cloison où elle manqua s'effondrer à genoux.

Le jeune homme qui l'avait fixée dans la salle de sport se tenait devant elle. Elle avait ressenti comme une explosion d'une puissance inégalée au point qu'elle en était venue à douter de ses propres capacités. Tant de choses s'étaient passées depuis lors qu'elle avait presque oublié l'incident et maintenant, il était là, sur le palier. De petite taille, très jeune et deux fois plus athlétique que dans ses souvenirs. Devant chez elle.

— C'est vous, parvint-elle à articuler.

Il sourit, comme s'il était ravi qu'elle l'ait reconnu, et glissa une enveloppe kraft matelassée par le battant entrouvert.

— Vous êtes coursier ?

Il haussa les épaules.

— Pour le moment, répondit-il d'une voix incroyablement profonde.

Lydia sentit se répercuter l'impact jusqu'à la moelle des os. Ce qui était impossible.

Alors qu'il s'éloignait, elle suffoqua, prise de vertige. Quand elle reprit ses esprits, il avait disparu dans l'escalier. Elle se força à le suivre, mais le temps de parvenir au rez-de-chaussée, puis dans la rue, il s'était volatilisé.

En remontant à l'étage, elle entendit son téléphone fixe sonner. Le problème avec ces anciens appareils était qu'ils n'affichaient pas l'identité de l'appelant. L'enveloppe lui rappelait quelque chose et elle crut sentir l'odeur des Fox avant même de décrocher et d'entendre Paul.

— Ne la brûle pas, celle-là, petit oiseau.

— Je crois que je vais plutôt la déchiqueter. Qui est le coursier que tu as engagé ?

— Pas question de déchiqueter, de brûler ou de m'ignorer. C'est terminé tout ça.

— Ah bon ? Qu'est-ce qui te fait croire que je vais changer d'avis ?

— Maria Silver.

— Maria Silver ?

— Je sais que c'était toi.

Lydia feignit de ne pas comprendre.

— Que c'était moi ? Qu'est-ce que tu veux dire ?

Paul éclata de rire, ce qui lui donna la chair de poule.

— Les histoires que je pourrais raconter à ce bon vieil oncle Charlie. Sans parler d'Alejandro. Que se passerait-il à ton avis ? Combien de tes amis et des membres de ta famille seraient morts avant que nous réglions nos comptes ? En admettant que cela ne débouche pas sur une guerre ouverte.

— Ce que tu ne souhaites pas plus que moi.

— Oh, je ne sais pas. Une petite bagarre. Ça pourrait être amusant. Et puis tu nous connais, nous les Fox... Nous restons sagement terrés dans nos tanières. Ce sont les chevaliers qui tombent sur le champ de bataille. Et les oiseaux qui se font abattre en plein vol.

— Admettons que je te croie, ce qui n'est pas le cas. Qu'est-ce que tu veux ?

— Un petit boulot. C'est tout.

— Sans blague !

Paul rit de plus belle.

— Et peut-être un peu plus d'amabilité. Les Crow auraient bien besoin d'un nouvel allié, tu ne penses pas ?

— De quoi s'agit-il ?

— Lis ce que je t'ai envoyé et appelle-moi ensuite.

Il raccrocha. Lydia l'imita et remit le combiné à sa place. Elle ramassa l'enveloppe et la soupesa, avant de la reposer sur le bureau. Après quoi, elle se dirigea vers la chambre de Jason. Elle n'avait pas l'intention de la décacheter seule et, par chance, elle n'aurait pas à le faire.

Le fantôme se tenait devant le mur du fond.

— Jason ? Tu peux venir une minute ?

Il s'ébroua comme s'il émergeait d'une profonde rêverie.

— Excuse-moi. Je t'ai fait peur ?

Il fit volte-face.

— Ça ne va pas ?

— Non, non, tout va bien. Viens voir.

Il la suivit au salon.

— Qu'y a-t-il ?

Elle désigna l'enveloppe.

— Nous avons du pain sur la planche.

FIN

———

REMERCIEMENTS

L'année dernière, à la même époque, ma chère maman est décédée. Les douze derniers mois ont été extrêmement difficiles et je suis très reconnaissante envers ma merveilleuse famille et mes amis de m'avoir aidée à traverser cette épreuve.

J'ai beaucoup de chance d'avoir un travail qui me tient à cœur ; écrire de la fiction a été pour moi une source d'évasion et de réconfort. Un immense merci à vous, chers lecteurs. Sans vous, je ne pourrais pas faire ce métier. Recevez l'expression de ma profonde gratitude.

Merci à Catherine Shellard, Keris Stainton, Clodagh Murphy et Sally Calder pour l'excellent vin, les conversations littéraires, les voyages d'études à Londres et les câlins. Et pour m'avoir apporté beaucoup de joie et d'affection quand j'en avais besoin.

Tous mes remerciements vont à Lucy Golden-Taylor, Nadine Kirtzinger, Rachel Moorhouse, Katie Bass et Emma Ward pour leur gentillesse et leur amitié.

Un livre est le fruit d'une collaboration et vous ne l'auriez pas entre les mains sans le travail essentiel de mon éditrice, du graphiste qui a conçu la couverture et des lecteurs qui m'ont livré leurs critiques en avant-première. Notamment : Ann Martin, David Wood, Beth Farrar, Karen Heenan, Melanie Leavey, Paula Searle, Judy Grivas, Jenni Gudgeon, Kerry Barrett et Stuart Bache. Un merci tout spécial à vous.

Toute ma tendresse et ma gratitude vont à Holly et James, toujours prêts à discuter de l'intrigue, me prodiguer leurs encouragements et supporter avec bonne humeur et compréhension leur maman « souvent charrette » en raison des délais trop courts.

Ce volume n'existerait pas sans le soutien indéfectible, les conseils avisés et l'amour infini de mon cher Dave. Merci, mon amour.

À PROPOS DE L'AUTEUR

Avant d'écrire des romans, Sarah était journaliste indépendante pour des magazines, blogueuse et rédactrice, combinant cette « carrière » avec celle de puéricultrice dilettante (autrement dit, mère de famille).

Elle vit dans la campagne écossaise avec son mari et ses enfants, boit des litres de thé, adore l'œuvre de Joss Whedon et dirige un atelier d'écriture.

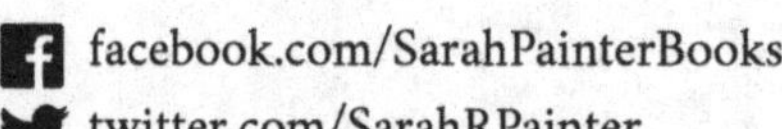

facebook.com/SarahPainterBooks
twitter.com/SarahRPainter
instagram.com/SarahPainterBooks